｜珍藏版｜

国债基差交易

避险、投机和套利指南

（原书第3版）

The
Treasury
Bond Basis

An In-Depth Analysis for Hedgers, Speculators,
and Arbitrageurs, 3rd Edition

［美］盖伦·D. 伯格哈特　特伦斯·M. 贝尔顿　莫顿·雷恩　约翰·帕帕 著
（Galen D.Burghardt）　（Terrence M.Belton）　（Morton Lane）（John Papa）

王玮 译

机械工业出版社
CHINA MACHINE PRESS

Galen D. Burghardt, Terrence M. Belton, Morton Lane, and John Papa. The Treasury Bond Basis: An In-Depth Analysis for Hedgers, Speculators, and Arbitrageurs, 3rd Edition.

ISBN: 0-07-145610-4

北京市版权局著作权合同登记　图字：01-2013-7156 号。

图书在版编目（CIP）数据

国债基差交易：避险、投机和套利指南：原书第 3 版：珍藏版/（美）盖伦·D. 伯格哈特（Galen D. Burghardt）等著；王玮译. —北京：机械工业出版社，2024.3

书名原文：The Treasury Bond Basis: An In-Depth Analysis for Hedgers, Speculators, and Arbitrageurs, 3rd Edition

ISBN 978-7-111-74977-6

Ⅰ.①国…　Ⅱ.①盖…　②王…　Ⅲ.①国债-基差交易　Ⅳ.①F810.5

中国国家版本馆 CIP 数据核字（2024）第 046461 号

机械工业出版社（北京市百万庄大街 22 号　邮政编码 100037）
策划编辑：王　颖　　责任编辑：王　颖
责任校对：樊钟英　　责任印制：郜　敏
三河市国英印务有限公司印刷
2024 年 5 月第 1 版第 1 次印刷
170mm×230mm·16.5 印张·201 千字
标准书号：ISBN 978-7-111-74977-6
定价：79.00 元

电话服务　　　　　　　网络服务
客服电话：010-88361066　机　工　官　网：www.cmpbook.com
　　　　　010-88379833　机　工　官　博：weibo.com/cmp1952
　　　　　010-68326294　金　书　网：www.golden-book.com
封底无防伪标均为盗版　机工教育服务网：www.cmpedu.com

当 2000 年芝加哥期货交易所（CBOT）采用 6%的票息来计算国债期货合约的转换因子时，特伦斯和我决定更新本书。幸运的是，由于所涉及的理论和推导简单明了，所以读者不需要额外的帮助就可以克服票息从 8%降为 6%给转换因子计算所带来的不便。

尽管存在上述情况，但我们仍对目前这个版本感到满意。趁此机会，我们改进了有关债券定价、对冲、交易，以及国债期货对资产组合经理不同作用等的讨论，同时还大量扩展了非美元政府债券期货的章节。

在我们新改版的书面市时，市场上已经出现了很多重要的变化和创新。其一就是交易非常活跃的国债期货合约现在多为 10 年期和 5 年期合约。基于这种情况，其实若将本书改名为《中期国债基差交易》可能更合适。其二就是信用互换市场的出现，丰富了国债期货在创造组合资产时的作用。现在可以将国债期货和高收益率的定期现金工具以及信用互换交易进行组合，从而创建出具有高预期收益率的公司债券组合。

特伦斯和我在此深表感激之情。特伦斯希望感谢 Hussein Malik，Holly Huffman，以及 Josh Brodie，他们对书稿的编辑以及出版提供了大量帮助。

我也要感谢 Bill Hoskins，在他的帮助下，我更好地理解了利率市场，并深刻体会到各种产品远期价格的重要性。同时，他和 Niels Johnson 给出了有关债券基差交易的基础模型，这些模型我们目前还在东方汇理金融期货公司（Calyon Financial）[⊖]使用。

我们也要感谢芝加哥大学商学院的 MBA 学员，在过去的 10 年里他们接受了我们关于期货、互换、期权的课程，并对早期的书稿提供了宝贵的意见。最后，我们还要再次感谢莫顿·雷恩和约翰·帕帕对本书的最初版本所做出的贡献。

盖伦·D. 伯格哈特

东松德，华盛顿

⊖ Calyon Financial 是法资背景的期货商，也是东方汇理银行（Calyon Corporate and Investment Bank）旗下的全资子公司。目前 Calyon Financial 已更名为 Newedge。——译者注

自从 1989 年发行本书的第 1 版以来，市场上发生了一些重要的事情，其中一些几乎紧随本书的发行而出现，另一些稍后才出现。

第一件事就是国债期货几乎是在第 1 版本发行的当天就开始公平定价了。本书最后一章主要探讨了投资经理可以用货币市场工具和定价低廉的国库券期货来构造合成国债，从而提高资产组合收入的方法，但市场的发展使得上述方法失效多少令人感到难堪。国债期货定价低廉阶段的结束，也突然终结了所谓利用国债期货"提高收益的黄金年代"。

第二件事就是特伦斯到纽约期货交易所的票据贴现公司工作了，他跟我在研究部门共事。之前，我们对隐含在中长期国债期货中关键交割期权的理解很清楚，但也很简单。而特伦斯以前在联邦住房贷款抵押公司工作，主要负责抵押资产的定价，他带来了有关交割期权合理定价的经验。在相关工作的基础上，我们得以确定中长期国债期货经期权调整后的合理价值以及套保比率。在债券期权市场和债券基差市场上，我们也率先采用相关技术，利用收益率波动定价的差异进行套利。

第三件事就是美国国债期货市场广度的大幅扩展。例如，我们观察到中期国债期货交易在美国大量增加，10 年期和 5 年期的中期国债期货已经成为芝加哥交易所特色产品，2 年期的国债期货也很活跃，足够弥补相关运营成本。在美国之外，其他国家的国债期货交易也在飞速增长。今天，全世界几乎一半的国债期货交易都是针对其他国家的国债期货进行交易。

上述所有这些新进展都反映在本书的最新版本中。特伦斯和我加入了关键交割期权分析和定价的全新内容，解释了经期权调整后的套保比率，以及和经验法则相比的优势。我们展开讨论了基差交易，并且新增一章来解释国债基差和债券期权波动性的差异。我们还更新了有关基差交易的描述，并新增一章来讨论非美元国债期货合约，并且更新和扩展了资产组合经理的可选方案。

另外，我们加强了本书作为参考书的功能。在新版本中特别加入了一些表格，以显示基本的期货合约的条款（老版本中没有这些内容），以及计算转换因子和持有的附录。我们更新了有关期货交割的历史，全面覆盖了 5 年期和 2 年期中期国债期货合约的交割内容。

虽然莫顿和约翰没有参与本书的重写，但他们对旧版本的贡献在本书中依然有迹可循。有关 1977 年以来基差表现章节的前面部分内容，主要归功于莫顿的经验，他几乎自国债期货合约问世时就开始参与交易。同样也是因为莫顿对美国之外的国家开展非美元国债期货交易很感兴趣，才促使我们将相关内容纳入本书。约翰作为一个基差交易员的经验也体现在基差交易员实际考虑因素的例子中，前两章的基差报告中就列出了其中一些例子。

特伦斯和我还对那些在中长期国债期货定价的工作中给予帮助的人以诚挚的感谢。Jeff Kleban 就是其中之一，他就是我们第一次进行隐含交割期权定价研究的首要推动者，而相关研究最初只是一张讨论国债基差中廉价双向期权套利策略的便笺。在我们决定真枪实弹地体验精心设计的波动性套利交易时，正是一个客户用他自己的钱提供给我们所需要的资金。

我们也感谢 Larry Anderson，他营造了一个鼓舞人心的氛围，而这种氛围对完成像本书这样的工程来说是不可或缺的。每个参与成员都意识到尽早尽多地做出研究成果的压力。尽管一本书根本算不上什么成果，但是 Larry 一直很有耐心地支持着我们，并引导其他人关注并且欣赏我们的成果。

我们完成大部分关于国债基差历史和利差表现的经验性研究，只能依赖于仔细梳理芝加哥当地时间下午两点后公布的中长期国债期货合约交易收盘数据。有不少人为此付出了多年的努力，具体包括 Steve Nosa（他接替了约翰·帕帕的职位），Liz Flores 以及 Michael Hughes。Michael 也对我们过去几年的工作很感兴趣，并且提供了不少敏锐和有益的评论和建议。还要感谢 Ed Lander，他同意 Steve 为此花费时间，而远离了他在纽约交易台的其他业务。

在此我们也感谢那些为本书最终定稿提供了帮助的人。特别要感谢 Millicent John，Wendell Kapustiak，Susan Kirshner，Alison Kline，Pam Moulton，Cynthia Nelson，Bob Nightingale，Cynthia Riddle，John Schewe 和 Brian Wells。特别是 Susan，她在最后几个星期全心投入整理和验算工作，以保证这本书尽可能地完美。她不应为任何遗留问题负责。

盖伦·D. 伯格哈特

1994 年 1 月

The
Treasury
Bond Basis

第 1 版序言

我们出版本书的目的，最初是希望能为国债期货市场的新参与者了解长期国债及其期货价格之间的关系提供一本入门读物。鉴于此，我们研究团队的实习生 Bob Griswold 负责将有关债券基差的介绍组织在一起，这些介绍主要回答诸如"基差是什么"和"买卖基差意味着什么"等基本问题。

我们很快就发现，这样的介绍不能传递国债期货合约的丰富意义，并且忽略了期货合约的发展历史。长期国债期货品种已经交易 11 年了，我们看到新一代交易者已经在市场上成长起来，其中很多人将能从期货合约发展历史记录中获益。另外，在本书写作过程中，我们正处于第二次世界大战以来最长经济扩张期的末期。经济出现拐点会导致利率体系异常，我们可能会因此遇到负收益率曲线的局面，但还没有出现沃克尔在 20 世纪 80 年代早期进行货币政策实践过程中所伴随的大幅震荡的情况。果真如此的话，国债基差的表现将和历史上的表现截然不同，任何进行基差交易或者使用国债期货进行套期保值的投资者，对此应有充分准备。

最终，原本的入门读物就成了本书的部分内容，相关准备工作大多归功于一些曾经和现在仍在纽约期货交易所贴现公司工作过的员工。首先我要感谢 Michael Berg，他在 20 世纪 80 年代初期负责我们在 CBOT 的交易，他和我花了好几个周末的时间来解决长期国债交割过程中的难题。也正是在那段时间内，我们遇到了百搭牌[⊖]（wild card）式交易。我们所做的有关交易报告不但提供给客户使用，而且成了贴现公司的"蓝皮书"（官方报告）。在 Vir Doshi 的帮助下，它还被广泛用作分析各种金融期货交易中期现货关系的入门读物。

后来 Bob Palazola 代替 Michael 在 CBOT 进行交易，Bob 跟 Dennis Malec 一道帮助我们掌握利用期货交易的避险方法。Ed Landers、Linda Reynolds 和 Craig Zucker 对此也有贡献。

最近 David Emanuel 分析了在悉尼、伦敦和芝加哥上市的国债期货产品之间的区别。相关工作对不同空头的交割期权有了更为精确的估值，而且大部分工作已收录在本书中。正是 Jeff Kleban 让我们开始关注转换期权，并协助解决了相关交易的种种难题。

盖伦·D. 伯格哈特将本书中各种不同的线索汇总在一起，用其逻辑能力理清了我偶尔混乱的思维。除此之外，他还拓展了有关最廉价可交割债券久期和收益计算的经验法则，从而在本书留下了自己的烙印。相关工作也体现在我们关于可转换交割期权的描述，还有我们对相关的领域中债券期货期权的理解等。

如果没有约翰·帕帕大量的实践经验，上述所有这些理论性的工作将毫无价值。他为我们的客户进行了为期数年的基差交易，他也是业内最有经验的交易员之一。

最后，在本书写作过程中，有很多人给予我们真诚的帮助，并且为本

⊖ wild card 在国内有时也被译为"野卡"。——译者注

书提供了大量的素材。Michael Hughes 主要监控客户的每日基差交易，他审阅了一些原稿并做了很多改进。另外，如果没有 Michalel 和 Liz Stump，我们将无法得到期货市场每日收盘时对应的现货市场价格。Vir Doshi 负责主要的程序编写，有了这些程序我们才能分析基差交易，并预测最廉价可交割债券可能的变化。John Gury 收集了完整的 CBOT 中长期国债期货交易历史记录，并对书中尤其是关于国债基差四阶段章节的图表贡献颇多。Cheryl Catlin 将大部分图表汇总在一起。研究部的另一个实习生 Geoffrey Luce 也在本书写作中发挥了重要作用，对书中文字、图表进行注释，他仔细且热忱的工作使得这书能够更快、更完美地完成。

在撰写致谢时，我才体会到这些年来有太多人为完成本书做出了巨大的贡献。虽然我们并不是市场上第一批利用国债基差变动进行获利的，但是我们一直孜孜不倦地探求相关变化发生的原因。而这也使得我们可以在基差完全消失前充分利用各种机会来获利，因此这本有探索性的书可以做到既让读者有利可图又十分有趣。

莫顿·雷恩

The
Treasury
Bond Basis

目 录

The Treasury. Bond Basis

第 1 章

基础概念

在所有的期货合约中，"基差"（basis）是一个常见的术语。举例来说，小麦当前的价格（现价）与其期货价格的差额就是小麦合约的基差[一]。因为小麦期货市场是一个完全竞争的市场，因此小麦的基差差不多等于期货交割之前的融资成本加储存成本。为了能让小麦值得被储存起来用于未来期货合约的交割，其期货价格必须比现货价格要高。因此，小麦合约的基差通常为负数。

国债同样也可以被储存起来并用于期货合约交割。国债和小麦的主要区别在于它们的实物储存成本不同，在国债上这通常被称为便利收益（convenience yield）。几乎所有的美国国债都是以电子化方式登记在美联储簿记系统中，因此国债的实物储存成本为零。另外，国债能以实际利息或应收利息的形式产生收益，这些收益可以抵消交割之前的融资成本。

此外，如果收益曲线的斜率是正的，这就意味着长期利率高于短期利率，持有在未来才交割的国债现货仓位将产生净收入而不是净支出。鉴于

[一] 国内在研究中有时也将基差概念定义为"期货价格-现货价格"，原因可能是有些行情软件没法显示负数，做了倒置，本书沿用国外的基差定义为"现货价格-期货价格"。——译者注

此，以及本书中讨论的其他原因，国债期货价格通常低于现货价格，因此国债基差通常是正的。

小麦和国债有一个非常相似的地方。小麦并非全都一样，它们在质量上有着微小的差别，产自堪萨斯州和产自内布拉斯加州的小麦是不同的（即使其他方面都一样，其运输成本也不相同）。不过，小麦期货合约可以有多个交割地点，也可以交割不同等级的小麦。另外，是由期货合约的空方来决定交割小麦的品种和交割的地点。因此，小麦合约的基差取决于综合了小麦的品级以及交割地点等因素后，能使交割成本尽可能低的小麦价格。也就是说，小麦的期货价格受到"最便宜可交割"的小麦价格的影响。

国债也存在这种情况，但这和国债的实物存储位置无关。长期国债期货合约允许交割任何剩余期限在 15 年以上的美国长期国债。当前市场上就有 30 多种这样的长期国债，每种长期国债的票息和期限都不相同。这些票息和期限的差别使得长期国债具有不同的品级。理解国债基差的难点在于理解是什么因素使得长期国债可以便宜地交割。另一个难点则是理解什么是最佳的交割的时点。

本章阐述了理解国债基差概念所必需的基本要素。它主要包括了以下几个专题：

- 中长期国债期货合约的条款。
- 国债基差的定义。
- 转换因子。
- 期货发票价格。
- 持有损益：持有国债的盈利或亏损。

- 理论国债基差。

- 隐含回购利率。

- 买卖基差。

- 基差交易中盈利的来源。

- 另一种盈亏计算方法。

- 回购利率和逆回购利率。

中长期国债期货合约的条款

芝加哥期货交易所（Chicago Board of Trade，简称 CBOT）上市了多种基于不同期限的美国国债的期货合约⊖，包括长期国债、10 年期国债、5 年期国债和 2 年期国债等期货合约⊜。此外，CBOT 也交易一种基于 10 年期机构债券（10-year agency securities）的期货合约，这种合约在条款设计上与国债期货合约相似。表 1-1 给出了以上每种期货合约的基本条款。

每种合约都有一个"规模"，合约规模的大小决定了在交割时每张合约应被交付的债券现货面值是多少。除了 2 年期国债期货合约，其他国债期货的面值都是 10 万美元。由于 2 年期国债价格本身的波动性较低，CBOT 把其合约规模增加到了 20 万美元。

每种合约都有自己的交割品级，具体到国债期货上，交割品级规定了可用于交割的中期或长期国债的剩余期限范围。

⊖　芝加哥商业交易所（CME）2007 年收购了芝加哥期货交易所（CBOT），组成了芝加哥商业交易所集团（CME Group）。——译者注

⊜　在美国"Bond"往往是指发行期限在 10 年以上的长期国债，"Note"是指发行期限在 1~10 年的中期国债，"Bill"则是指发行期限在 1 年及以下的短期国债。——译者注

表 1-1　国债期货合约条款

条款	长期国债	10年期国债	5年期国债	10年期国债	2年期国债	10年期机构债券（CBOT）
合约面值（美元）	100 000	100 000	100 000	100 000	200 000	100 000
交割等级	剩余期限在15年以上的国债	剩余期限在6.5年以上的首发中期国债	剩余期限在4年零2个月到5年零3个月的首发中期国债	从交割月首日开始剩余期限在9个月以上，且从交割月最后一个工作日算起，剩余期限不超过5年，首发发行期限不超过2年的中期国债。交割月份在合约月份3个月的最后交易日之后发行的2年期国债也可用于该月份合约的交割	从交割月首日开始剩余期限在1年零9个月以上，且从交割月最后一个工作日算起，剩余期限不超过5年，首发发行期限不超过2年的中期国债。交割月份在合约月份3个月的最后交易日之后发行的2年期国债也可用于该月份合约的交割	从交割月最后一个工作日算起，剩余期限在6.5年以上，且不超过10.25年的房地美不可赎回的房地美基准中期债券且未偿还本金超过30亿美元
报价	百分点报价，1/32个百分点	百分点报价，1/32个百分点①	百分点报价，1/32个百分点①	百分点报价，1/32个百分点②	百分点报价，1/32个百分点②	百分点报价，1/32个百分点①
最小变动价位及每日价格对应价值（芝加哥时间）	1/32个百分点（相当于31.250美元）	1/32个基点的一半（相当于15.625美元）	1/32个基点的一半（相当于15.625美元）	1/32个基点的一半（相当于15.625美元）	1/32个基点的1/4（相当于15.625美元）	1/32个基点的一半（相当于15.625美元）
每日价格限制	无限制	无限制	无限制	无限制	无限制	无限制
交易时间（芝加哥时间）	上午7:20～下午2:00（交易池）上午8:00～下午4:00（a/c/e电子交易系统③）	与前者相同	与前者相同	与前者相同	与前者相同	与前者相同
交割月份	3月，6月，9月，12月	与前者相同	与前者相同	与前者相同	与前者相同	与前者相同
最后交易日	合约月份最后一个工作日之前的第八个营业日的中午12:00	与前者相同	与前者相同	与前者相同	以下两个中较早日期的中午12:00：1) 合约到期月份中2年期国债拍卖发行日的前两个营业日；2) 合约月份的最后日历日	最后交割日之前第七个营业日的中午12:00
最后交割日	合约月份的最后一个工作日	与前者相同	与前者相同	与前者相同	最后交易日之后的第三个营业日	合约月份的最后工作日

① 最小的价格变动是1/32个点的1/2（即1/64）。

② 最小的价格变动是1/32个点的1/4（即1/128）。

③ a/c/e（alliance/cbot/eurex）是2000年CBOT和欧洲期货交易所（EUREX）合作建立的电子交易平台。a/c/e系统是CBOT和EUREX结成战略联盟后建立的电子交易系统，该系统可提供CBOT和EUREX的会员于同一个交易平台上以网络连接，而两家交易所仍可保留独立的会员，交易通过该平台交易。2004年CBOT宣布退出a/c/e平台，使用自己开发的e-cbot的电子平台交易系统。会员及其客户参与全球最活跃衍生品交易。——译者注

充分理解合约交割品级是理解中、长期国债期货原理的关键。对长期国债期货一个常见的错误理解就是认为长期国债期货合约基于 20 年期、票面利率为 6% 的长期国债。实际上，中、长期国债期货是基于可用于交割的、价格迥异、收益率属性各不相同的一组中期或长期国债。举例而言，任何在首个交割日剩余期限还有 15 年以上的国债都可以用于长期国债期货合约的交割。任何剩余期限在 6.5 年以上的首发中期国债都可以用于 10 年期国债期货合约的交割⊖。这种设定使得国债期货的表现与任何的单一的中期或长期国债都不相同，而是像可被交割的中期、长期国债中的某些债券的复杂混合体，具体是哪些债券取决于其被交割的概率。相关内容将在第 2 章和第 3 章进行详细介绍。

期货交易所规定了期货合约价格可以变动的最小幅度。这种最小的价格变动幅度被称为"跳价"（tick）。长期国债期货合约的跳价大小是 1/32 个点⊖。假定一张合约的名义面值是 10 万美元，一个"跳价"就是 31.25 美元，1 000 美元的 1/32。10 年期和 5 年期国债期货合约的跳价是 1/32 个百分点的一半，即 15.625 美元。2 年期合约的跳价是 1/32 个百分点的 1/4，但是由于其合约的名义面值是 20 万美元，因此其每个跳价的价值也是 15.625 美元，与 5 年期和 10 年期期货合约一致。

这些合约的其他重要条款大致相同。它们的交易时间，交割月份，交割日期和到期日（除了 2 年期合约）都一样。

由于这些合约十分相似，主要条款的分析将集中于长期国债期货合约。

⊖ 在这种制度下，首发期限只有 7 年、10 年的中期国债才可能会用于交割。实际上，交易所有可交割国债等级的规定也会随着市场的变化而进行调整。——译者注
⊖ 此处的"点"（point）是指合约名义面额的百分之一。——译者注

在以下的章节中，会针对这些合约的关键条款进行比较分析。

国债基差的定义

所谓国债基差，就是其现货价格与其期货价格和转换因子乘积的差：

$$B = P - (F \times C)$$

式中　B——国债现货和期货的基差；

　　　P——每面值 100 美元国债的即期或者现货价格；

　　　F——每面值 100 美元期货合约的期货价格；

　　　C——对应可交割国债的转换因子。

报价单位

国债和其期货合约通常是按照每 100 美元面值对应的价值（百分比）报价的，而且报价本身包括百分点部分和一个百分点的 1/32 部分。对于那些交易活跃的债券，实际交易中 1/32 部分会进一步拆分成为 1/64 进行报价。但报价依然是按照 1/32 部分进行报价，1/64 的报价会用 "+" 表示。

1/32 部分的报价在不同地方有不同的展示方式。例如在《华尔街日报》（*Wall Street Journal*）上，1/32 部分与百分点部分用连字符分隔。也就是，91 又 14/32 通常表示为 91-14，偶尔也会明确地表示为 91-14/32。而且，由于编程和格式的问题，连字符有时会被替换，所以 91-14 可以有时显示为 91.14。为了表示清楚，本书中会显示 1/32 的部分。

转换因子用十进制小数表示。

> **要点**
>
> 实际在计算基差时，所有的价格首先被转换为十进制小数。算出的基差结果也是十进制小数，简单地用 32 乘以十进制的基差就可以把其转换为 32 进制的。

基差比较　表 1-2 给出了 2001 年 4 月 4 日中长期美国国债的 1/32 部分的报价，这些国债可用于芝加哥期货交易所的 2001 年 6 月到期的中期、长期国债期货合约的交割。

转换因子

由于存在一系列国债可以用于交割，期货交易所采用转换因子来使得这些国债在交割计价中大致相等。表 1-3 给出了 2001 年 4 月 4 日可交割国债的转换因子，合约的交割月份为 2002 年 6 月。

转换因子用十进制小数表示，是假定国债以 6% 到期收益率进行交易时的近似价格（期限按季度取整）。计算转换因子的准确公式可以参见附录 A。

以下分析票息 8-7/8%、2017 年 8 月 15 日到期的国债的情况。对于 2001 年 6 月的合约来说，其转换因子是 1.293 1。在交割月份的第一个交易日，即 2001 年 6 月 1 日，该国债还剩下 16 年 2 个月零 14 天到期。CBOT 把从交割月份的第一个交易日至其到期日这段时间去掉零头天数，按季度向下舍入取整，还剩下 16 年 0 个月。因此，票息 8-7/8%、剩余期限为 16 年的国债，以 6% 的到期收益率计算出的十进制价格就是 129.31。

报价日期：2001 年 4 月 4 日
交易日期：2001 年 4 月 5 日
结算日期：2001 年 4 月 6 日
最后交易日：2001 年 6 月 29 日

表 1-2　可用于 2001 年 6 月份合约交割的美国中长期国债

2001 年 6 月期货合约的价格：
长期国债合约：103-30
10 年期合约：106-08
5 年期合约：105-22
2 年期合约：103-04+

中长期国债① (1)	票面利率 (2)	到期日 (3)	结算价 (1/32) (4)	转换因子 (5)	基差 (6)	收益率 (7)	单位基差美元价值 (8)	修正久期 (9)	债券全价 (10)	持有损益 (1/32) (11)	BNOC (1/32) (12)	隐含回购利率 (13)	对应期限回购利率 (14)
B②	5.375	2/15/31	98-08	0.914 0	104.04	5.494	1440	14.55	98.992 4	7.0	97.0	-8.68	4.45
B	6.25	5/15/30	109-14	1.033 9	63.25	5.589	1531	13.69	111.889 2	9.5	53.7	-2.10	4.43
B	6.125	8/15/29	107-02	1.016 9	43.79	5.623	1484	13.75	107.908 5	8.9	34.9	0.21	4.54
B	5.25	2/15/29	94-18	0.899 6	33.93	5.639	1340	14.07	95.287 6	6.7	27.2	0.71	4.54
B	5.25	11/15/28	94-15	0.899 9	29.93	5.647	1333	13.81	96.528 1	6.4	23.5	1.23	4.54
B	5.5	8/15/28	97-30	0.933 6	28.85	5.648	1364	13.82	98.697 2	7.4	21.5	1.63	4.54
B	6.125	11/15/27	106-14	1.016 3	25.79	5.654	1433	13.16	108.840 1	8.7	17.0	2.41	4.54
B	6.375	8/15/27	109-25	1.049 1	23.69	5.656	1460	13.19	110.661 8	9.8	13.9	2.86	4.54
B	6.625	2/15/27	113-03	1.081 1	23.26	5.655	1480	12.98	114.008 8	10.5	12.7	3.05	4.54
B	6.5	11/15/26	111-10+	1.064 5	21.97	5.657	1456	12.78	113.877 8	9.8	12.1	3.09	4.54
B	6.75	8/15/26	114-21+	1.096 5	22.54	5.653	1482	12.82	115.604 2	10.9	11.6	3.20	4.54
B	6	2/15/26	104-18	1.000 0	20.00	5.655	1370	13.00	105.391 2	8.8	11.2	3.12	4.54
B	6.875	8/15/25	116-01	1.110 5	19.48	5.654	1466	12.53	116.980 8	11.4	8.1	3.61	4.54
B	7.625	2/15/25	125-22+	1.203 3	20.32	5.650	1542	12.17	126.756 3	13.7	6.7	3.83	4.54
B	7.5	11/15/24	124-00	1.186 6	21.37	5.646	1518	11.96	126.942 0	12.9	8.5	3.63	4.54
B	6.25	8/15/23	107-18	1.030 3	15.22	5.649	1328	12.25	108.425 8	9.7	5.6	3.85	4.54
B	7.125	2/15/23	118-16	1.134 9	17.32	5.641	1410	11.80	119.484 1	12.4	4.9	3.99	4.54
B	7.625	11/15/22	124-20	1.193 6	18.09	5.639	1455	11.40	127.616 0	13.6	4.5	4.06	4.54
B	7.25	8/15/22	119-28	1.148 1	17.42	5.637	1405	11.62	120.876 4	12.9	4.6	4.03	4.54
B	8	11/15/21	128-23+	1.232 5	20.20	5.626	1452	11.01	131.872 5	14.9	5.3	3.99	4.54
B	8.125	8/15/21	130-04+	1.245 6	21.63	5.620	1455	11.08	131.262 9	15.8	5.8	3.95	4.54

B	8.125	5/15/21	129-30	1.243 8	21.12	5.620	1 443	10.84	133.124 7	15.4	5.7	3.96	4.54
B	7.875	2/15/21	126-25+	1.213 8	20.40	5.618	1 407	11.00	127.884 6	15.1	5.3	3.99	4.54
B	8.75	8/15/20	136-28	1.309 3	25.27	5.604	1 468	10.63	138.083 6	18.2	7.1	3.85	4.54
B	8.75	5/15/20	136-22+	1.306 9	27.75	5.597	1 456	10.39	140.135 4	17.7	10.1	3.56	4.54
B	8.5	2/15/20	133-18+	1.277 1	26.87	5.595	1 420	10.54	134.752 2	17.4	9.4	3.60	4.54
B	8.125	8/15/19	128-28	1.232 0	26.37	5.589	1 361	10.47	129.997 2	16.3	10.1	3.50	4.54
B	8.875	2/15/19	137-02+	1.308 9	33.10	5.570	1 402	10.14	138.304 0	19.0	14.1	3.18	4.54
B	9	11/15/18	138-11	1.319 5	38.34	5.557	1 400	9.87	141.874 1	19.0	19.4	2.68	4.54
B	9.125	5/15/18	139-07	1.327 2	40.73	5.545	1 382	9.68	142.798 2	19.6	21.1	2.52	4.54
B	8.875	8/15/17	135-24+	1.293 1	43.65	5.525	1 320	9.64	136.991 5	19.5	24.2	2.18	4.54
B	8.75	5/15/17	134-06+	1.277 5	45.53	5.517	1 296	9.42	137.635 4	18.5	27.0	1.87	4.54
B	7.5	11/15/16	120-20	1.148 4	40.42	5.512	1 178	9.53	123.567 0	14.0	26.4	1.63	4.54
N②	5	2/15/11	100-17	0.928 4	60.44	4.931	776	7.67	101.221 9	17.0	43.4	-3.08	2.66
N	5.75	8/15/10	105-12+	0.982 8	30.98	5.020	764	7.19	106.184 8	10.3	20.7	1.48	4.09
N	6.5	2/15/10	110-17+	1.032 9	25.64	5.010	754	6.76	111.444 7	11.2	14.5	2.72	4.46
N	6	8/15/09	106-28+	1.000 0	20.50	4.981	705	6.55	107.719 4	8.7	11.8	2.99	4.46
N	5.5	5/15/09	103-21	0.969 3	21.38	4.946	676	6.39	105.813 7	5.7	15.6	2.45	4.46
N	4.75	11/15/08	98-31	0.927 3	14.18	4.913	625	6.20	100.832 0	1.8	12.4	2.80	4.46
N	5.625	5/15/08	104-15+	0.979 3	13.88	4.870	611	5.72	106.690 9	5.2	8.7	3.50	4.61
N	5.5	2/15/08	103-27	0.973 4	13.44	4.834	591	5.65	104.603 4	6.0	7.4	3.51	4.46
F②	5.75	11/15/05	105-02+	0.990 4	12.97	4.516	424	3.95	107.333 6	13.7	-0.8	3.72	3.62
T②	5.375	6/30/03	102-17	0.988 4	18.79	4.174	215	2.07	103.956 7	5.3	13.5	2.83	4.49
T	5.5	5/31/03	102-21	0.991 0	14.20	4.193	207	1.98	104.575 2	6.1	8.1	3.49	4.49
T	5.75	4/30/03	103-03+	0.995 6	13.52	4.162	200	1.89	105.603 2	7.8	5.7	3.79	4.49
T	4.25	3/31/03	100-08+	0.971 3	2.72	4.109	189	1.88	100.335 3	-2.6	5.3	3.82	4.64
T	5.5	3/31/03	102-16+	0.991 7	7.39	4.165	192	1.87	102.605 8	6.3	1.1	4.35	4.49

① 为扣除持有收益的净基差（basis net of carry）。 ——译者注

② T 代表可用于 2 年期美国国债期货交割的债券，F 代表 5 年期的，N 代表 10 年期的，B 代表 20 年期的。

资料来源：JPMorgan.

表 1-3 2001 年 4 月 4 日可交割国债的转换因子

票息	到期日	合约月份的转换因子				
		2001 年 6 月	2001 年 9 月	2001 年 12 月	2002 年 3 月	2002 年 6 月
5.375	2/15/31	0.914 0	0.914 2	0.914 6	0.914 8	0.915 2
6.25	5/15/30	1.033 9	1.033 9	1.033 7	1.033 7	1.033 5
6.125	8/15/29	1.016 9	1.016 7	1.016 7	1.016 6	1.016 6
5.25	2/15/29	0.899 6	0.899 9	0.900 3	0.900 6	0.901 1
5.25	11/15/28	0.899 9	0.900 3	0.900 6	0.901 1	0.901 4
5.5	8/15/28	0.933 6	0.933 7	0.934 1	0.934 2	0.934 6
6.125	11/15/27	1.016 3	1.016 4	1.016 2	1.016 2	1.016 0
6.375	8/15/27	1.049 1	1.048 7	1.048 7	1.048 3	1.048 2
6.625	2/15/27	1.081 1	1.080 6	1.080 4	1.079 9	1.079 7
6.5	11/15/26	1.064 5	1.064 3	1.063 9	1.063 8	1.063 3
6.75	8/15/26	1.096 5	1.095 9	1.095 6	1.095 1	1.094 8
6	2/15/26	1.000 0	0.999 9	1.000 0	0.999 9	1.000 0
6.875	8/15/25	1.110 5	1.109 9	1.109 5	1.108 8	1.108 4
7.625	2/15/25	1.203 3	1.202 2	1.201 3	1.200 1	1.199 2
7.5	11/15/24	1.186 6	1.185 8	1.184 7	1.183 9	1.182 8
6.25	8/15/23	1.030 3	1.030 0	1.030 0	1.029 7	1.029 6
7.125	2/15/23	1.134 9	1.134 0	1.133 3	1.132 4	1.131 7
7.625	11/15/22	1.193 6	1.192 6	1.191 3	1.190 2	1.188 9
7.25	8/15/22	1.148 1	1.147 1	1.146 3	1.145 3	1.144 5
8	11/15/21	1.232 5	1.231 1	1.229 5	1.228 1	1.226 4
8.125	8/15/21	1.245 6	1.243 8	1.242 3	1.240 5	1.239 0
8.125	5/15/21	1.243 8	1.242 3	1.240 5	1.239 0	1.237 1
7.875	2/15/21	1.213 8	1.212 2	1.210 9	1.209 2	1.207 8
8.75	8/15/20	1.309 3	1.306 9	1.304 8	1.302 4	1.300 2
8.75	5/15/20	1.306 9	1.304 8	1.302 4	1.300 2	1.297 7
8.5	2/15/20	1.277 1	1.274 9	1.272 9	1.270 6	1.268 6
8.125	8/15/19	1.232 0	1.230 0	1.228 3	1.226 3	1.224 5
8.875	2/15/19	1.308 9	1.306 2	1.303 8	1.301 0	1.298 5
9	11/15/18	1.319 5	1.317 0	1.314 1	1.311 5	1.308 5
9.125	5/15/18	1.327 2	1.324 5	1.321 5	1.318 6	1.315 4
8.875	8/15/17	1.293 1	1.290 2	1.287 5	1.284 5	1.281 8
8.75	5/15/17	1.277 5	1.275 0	1.272 1	1.269 5	1.266 5
7.5	11/15/16	1.148 4	1.147 0	1.145 3	1.143 9	1.142 2

转换因子的特征

- 每种国债和每个交割月合约的转换因子是唯一的。表 1-3 表明，票息率高于 6% 的国债，在随后的合约月份，其转换因子变得更小，这反映了随着债券到期日的临近其价格向票面价格趋近。同样，票息率低于 6% 的国债，其转换因子在接下来的合约月份中向上移动[⊖]。
- 转换因子在交割周期里保持不变。
- 转换因子最早被用来计算 CBOT 长期国债期货合约交割时的发票价格。
- 如果票息大于 6%，转换因子大于 1；如果票息小于 6%，转换因子小于 1。
- 没有经验的套保者有时候会采用转换因子作为套保比率。尽管如此，正如第 5 章所说的那样，这样做会导致严重的套保误差。

例子：基差计算　对于票息 7.5%、2016 年 11 月 15 日到期的国债来说，在 2001 年 6 月的交割周期中，该国债转换因子是 1.148 4。在芝加哥时间 2001 年 4 月 4 日的下午两点，它在现货市场的交易价格是 120-20/32，同时刻的期货价格是 103-30/32。回顾之前对基差的定义是：

$$基差 = 现货价格 - (期货价格 \times 转换因子)$$

为了计算该国债的基差，首先要把现货价格和期货价格转换成小数形式。基差等于：

⊖　两者都趋向于 1。——译者注

$$基差 = 120.625\,0 - (103.937\,5 × 1.148\,4)$$

$$= 1.263\,2$$

该基差是以小数形式表示的。把此结果转换为 1/32 的形式，得到 40.4[⊖]，这可以在表 1-2 的第 6 栏中找到。

期货发票价格

当某种国债被用于 CBOT 长期国债期货合约的交割时，国债的接收者按照"发票价格"付款给卖方。发票价格等于期货价格乘以卖方所选择国债的转换因子再加上该国债的应计利息。即：

$$发票价格 = (期货价格 × 转换因子) + 应计利息$$

上面的应计利息也是按照票面为 100 美元的国债进行计算。

假定某期票息 7-1/2%、2016 年 11 月 15 日到期的国债，在 2001 年 6 月 29 日按照 103-30/32 的期货价格进行交割。这只债券的转换因子为 1.148 4，应计利息为 0.917 12 美元。应计利息从上一次计息日的 2001 年 5 月 15 日算到 2001 年 6 月 29 日。因此，发票价格计算如下：

$$发票价格 = (103.937\,5 × 1.148\,4) + 0.917\,12 = 120.278\,9$$

期货合约要求交割面值等于 100 000 美元的国债。对于每张期货合约来说，总的发票金额为：

$$发票金额 = 1\,000 × 120.278\,9 = 120\,278.90(美元)$$

⊖ 40.4 = 1.263 2×32。——译者注

持有损益：持有国债的盈利或亏损

投资者是否愿意持有国债并用于未来的交割，取决于在持有国债期间所能产生的净利息收益或损失。

持有损益是指投资者持有国债所获得的票息收入与其买入该国债所支付资金成本之差。如果持有损益为正，类似于收益曲线斜率为正的情况，持有国债并用于未来的交割可以获得净的利息收入。如果持有损益是负的，与收益曲线斜率为负的情况类似，投资者将出现利息损失。

表 1-2 在第 11 栏给出了每种可交割国债在最后交割日之前的总持有损益，期间融资利率（RP 或回购利率）如第 14 栏所示。用最后交割日之前的总持有收益是因为在持有收益为正的情况下，最后交割日将是最优的交割日期。第 2 章将对最优交割的问题做进一步的阐述。

下面的公式给出了每 100 美元面值的国债到最后交割日期的总持有损益。

$$持有损益 = 票息收入 - 融资成本$$

其中

$$票息收入 = \left(\frac{C}{2}\right) \times \left(\frac{\text{Days}}{\text{DC}}\right)$$

其中，票息（C）的价值取决于票息率和国债的面值，另外

$$融资成本 = (P + \text{AI}) \times \left(\frac{\text{RP}}{100}\right) \times \left(\frac{\text{Days}}{360}\right)$$

融资成本取决于该债券的总市值。所采用符号的含义是：

C　　　面值 100 美元国债的年票息，可被视为以百分比表示的年付息率。C 除以 2 就是半年付息一次债券的票息。

Days　从国债的结算日到交割日之间的实际天数。美国国债在交易日后的一个营业日结算。在表 1-2 中，交易日是 2001 年 4 月 5 日，结算日就是 2001 年 4 月 6 日，交割日一般被取交割月份最后一个交易日，这里是 2001 年 6 月 29 日。

DC　　两次付息时间之间的实际间隔天数，往往在 181～186 天之间变动。因此，票息收入对每年按 365 天计算也适用。

P　　　面值 100 美元国债的市场价格。

AI　　　面值 100 美元国债的应计利息。

RP　　国债的回购利率或买入国债的融券利率，用百分点表示，使用时要再除以 100 以便按照百分比计算。用来计算期货价格的正确回购利率是使用与结算日和交割日之间天数相一致的期限回购利率。

360　　在计算回购利率时假定的一年的天数。

例子：持有损益计算　假设在 2001 年 4 月 5 日有某期票息 7-1/4%、到期日是 2022 年 8 月 15 日的国债。该国债的净价加上应计利息是 120.876 4，见表 1-2 的第 10 栏。国债的回购利率为 4.54%，这个国债利息分别在 2 月 15 日和 8 月 15 日支付，两者之间的实际天数为 181 天。结算日 2001 年 4 月 6 日和最后交割日 2001 年 6 月 29 日之间的天数为 84 天。基于这些假设，对于每 100 美元面值的国债，可以得到：

$$利息收入 = \left(\frac{7.25}{2}\right) \times \left(\frac{84}{181}\right) = 1.682\,32(美元)$$

$$融资成本 = 120.876\,4 \times \left(\frac{4.54}{100}\right) \times \left(\frac{84}{360}\right) = 1.280\,484(美元)$$

因此持有损益就是

$$持有损益 = 1.682\,32 - 1.280\,484 = 0.401\,836(美元)$$

或者每 100 美元面值国债的持有损益是 40 美分。对票息 7-1/4%、面值为 1 000 000 美元的国债来说，总持有损益为：

$$总持有损益 = 0.401\,836 \times 10\,000 = 4\,018.36(美元)$$

按照国债交易惯例，持有损益是以 32 进制的形式表示的。面值为 1 000 000 美元平价国债 1/32 点的价值是 312.50 美元。因此，把持有损益简单地除以 312.50 就可以获得用 1/32 点表示的持有损益。若总持有损益是 4 018.36 美元，用 1/32 点的形式表示的总持有损益为：

$$1/32 点的总持有损益 = 4\,018.36/312.5 = 12.9/32$$

相关数值可以在表 1-2 的第 11 栏查到。

在实际操作中，前面所计算的持有损益只是个近似值。原因在于：虽然投资者已经在短期回购市场上锁定了某个期限的融资利率，但是如果国债价格变化超过预设值，大多数回购协议就需要变动相应抵押物。如果国债价格下降超过事先约定，融入债券的一方必须要保证能提供更多的抵押物。由于可能要借入额外的抵押物，这将导致交易的融资成本增加。与此类似，如果国债价格上升，拥有现货头寸的一方就会拥有超额的抵押物。这些超额的抵押物可以借给其他投资者，相关交易将产生额外的收入。需要注意的是，在一笔基差交易中，国债现货和期货的头寸可以相互冲销，因此管理抵押物成本中的净利息部分可能很小。这是因为在回购中作为抵押物的国债现货价格降低，很可能会与期货空头持仓产生的收益相互抵消。在这种情况下，期货交易的变动保证金可以用来抵补回购中额外抵押物的需求。

理论国债基差

如果只存在一种可交割的国债，或者无须考虑可交割国债的品级或交割时间的问题，则很容易计算出国债的基差。为了进一步简化这个问题，假定国债票息为6%，因此转换因子为1。在这种简单的情形下，期货价格近似等于：

期货价格 = 国债价格 − 到交割日总持有损益

因为国债的转换因子是1，那么在这个例子中，国债的基差仅仅是国债价格与其期货价格之差。据此计算如下：

基差 = 国债价格 − 期货价格

= 国债价格 −（国债价格 − 到交割日总持有损益）

= 到交割日的总持有损益

到交割日的总持有损益包括两个部分。第一部分是每日持有损益，这取决于回购利率与国债收益率的差以及国债的价格。第二部分是交割之前的总天数。如图 1-1 所示，把两部分结合起来就构成了国债基差与交割时间的关系。基于以下简化假定，图 1-1 给出了三个关键联系：

- 曲线的高度是交割之前的总持有损益。
- 曲线的斜率等于负的每日持有损益。
- 随着时间接近于交割日，基差收敛于零。

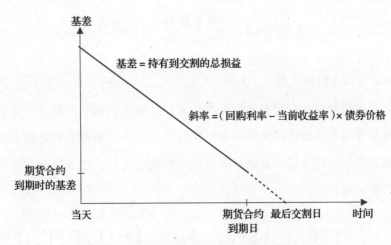

图 1-1 某一最便宜可交割长期国债的基差

在图 1-1 中，基差关系是在持有收益为正的假设下进行分析的。同样需要指出的是，在最后交易日前，基差用实线表示。在期货合约到期后，期货价格就不再变动，但国债现货价格仍自由浮动。上述这些都是国债基差市场的重要特征，将在第 2 章和第 3 章中进一步详细讨论。

隐含回购利率

如果投资者购买国债现货，同时卖出对应的期货合约，然后把国债现货用于期货的交割，这样获得的理论收益就是隐含回购利率（implied repo rate，简称 IRR）。如果在交割日之前可交割国债没有利息支付，那么隐含回购利率的计算公式为：

$$隐含回购利率 = \left(\frac{发票价格 - 购买价格}{购买价格} \right) \times \left(\frac{360}{n} \right)$$

可以简化为：

$$\text{隐含回购利率} = \left(\frac{\text{发票价格}}{\text{购买价格}} - 1 \right) \times \left(\frac{360}{n} \right)$$

n 是交割之前的天数。

如果可交割国债在交割之前有利息支付，隐含回购利率就是使得债券远期价格等于发票价格的融资利率。计算中假定其间所得的利息将会以隐含回购利率进行再投资。如果其间只有一次利息支付，隐含回购利率将是以下方程的解：

$$\text{隐含回购利率} = \frac{\left\{ \text{发票价格} + \left(\frac{C}{2} \right) \times \left[1 + \text{隐含回购利率} \times \left(\frac{n_2}{360} \right) \right] - \text{购买价格} \right\} \times \left(\frac{360}{n} \right)}{\text{购买价格}}$$

其中，$C/2$ 是半年期利息，n_2 是从票息支付日到交割日之间的天数。方程可以简化为：

$$\text{隐含回购利率} = \frac{\left(\text{发票价格} + \frac{C}{2} - \text{购买价格} \right) \times 360}{\left(\text{购买价格} \times n \right) - \left(\frac{C}{2} \times n_2 \right)}$$

考虑一下计算 2001 年 4 月 5 日，票息 7-1/4%、2022 年 8 月 15 日到期国债的隐含回购率，这里假定在 2001 年 6 月合约的最后可交割日（也就是 6 月 29 日）进行交割。在 4 月 5 日，期货结算价格为 103-30/32。从结算日 4 月 6 日到最后交割日 6 月 29 日的天数为 84 天[⊖]。票息 7-1/4%国债的

⊖　表 1-2 是在每个交易日收盘后才生成的报告。所以，表 1-2 中列出的价格是收盘价，这里假定在下一个交易日是有可能以这个价格成交的。在这个例子中，由于 4 月 4 日是周一，这里假定 4 月 5 日周二也是工作日。周一成交的现货交易会在下一个工作日 4 月 6 日周三结算交割。

报价为 119-28/32，且从上一个利息支付日 2 月 15 日到结算日 4 月 6 日，每 100 美元面值国债的应计利息为 1.001 4 美元。在交割日，应计利息将为 2.683 702 美元。

为了计算面值 10 万美元国债的隐含回购利率，必须首先计算现券买入价或者债券全价，即：

购买价格 = 报价 + 应计利息 = 119.875 + 1.001 4 = 120.876 4（美元）

这可以在表 1-2 的第 10 栏中找到。

接下来交割时需要发票价格。鉴于在 6 月 29 日交割且期货价格为 103-30/32，那么发票价格为：

发票价格 =（期货价格 × 转换因子）+ 应计利息

＝（103.937 5 × 1.148 1）+ 2.683 702 = 122.014 346（美元）

根据这些数据，隐含回购利率就是：

$$隐含回购利率 = \left(\frac{122.014\ 3}{120.876\ 4} - 1 \right) \times \left(\frac{360}{84} \right) = 4.03\%$$

在表 1-2 的第 13 栏中可以找到相关结果。

要点

隐含回购利率是一种理论上的收益率。其计算过程假定，对于每 10 万美元面值的国债现货，你做空了转换因子 C 份的期货合约，且国债现货的所有利息收入都是以隐含回购利率进行再投资。即使如此，由于可能为期货合约支付变动保证金，隐含回购利率也只是投资者可能得到的近似收益率。当价格下降的时候，基差持有者可以从中获得收益[⊖]，这些收益可以再投资从而增加整体投资收益。价格上升的时候，基差持有者将支付变动保证金，这些多缴纳的变动保证金也许是借来的，这将导致基差多头的整体收益降低。当然，如果可以通过回购市场进行国债借贷，在回购协议中可能存在与期货保证金相互抵消的抵押品现金流。此时，实际的收益率和理论上的收益率差别很小。

买卖基差

基差交易同时或者几乎同时在国债现货和期货市场进行交易，通过预期基差的变化以图获利。"买入基差"或者"基差的多头"就是买入现货国债，对每 10 万美元面值的国债现货卖出相当于转换因子数量的期货合约。"卖出基差"或者"基差的空头"则恰恰相反，指的是卖出或者卖空国债现货并买入期货合约。

由于国债基差被定义为国债价格和其转换期货合约价格之差（即基差＝国债价格－转换因子×期货价格），一种直接理解基差交易的有效方法就是牢记国债现货持仓的方向就是基差交易持仓的方向：如果买入国债现货并卖出期货合约，就是买入基差，基差多头将从国债现货相对于其转换期货价格的上升中获得收益。如果卖出现货并买入期货，就是卖出基差。而基差空头将从国债相对于其转换期货价格的下降中获得收益。

在实际操作中，交易商可以按下述任何一种方式买入或卖出基差。第一种是分别进行现货交易和期货交易（的间接方式），即所谓的"分腿进入交易"（legging into the trades）。举例来说，买入基差，就是在现货市场

⊖　根据基差定义，基差多头（持有者）就是现货多头并且同时是期货空头。——译者注

上以最优买价买入国债，并在国债期货市场以最优卖价卖出恰当数量的期货合约。第二种交易基差的方法，就是在期转现交易（EFP）[⊖]市场上进行价差交易，在期转现市场上的这种交易可以以约定好的价差，同时在国债现货和期货市场上建立对应仓位。EFP 市场的主要优点在于：由于交易商直接对基差本身进行买卖报价，降低了建立期现价差仓位的执行风险。

举例来说，可以分析一下 2001 年 4 月 5 日期货交易收盘时，票息 7-7/8%、2021 年 2 月 15 日到期的国债现货对 2001 年 6 月期货合约的基差。这种国债对应的 2001 年 6 月合约的转换因子为 1.213 8，期货交易价为 103-30/32。在 EFP 市场上，票息 7-7/8% 的国债的基差买价为 20/32，卖价为 21/32。这意味着市场上有人愿意为票息 7-7/8% 的国债基差至少支付 20/32，同时愿意以 21/32 的最低价格卖出这个基差。

在这个例子中，如果交易者接受卖价，为面值 1 000 万美元票息 7-7/8% 的国债的基差支付 21/32，那么交易者将同时建立面值 1 000 万美元、票息 7-7/8% 国债的多头仓位和 121[= 10 000 000×（1.213 8/100 000）] 份国债期货合约的空头仓位。购买国债所支付的价格将比转换因子与国债期货价格的乘积高 21/32。另外，如果交易者点击这个基差的买价，接受 1 000 万美元、票息 7-7/8% 国债的基差 20/32，那么他将建立面值为 1 000 万美元的国债现货空头，同时建立 121 份国债期货合约的多头仓位。所接受的国债成交价格将比转换因子与期货价格的乘积高 20/32。

一笔 EFP 交易一旦成交，就必须同时确定国债现货和期货的价格。在

⊖ exchange of futures for physicals，意为"期转现交易"，下文中统一用 EFP。期货转现货交易是指持有同一交割月份合约的多空双方之间达成现货买卖协议后，变期货部位为现货部位的交易。期转现的方法是：达成协议的双方共同向交易所提出申请，获得交易所批准后，分别将各自持仓按双方商定的平仓价格由交易所代为平仓（现货的买方在期货市场须持有多头部位，现货的卖方在期货市场须持有空头部位）。同时，双方按达成的现货买卖协议进行与期货合约标的物种类相同、数量相当的现货交换。——译者注

实际操作中，EFP 经纪商首先以贴近当前市场水平的价格来确定期货价格；然后国债现货价格就按照实现约定的价差来计算。举个例子来说，如果交易者在 EFP 市场上以 21/32 价格买入了基差（步骤 1），并在期货市场上以 103-30/32 的价格卖出 121 份期货合约（步骤 2），那么去除应计利息后的国债现货的净价为（步骤 3）：

$$国债的发票价格 = （基差 + 转换因子 × 期货价格）$$
$$= 21/32 + 1.213\,8 × 103 - 30/32$$
$$= 0.656\,25 + 1.213\,8 × 103.937\,5$$
$$= 126.815\,588$$

这样产生的基差基本上就是 21/32。

表 1-4 是由 Garban 提供的一个 EFP 基差报价表，Garban 是纽约一家活跃的债券经纪商。这张图表展示了一些交易比较活跃且可用于国债合约交割的国债，对于每一种国债还列出了最佳的买卖报价与买卖盘的大小。举例来说，2001 年 4 月 27 日下午 3 点（纽约时间），票息 6-1/4%、2023 年 8 月到期的国债对 6 月合约的基差买入价为 14/32，卖出价为 15/32。"买卖盘"栏表明买盘为 1 000 万，卖盘为 500 万。

表 1-4　EFP [⊖]基差报价

	2 年期		99.156(05) -16+	
	5 年期		— — —（103.20+	
	10 年期			
B58	516			
B50	N16			
B56	517	63 /	65	10×5

⊖　此处 EFP 原文为 EFB，但根据上下文的意思这里应指 "EFP"（期转现交易），疑为笔误。——译者注

			（续）
2 年期		99. 156（05）−16+	
5 年期		— — —（103. 20+	
10 年期			
B65	817	59 /	60	5×5
B62	518			
B63	N18	48 /		5×
B64	219	45 /	49	5×5
B83	819			
B66	220			
B67	520	35+/		10×
B68	820	34 /		10×
B69	221	24 /	25+	5×5
B70	521	24+/	27+	5×5
B93	821	23 /		10×
B95	N21	22+/	23+	25×10
B84	822	17+/	18	5×5
B74	N22	18 /	19+	5×5
B71	223	17+/	18	10×10
B76	823	14 /	15	10×5
B77	N24	21+/		10×
B78	225	20 /	22	5×5

资料来源：Garban（已获得 Gaban LLC 公司的许可）。

除了执行风险外，间接交易基差与在 EFP 市场上进行基差交易的主要差别是价差交易中包含两笔交易的被执行价格。这种差别对已实现的价差影响较小。

如果交易者分腿建立仓位，分别以各自的市场价格进行现货交易和期货交易，基差的价值是根据两者之差确定的余项。相对的，如果交易者在 EFP 市场上进行交易，基差的价值和期货价格是首先确定的，这样国债现货的发票价格是待确定的余项。

举个例子来说，如果交易者以 126-25 +/32 [⊖] 的市场价格购买面值为 1 000 万美元，票息 7-7/8%、2021 年 2 月到期的国债，并以 103-30/32 的市场价格出售 121 份国债合约，那么基差的价值为：

$$基差 = 国债价格 - 转换因子 × 期货价格$$

$$= 126.796\ 875 - 1.213\ 8 × 103.937\ 5$$

$$= 0.637\ 538$$

$$= 20.40/32$$

这就是表 1-2 第 6 栏中所展示的基差价值，比上述 EFP 例子中所得到的 21/32 稍微低一点。如果国债的现货价格是 126-26，或 126-26/32，基差价值将为 20.9/32。

为什么使用国债转换因子？使用国债转换因子最主要的原因可能是因为它决定了基差。如果国债期货和现货的比率等于国债转换因子，那么国债基差任何幅度的变化都将产生相同的收益，不论基差变化是来自国债现货价格还是期货价格的变化，也不论国债价格和期货价格水平是总体上升还是总体下降。

尽管如此，正如将在第 2 和第 3 章看到的那样，基差头寸通常也会存在看涨或看跌的趋势。这是因为，对于每面值 10 万美元的国债现货，转换因子只是为去除这种趋势性偏好所需期货数量的一个近似值。当然交易者可以采用更好的套期保值比率，构建期现价差头寸以克服这种缺陷。然而这种方法自身也存在缺陷，主要是其持仓的盈亏不再紧密跟随国债基差变化。

⊖ 根据前文对美国国债市场中报价的解释，此处"25+/32"等于 25.5/32，即 0.796 875。
——译者注

基差交易中盈利的来源

基差交易的利润来源有两个方面。它们是：

- 基差的变动。
- 持有损益。

基差多头从基差扩大中获得利润。此外，如果国债净持有损益是正的，那么基差多头同样也可以获得持有收益。另外，空头头寸从基差的缩小中获得利润，如果持有损益是正的话，它会产生损失。

基差交易盈亏的特点可以分别举例说明。

买入基差

假定在 2001 年 4 月 5 日，2001 年 6 月到期的国债期货合约的交易价为 103-30/32。同时，票息 7-1/2%、2016 年 11 月到期的现货成交价格为 120-20/32，其基差为 40.4/32。此时，你认为在此轮交割周期中，40.4/32 的基差可能偏小，买入基差会获得收益。表 1-2 表明票息 7-1/2%、2016 年 11 月到期国债的转换因子为 1.1484。假定此国债的回购利率为 4.5%，建仓的交易将是：

在 2001 年 4 月 5 日（结算日 2001 年 4 月 6 日）

以 120-20/32 的价格买入票息 7-1/2%、2016 年 11 月到期的 1 000 万美元国债现货

以 103-30/32 的价格卖出 115 份 2001 年 6 月份到期的国债期货合约

$$基差 = 40.4/32$$

在 4 月 19 日，看多基差的观点得到证实，投资者想解除这笔交易。相关的平仓交易如下：

在 2001 年 4 月 19 日（结算日 2001 年 4 月 20 日）

以 116-21/32 的价格卖出 1 000 万美元票息 7-1/2%、2016 年 11 月到期的国债

以 100-16/32 的价格买入 115 份 2001 年 6 月到期的国债期货合约

$$基差 = 39.7/32$$

盈亏

国债现货

以 120-20/32 的价格买入票息 7-1/2%、2016 年 11 月到期的 1 000 万美元国债

以 116-21/32 的价格卖出票息 7-1/2%、2016 年 11 月到期的 1 000 万美元国债[⊖]

$$损失 = 127 \times 3\,125.00 = -396\,875.00(美元)$$

国债期货

以 103-30/32 的价格卖出 115 份 2001 年 6 月合约

以 100-16/32 的价格买入 115 份 2001 年 6 月合约

$$收益 = 110 \times 115 \times 31.25 = 395\,312.50(美元)$$

⊖　计算式中 3 125 美元为面值 1 000 万美元国债的 1/32 点价值$\left(= 10\,000\,000 \times \dfrac{1}{100} \times \dfrac{1}{32} \right)$。同理，面值 10 万美元国债（期货合约标的）的 1/32 点价值为 31.25。——译者注

获取的票息收入（14 天）

$$10\,000\,000 \times (0.075/2) \times (14/181) = 29\,005.52(美元)$$

支付的回购利息（14 天）$^{\ominus}$

$$12\,356\,700 \times 0.045 \times (14/360) = -21\,624.23(美元)$$

总盈亏

票息 7-1/2%2016 年 11 月到期的国债价格	−396 875.00 美元
2001 年 6 月期货价格	395 312.50 美元
利息收入	29 005.52 美元
回购利息支出	−21 624.23 美元
合计	5 818.80 美元

另一种盈亏计算方法

从上述例子中可以看出，交易者即便在国债现货和期货交易中遭受损失，但是仍可以从整个交易中获取收益。换句话说，即使在国债基差变化中遭受损失，也能从正的持有损益中获得弥补。我们发现，从基差变化和持有损益这两方面来表述交易盈亏可能更为清楚。上述交易可以表述为：

基差变化的收益	−1 562.50 美元
持有损益	7 381.29 美元
总损益	5 818.79 美元

$\ominus$ 这里基差计算使用的债券全价，即现货报价加上应计利息。

其中，基差变化产生的收益就是把在票息 7-1/2% 的国债上赚取的收益和在 2001 年 6 月期货合约上的损失加总，而持有损益就是收到的票息与支出的回购利息的合计。

国债现货和期货的价格关系变化可以反映已实现的收益，通过比较已实现收益和预期收益，投资者可以粗略地检查其交易构建状况。基差从 40.4/32 缩小为 39.7/32，变动的幅度为 -0.7/32。对于每个面值 1 000 万美元的基差仓位来说，每 1/32 点的价值是 3 125 美元。因此，从基差的变化中所得的收益就是 -2 188 美元（= -0.7×3 125）。理论值和实际值之间的差异主要是由于买卖合约数量的四舍五入问题。由于只可能交易整数份合约，所以只能卖出 115 份合约，而不是 114.84 份合约，而 114.84 份合约是复制国债基差所必需的精确合约数量。

卖出基差

4 月 5 日，如果认为对于票息 7-5/8%、2025 年 2 月 15 日到期的国债，其基差为 7-1/2% 太大了，且在随后的几天中基差将进一步缩小，缩小的幅度足以抵消基差空头头寸的负持有损益。从表 1-2 中可以看出，票息 7-5/8%、2025 年 2 月 15 日到期国债的转换因子为 1.203 3。假定该国债的逆回购利率为 4.5%。交易建仓如下：

在 2001 年 4 月 5 日（结算日 2001 年 4 月 6 日）

以 125-22.5/32 的价格卖出 1 000 万美元、票息 7-5/8%、2025 年 2 月到期的国债

以 103-30/32 的价格买入 120 份 2001 年 6 月份期货合约

基差 = 20.3/32

在 4 月 19 日之前，基差已经缩小，可以了结该仓位。平仓交易为：

在 2001 年 4 月 19 日（结算日 2001 年 4 月 20 日）

以 121-15/32 的价格买入 1 000 万美元、票息 7-5/8%、2025 年 2 月到期的国债

以 100-16/32 的价格卖出 120 份 2001 年 6 月份到期的国债期货合约

$$基差 = 17.2/32$$

盈亏

国债现货

以 125-22.5/32 价格卖出 1 000 万美元、票息 7-5/8%、2025 年 2 月到期国债

以 121-15/32 价格买入 1 000 万美元、票息 7-5/8%、2025 年 2 月到期国债

$$收益 = 135.5 \times 3\,125.00 = 423\,437.50(美元)$$

国债期货

以 103-30/32 的价格买入 120 份 2001 年 6 月合约

以 100-16/32 的价格卖出 120 份 2001 年 6 月合约

$$损失 = -110 \times 120 \times 31.25 = -412\,500.00(美元)$$

利息支出（14 天）

$$10\,000\,000 \times (-0.076\,25/2) \times (14/181) = -29\,488.95(美元)$$

获得的逆回购利息（14 天）

$$12\,675\,630 \times 0.045 \times (14/360) = 22\,182.35(美元)$$

总损益

票息 7-5/8%、2025 年 2 月到期的国债现货盈亏：

	423 437.50 美元
2001 年 6 月国债期货盈亏	−412 500.00 美元
利息支出	−29 488.95 美元
逆回购利息收入	22 182.35 美元
总收益	3 630.90 美元
另一种盈亏计算方法	
基差的变化	10 937.50 美元
持有损益	−7 306.60 美元
总损益	3 630.90 美元

回购利率与逆回购利率

回购交易可以表示为 RP，或者"repo"。用回购交易来融资买入债券是美国国债市场中通行的做法。比较正式的说法是，回购协议是一种交易安排，国债在当天以某个价格出售并在未来的交易日中以一个事先约定的较高价格买回，通常就是在下一个交易日。这种交易的作用在于为交易建仓进行融资，两个交易价格的差异就是融资成本。当交易成本以年化百分比形式表示时，其结果就是回购利率（RP 或 repo）。由于回购价格是事先确定的，因此回购利率是一个相对无风险的短期利率。

在逆回购中，先以某个价格买入国债并在以后的交易日中以一个事先约定的较高价格卖回（给交易对手）。这种交易的作用就相当于以相对无风险的短期利率出借资金。

　　回购交易可以是隔夜交易，也可以是事先约定的期限的交易。如果买回发生在下一个交易日，那么就是一个隔夜回购。如果买回发生在其他更长的期限，那么这就是一个短期回购。

　　在通常的情况下，逆回购利率要比回购利率低 10~25 个基点。也就是说，买入国债的融资利率要比你投资在短期货币工具上的收益高 10~25 个基点。

　　这种差异对基差交易的盈利性会产生重大的影响。举个例子来说，假定在卖出基差交易的例子中，逆回购利率是 4.25%，或是比回购利率低 25 个基点。在这一利率下，从逆回购交易中获得的收入就只有 20 950 美元 [= 12 675 630×0.042 5×(14/360)]，而不是 22 182.35 美元。因此，卖出基差的利润只有 1 232.35 美元，比例子中的利润要少。假如用于回购的国债是"特定"债券，这在第 6 章会进一步讨论，其逆回购利率低至 1.00%，交易者将遭受 13 622.04 美元的损失而不是获利。

|第 2 章|

什么因素影响基差

仅从持有损益的角度看，期货价格通常太低了。买入债券并卖出期货的交易者并不能从持有损益中获得足够的补偿，用以弥补较低期货卖价。而卖出债券并买入期货的交易者似乎能够从中获得足够的补偿，足以弥补其在持有损益上的损失。简而言之，基差通常超过持有损益，这种现象从国债期货开始上市交易时就一直稳定地存在。

由于债券市场的参与者都是金融市场中最聪明的一批人，所以很难将这种情况归因于无知或者愚蠢。相反，我们应该尝试着找出期货空头在持有损益之外获得的东西。当然，在交易的另一面，期货多头必定放弃了空头所期望得到的东西。对期货多头而言，基差和持有损益之间的差额就是其放弃某些东西后所得的收益。

这种差额来自何方？答案就在于空头所拥有的选择何种债券进行交割以及在什么时间进行交割的权利。这些权利构成了一个富含价值的交割期权组合，而这必然反映在所有债券的基差中。

空头其他的选择

如果只有一种债券可用于期货交割，并且只有特定的某天可以用于交割，那么债券的基差就很好理解了。对于某只可交割债券来说，竞争因素会使得其基差等于净持有损益，基差和距离交割的时间的关系如图 1-1 所示。

实际上，在 2001 年 4 月 5 日，可用于芝加哥期货交易所（CBOT）2001 年 6 月期货合约交割的国债有 33 种。每种国债都有各自的基差、持有损益、转换因子、收益率和隐含回购利率。而且，财政部还会定期发行新的债券，具有新的票息和期限，它们将被纳入可交割债券组合。可以采用符合条件的任意债券进行基差交易。

而且，交割期长达一个月，相关国债可以在合约月份的任一交易日进行交割。在期货合约停止交易以后，还有 7 个交易日可以进行交割。

根据 CBOT 关于债券期货合约的规定，由期货空头决定被交割国债的种类以及在交割月的具体交割时间。当然，空头会尽力选择最为有利的可交割债券和交割日期。

本章旨在说明，为什么期货空头所拥有的更改交割券种的能力是有价值的，同理，为什么空头可以选择在交割月份的前期而不是后期进行交割的权利是有价值的。这些权利的价值造成了基差和持有损益之间的差额。而且，这些权利的价值的变化解释了基差和持有损益之间差额的变化。第 3 章将详细说明空头拥有的交割策略期权，并在第 4 章中介绍它是如何估值的。

寻找用于交割的最便宜债券

用期货术语来说，寻找最适于交割的债券就是寻找"交割时最便宜的"债券。由于最便宜可交割债券（cheapest to deliver，简称 CTD）会变更，对交易者来说，围绕此寻找过程就产生了许多有意思的问题。

关于这个问题的最关键概念是：

- 可交割的债券集合。
- 哪种交割时最便宜。

可交割的债券集合

依据 CBOT 的规则，只要在合约月份的第一个交易日时长期国债剩余期限在 15 年以上，就可以用于期货合约的交割。正如上面提及的，在 2001 年 4 月 5 日就有 33 只可以用于 2001 年 6 月期货合约交割的债券。详见表 2-1。

表中列出国债发行的上市时间由近到远，而且快速浏览一下就可以对国债市场收益率历史有个粗略了解。财政部确定新发行国债的票息，使得其发行价格略低但很接近于面值。从上往下看票息这一栏，可以看出历史上自 1986 年到 2001 年以来 30 年国债收益率的反向变化。例如，最近的可交割债券是 2001 年 2 月发行的国债，票息只有 5-3/8%，它在 2031 年 2 月到期。可交割集合中最老的国债发行于 1986 年 11 月，其票息高达 7-1/2%，它在 2016 年 11 月到期。简略回顾一下国债收益率可以发现，长期国债的收益率 1988 年最高，那时财政部发行国债的票息高达 9-1/8% 和 9%。

剩余供给量

图 2-1 展示了 33 期可交割国债在到期之前的余额。图 2-1 还给出了在 4 月 4 日收盘时可交割国债的收益率曲线。最便宜的可交割债券是收益率为 7-5/8%，到期日为 2022 年 11 月的国债，图中已经做了标注。每个柱状图的高度表示每种国债的总发行量。黑色阴影部分表示相关国债的可流通

表 2-1 选择最便宜可交割国债以及最佳交割时间

2001 年 6 月合约价格 = 103-30，离最后交割日之前还有 85 天

（2001 年 4 月 4 日现货收盘价，5 日交易，6 日结算）

| 债券 | | 收盘价 | 收益率 | 转换因子 | 基差（32 进制） | 持有损益（32 进制） | BNOC①（32 进制） | 隐含回购利率 | | 短期回购利率 | 隐含减去短期回购利率 |
票息	到期日							首次结算	最终结算		
5 3/8	02/15/31	98-08	5.494	0.9140	104.04	7.02	97.02	-15.71	-8.68	4.45	-13.13
6 1/4	05/15/30	109-14	5.589	1.0339	63.25	9.55	53.70	-5.88	-2.10	4.43	-6.53
6 1/8	08/15/29	107-02	5.623	1.0169	43.79	8.90	34.89	-2.51	0.21	4.54	-4.33
5 1/4	02/15/29	94-18	5.639	0.8996	33.93	6.68	27.25	-1.67	0.71	4.54	-3.83
5 1/4	11/15/28	94-15	5.647	0.8999	29.93	6.40	23.53	-0.85	1.23	4.54	-3.31
5 1/2	08/15/28	97-30	5.648	0.9336	28.85	7.38	21.46	-0.33	1.63	4.54	-2.91
6 1/8	11/15/27	106-14	5.654	1.0163	25.79	8.74	17.04	0.82	2.41	4.54	-2.13
6 3/8	08/15/27	109-25	5.656	1.0491	23.69	9.82	13.87	1.43	2.86	4.54	-1.68
6 5/8	02/15/27	113-03	5.655	1.0811	23.26	10.55	12.72	1.68	3.05	4.54	-1.49
6 1/2	11/15/26	111-10+	5.657	1.0645	21.97	9.83	12.14	1.79	3.09	4.54	-1.45
6 3/4	08/15/26	114-21+	5.653	1.0965	22.54	10.93	11.61	1.89	3.20	4.54	-1.34
6	02/15/26	104-18	5.655	1.0000	20.00	8.83	11.17	1.85	3.12	4.54	-1.42
6 7/8	08/15/25	116-01	5.654	1.1105	19.48	11.39	8.08	2.50	3.61	4.54	-0.93
7 5/8	02/15/25	125-22+	5.650	1.2033	20.32	13.65	6.67	2.76	3.83	4.54	-0.71
7 1/2	11/15/24	124-00	5.646	1.1866	21.37	12.85	8.51	2.49	3.63	4.54	-0.91
6 1/4	08/15/23	107-18	5.649	1.0303	15.22	9.65	5.57	2.91	3.85	4.54	-0.69

（续）

债券		收盘价	收益率	转换因子	基差 （32进制）	持有损益 （32进制）	BNOC① （32进制）	隐含回购利率		短期回购 利率	隐含减去短期 回购利率
票息	到期日							首次结算	最终结算		
7 1/8	02/15/23	118-16	5.641	1.134 9	17.32	12.40	4.92	3.02	3.99	4.54	-0.55
7 5/8	11/15/22	124-20	5.639	1.193 6	18.09	13.56	4.53	3.09	4.06	4.54	-0.48
7 1/4	08/15/22	119-28	5.637	1.148 1	17.42	12.86	4.56	3.07	4.03	4.54	-0.51
8	11/15/21	128-23+	5.626	1.232 5	20.20	14.91	5.30	2.95	3.99	4.54	-0.55
8 1/8	08/15/21	130-04+	5.620	1.245 6	21.63	15.84	5.80	2.84	3.95	4.54	-0.59
8 1/8	05/15/21	129-30	5.620	1.243 8	21.12	15.41	5.71	2.88	3.96	4.54	-0.58
7 7/8	02/15/21	126-25+	5.618	1.213 8	20.40	15.12	5.28	2.92	3.99	4.54	-0.55
8 3/4	08/15/20	136-28	5.604	1.309 3	25.27	18.16	7.10	2.63	3.85	4.54	-0.69
8 3/4	05/15/20	136-22+	5.597	1.306 9	27.75	17.70	10.06	2.22	3.56	4.54	-0.98
8 1/2	02/15/20	133-18+	5.595	1.277 1	26.87	17.44	9.43	2.27	3.60	4.54	-0.94
8 1/8	08/15/19	128-28	5.589	1.232 0	26.37	16.26	10.10	2.14	3.50	4.54	-1.04
8 7/8	02/15/19	137-02+	5.570	1.308 9	33.10	19.02	14.08	1.57	3.18	4.54	-1.36
9	11/15/18	138-11	5.557	1.319 5	38.34	18.97	19.37	0.86	2.68	4.54	-1.86
9 1/8	05/15/18	139-07	5.545	1.327 2	40.73	19.59	21.15	0.60	2.52	4.54	-2.02
8 7/8	08/15/17	135-24+	5.525	1.293 1	43.65	19.46	24.19	0.04	2.18	4.54	-2.36
8 3/4	05/15/17	134-06+	5.517	1.277 5	45.53	18.54	26.99	-0.36	1.87	4.54	-2.67
7 1/2	11/15/16	120-20	5.512	1.148 4	40.42	14.00	26.42	-0.57	1.63	4.54	-2.91

① 扣除持有损益的净基差（basis net of carry）。——译者注

资料来源：JP Morgan.

数量，而浅色阴影部分则代表没有进行本息分离[⊖]的国债数量。

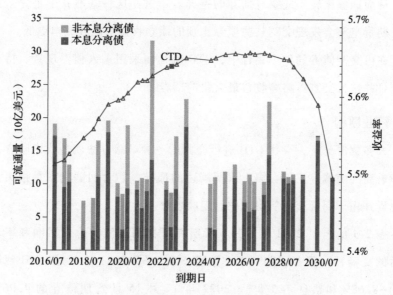

图 2-1 可交割国债的供给（2001 年 4 月 4 日）

随着时间的推移，可交割债券的集合构成发生了改变。一些较早发行的国债逐渐退出可交割集合。一些新发行的国债加入可交割债券集合。财政部的国债赎回计划会减少在外流通国债总量。未经本息剥离的国债数量，会随着国债被重构或者进一步本息分离而有所起伏。

使用隐含回购利率找到最便宜可交割债券

CTD 并不是市场价格最低的债券。CBOT 的转换因子系统能按比例提

⊖ 本息分离（separate trading registered interest and principal，STRIP）是指债券发行后，把该债券的每笔利息支付和最终本金的偿还进行拆分，然后依据各笔现金流形成对应期限和面值的零息债券。中长期附息债券通过本息分离具备了零息债券的性质，从而给投资者带来了风险管理和税收方面的好处。美国财政部还允许对本息已分离的零息债券进行重新整合使之成为附息债券在市场中交易。每只拆分出来的零息债券都具有单独的代码，可以作为独立的债券进行交易和持有。——译者注

高或降低期货价格，这样就可以把所有可交割的债券放在基本相同的地位上，从而能够比较不同票息债券的差异。不过，这种基准并不是完全相等的，期货空头会发现交割某些债券比别的债券收益更高或成本更低。

在可交割债券的整个集合中，CTD 就是使采用买入债券现货、持有到交割日并进行交割策略净收益最大化的债券。

行业惯例

大多数情况下，寻找 CTD 进行交割的一种可靠方法就是找出隐含回购利率最高的国债。正如在第 1 章所阐述的那样，隐含回购利率是指买入国债现货并用于期货交割所得到的假定收益率。

表 2-1 给出了 2001 年 4 月 5 日所有可交割国债的隐含回购利率。在最后的交割日，隐含回购利率在票息 5-3/8%、2031 年 2 月 15 日到期债券的-8.68%和票息 7-5/8%、2022 年 11 月 15 日到期债券的 4.06%之间。根据这种方法的测算，在 4 月 5 日，CTD 将是票息 7-5/8%的债券，而票息 5-3/8%国债的隐含回购利率为-8.68%，其买入持有并进行交割的成本较高。

从计算公式可以较为明显地看出为什么人们直觉上要采用隐含回购利率来寻找 CTD。当没有期间利息支付的时候，隐含回购利率的计算公式为：

$$隐含回购利率 = \left(\frac{发票价格}{买入价格} - 1 \right) \times \left(\frac{360}{天数} \right)$$

从公式中可以看出，交割发票价对现货买入价比率最高的国债拥有最高的隐含回购利率。换句话说，现货买入价和其交割发票价相比，价格最低的国债是最佳的可交割国债。

特定债券回购

寻找 CTD 还有另外一些较好的方法，比如关注债券隐含回购利率和其对应期限回购利率的利差或差额。对所有债券来说，这种差额一般是负值，它是衡量策略性交割期权的一种方法。最小的负数（算数值最大）对应的债券是交割时最便宜的。

当日，如果所有的可交割债券都可以按照同样的回购利率融资买入并用于交割，前述方法就没有太多改进。在这种情况下，隐含回购利率最高的债券，其隐含回购利率和对应期限回购利率之间的利差也是负值最小的。所以，两种方法产生相同的结果。

尽管如此，在实际操作中还是有一些债券可以以特定回购利率进行融资，而这些回购利率要比普通抵押式回购利率要低。因此，隐含回购利率和对应期限回购利率之差是最小负值的债券并不一定就是隐含回购利率最高的。这个规则很少采用，但是可行且确实有效，尤其是在最近发行的几期债券上，它们可以以特定回购利率进行交易，这使得它们容易被选中用于交割。

为什么不用扣除持有损益后的净基差

寻找 CTD 的另一个粗略而可行的办法是比较债券的基差与其交割前的总持有损益。这一差额被称为"净基差"，或者是"扣除持有损益净基差（BNOC）"。正如表 2-1 所示，在 4 月 5 日，票息 7-5/8%、2022 年 11 月 15 日到期债券的基差为 18.09/32，至最后交割日，其总持有损益预计为 13.56/32。那么，票息 7-5/8%国债的基差"超过持有损益 4.53/32"。相反，票息 5-3/8%、2031 年 2 月 15 日到期债券的基差为 104.04/32，而在交割日之前总持有收益预计为 7.02/32。因此，该债券基差超过持有收益 97.02/32。

买入票息 7-5/8%国债并用于期货合约交割的净成本为 4.53/32，而购买票息 5-3/8%债券的净成本为 97.02/32。根据这种方法，票息 7-5/8%债券将是 CTD。

当两种可比债券价格不同时，这种方法可能会给出错误的排序，这也是它的最主要缺点。债券的 BNOC 方法没有考虑债券的实际市场价格。如果两种债券拥有相同的净基差，那么价格较高的债券将是较便宜交割债券。

表 2-2 比较了这三种方法在可交割国债便宜程度排序方面的作用。在这个例子中，使用隐含回购利率指标的两个方法得到了相同的结果。票息 6-1/4%、2030 年 5 月到期和票息 5-3/8%、2031 年 2 月到期国债是市场上仅有的在短期回购市场上具有特定回购利率的券种，不过由于其价格太高了，在回购市场上的特定利率也无助于改善它们的相对排序。

表 2-2 交割便宜程度的衡量
（交易日：2001 年 4 月 5 日）

隐含回购利率	国债		隐含减去对应期限回购利率	国债		扣除持有损益的净基差	国债	
	票面利率	到期日		票面利率	到期日		票面利率	到期日
4.06	7 5/8	11/15/22	−0.48	7 5/8	11/15/22	4.53	7 5/8	11/15/22
4.03	7 1/4	08/15/22	−0.51	7 1/4	08/15/22	4.56	7 1/4	08/15/22
3.99	8	11/15/21	−0.55	8	11/15/21	4.92	7 1/8	02/15/23
3.99	7 1/8	02/15/23	−0.55	7 1/8	02/15/23	5.28	7 7/8	02/15/21
3.99	7 7/8	02/15/21	−0.55	7 7/8	02/15/21	5.30	8	11/15/21
3.96	8 1/8	05/15/21	−0.58	8 1/8	05/15/21	5.57	6 1/4	08/15/23
3.95	8 1/8	08/15/21	−0.59	8 1/8	08/15/21	5.71	8 1/8	05/15/21
3.85	6 1/4	08/15/23	−0.69	6 1/4	08/15/23	5.80	8 1/8	08/15/21
3.85	8 3/4	08/15/20	−0.69	8 3/4	08/15/20	6.67	7 5/8	02/15/25
3.83	7 5/8	02/15/25	−0.71	7 5/8	02/15/25	7.10	8 3/4	08/15/20
3.63	7 1/2	11/15/24	−0.91	7 1/2	11/15/24	8.08	6 7/8	08/15/25
3.61	6 7/8	08/15/25	−0.93	6 7/8	08/15/25	8.51	7 1/2	11/15/24
3.60	8 1/2	02/15/20	−0.94	8 1/2	02/15/20	9.43	8 1/2	02/15/20
3.56	8 3/4	05/15/20	−0.98	8 3/4	05/15/20	10.06	8 3/4	05/15/20

（续）

隐含回购利率	国债		隐含减去对应期限回购利率	国债		扣除持有损益的净基差	国债	
	票面利率	到期日		票面利率	到期日		票面利率	到期日
3.50	8 1/8	08/15/19	-1.04	8 1/8	08/15/19	10.10	8 1/8	08/15/19
3.20	6 3/4	08/15/26	-1.34	6 3/4	08/15/26	11.17	6	02/15/26
3.18	8 7/8	02/15/19	-1.36	8 7/8	02/15/19	11.61	6 3/4	08/15/26
3.12	6	02/15/26	-1.42	6	02/15/26	12.14	6 1/2	11/15/26
3.09	6 1/2	11/15/26	-1.45	6 1/2	11/15/26	12.72	6 5/8	02/15/27
3.05	6 5/8	02/15/27	-1.49	6 5/8	02/15/27	13.87	6 3/8	08/15/27
2.86	6 3/8	08/15/27	-1.68	6 3/8	08/15/27	14.08	8 7/8	02/15/19
2.68	9	11/15/18	-1.86	9	11/15/18	17.04	6 1/8	11/15/27
2.52	9 1/8	05/15/18	-2.02	9 1/8	05/15/18	19.37	9	11/15/18
2.41	6 1/8	11/15/27	-2.13	6 1/8	11/15/27	21.15	9 1/8	05/15/18
2.18	8 7/8	08/15/17	-2.36	8 7/8	08/15/17	21.46	5 1/2	08/15/28
1.87	8 3/4	05/15/17	-2.67	8 3/4	05/15/17	23.53	5 1/4	11/15/28
1.63	7 1/2	11/15/16	-2.91	7 1/2	11/15/16	24.19	8 7/8	08/15/17
1.63	5 1/2	08/15/28	-2.91	5 1/2	08/15/28	26.42	7 1/2	11/15/16
1.23	5 1/4	11/15/28	-3.31	5 1/4	11/15/28	26.99	8 3/4	05/15/17
0.71	5 1/4	02/15/29	-3.83	5 1/4	02/15/29	27.25	5 1/4	02/15/29
0.21	6 1/8	08/15/29	-4.33	6 1/8	08/15/29	34.89	6 1/8	08/15/29
-2.10	6 1/4	05/15/30	-6.53	6 1/4	05/15/30	53.70	6 1/4	05/15/30
-8.68	5 3/8	02/15/31	-13.13	5 3/8	02/15/31	97.02	5 3/8	02/15/31

尽管 CTD 拥有最低的 BNOC，不过在图表下端，不同衡量交割便宜程度方法会产生不同的相对排序。例如，尽管票息 8%、2021 年 11 月到期的国债是第三便宜可交割债券，但其 BNOC 比票息 7-1/8%、2023 年 2 月和到期票息 7-7/8%、2021 年 2 月到期国债的净基差要大。

交割国债的最佳时机

除了有助于识别最便宜的债券用于交割，隐含回购利率同样在决定合约月份中进行交割的最佳时机方面很有用途。表 2-1 分别给出了在 2001 年 6 月第一个交易日和最后一个交易日进行交割的隐含回购利率，可以发现：对于任何给定的中长期国债而言，在最后交易日进行交割比第一个交易日的隐含回购利率要高。因此，持有债券越久，理论上其收益率越高，期货空头理所当然会选择在 9 月合约的最后交易日进行交割。

斜率为正的收益率曲线

表 2-1 表明在最后交割日出现隐含回购利率较高的现象是由于收益率曲线斜率为正的缘故。如果长期收益率高于短期收益率，期货空头决定交割的时机相对容易。有两种因素会影响相关结果，而且这两者都使得空头倾向于选择最后的可交割日期进行交割。

第一，如果收益曲线斜率为正，交易者买入国债并卖出期货合约的持有损益为正。上述过程每持续一天就可以真实地多得一天的收益。从隐含回购利率可以很容易地证实这一点。

第二，期货空头拥有决定选择交割债券的权利，因此一旦提前交割就相当于放弃了交割期权所含有的剩余价值。这种期权的市场价值为 CTD 的基差与其到期日之前剩余的持有损益之差。这种差额或溢价，即使对 CTD 而言，也可以多达数个报价单位（1/32）。只有"百搭牌"效应能够使空头放弃当前的 BNOC，而选择提早进行交割，但这种情况很少出现（详见第 3 章）。

斜率为负的收益率曲线

如果持有损益是负的，那么期货空头面临的问题更为复杂。由于持有国债的票息的收入并不足以弥补在回购市场上融资的成本，每天都会有利润流失。

所以，避免负持有损益的方法就是提前进行交割。不过，提前交割的主要问题在于期货空头必须放弃各种交割期权的剩余价值。

　　提前交割只有在十分极端的情况下才是值得的。如果剩余期限的负持有损益超过了交割期权的剩余价值，那么提前交割就有利可图。使用过去的数据进行分析，会发现当回购利率比长期国债收益率明显要高时，市场就可能做出调整进行提前交割。

　　表 2-3 分析了 2001 年 3 月合约的交割模式。由于那个时间段收益曲线形状比较特殊，零到两年之间的收益率曲线是倒置的，在以后的时期内斜率是正的，因此，持有 2 年期可交割国债的收益是负的，但是对于 5 年期、10 年期国债，其持有损益是正的（或可忽略的）。期货空头在交割月的月中开始交割 2 年期国债，并在交割月份的剩余日期内继续交割，而其余的三个合约都是在最后尽可能迟的时间交割。

表 2-3　国债交割
（2001 年 3 月）

交割日	国债品种		合约数量
	票面利率	到期日	
2 年期中期国债			
3/14/01	5.125	12/31/02	200
3/15/01	5.125	12/31/02	805
3/16/01	5.125	12/31/02	2153
3/19/01	5.125	12/31/02	551
3/20/01	5.125	12/31/02	125
3/21/01	5.125	12/31/02	500
3/23/01	5.125	12/31/02	105
3/26/01	5.125	12/31/02	435
3/27/01	5.125	12/31/02	353
2 年期中期国债			
3/29/01	5.125	12/31/02	791
4/3/01	5.125	12/31/02	1216

（续）

交割日	国债品种		合约数量
	票面利率	到期日	
5 年期中期国债			
3/30/01	6.75	5/15/05	20 934
10 年期中期国债			
3/30/01	5.5	2/15/08	17 884
长期国债			
3/30/01	8.75	5/15/20	9 567
3/30/01	8.75	8/15/20	3 860

资料来源：美国商品期货交易委员会，www.cftc.gov.

经验法则

收益率的水平或者收益率曲线的斜率不时会发生变化，这会导致 CTD 不断变化，而且偶尔，财政部国债招标发行会使得新发行的中长期国债被纳入可交割集合，这也会造成 CTD 发生变动。当然，在任何给定的交易日，隐含回购利率可以准确找出 CTD，但它却不能进一步解释为什么 CTD 会从一个债券变为另一个。

本部分内容描述了导致 CTD 变化的因素。CTD 的选择可以用久期和收益率指标来描述。

以下两条常用的经验法则会有助于理解 CTD 的规律：

久期：对于收益率相同且在 6% 以下的债券而言，久期最小的债券就是 CTD。对于收益率相同且在 6% 以上的债券而言，久期最大的债券是 CTD。

收益率：对具有同样久期的债券而言，收益率最高的债券是 CTD。

相对久期

债券久期概念的重点就是，它表示了在债券收益率变动一定的情况下债券价格变动的百分比 [⊖]。对于同等幅度的收益率变化，久期高的债券比久期低的债券价格变化大。

为什么这点很重要？CBOT 的转换因子就是可交割债券在收益率为 6% 时的近似价格。所以，转换因子在 6% 的收益率时大约是无偏的，即如果所有的可交割债券的到期收益率为 6%，现货转换价格（即债券现货价除以各自的转换因子）将等于 100。此时，交易者选择交割任何两种可交割债券都是无差别的。

图 2-2 用简化线给出了高久期和低久期两种债券转换价格的例子。假设两种债券收益率恰巧是 6%（忽略在计算转换因子时按照最近季月舍入的问题），两种债券在交易月首日的转换价格是 100。在这种情况下，期货空头认为选择两种债券并无差别，交割时任何一种债券和另一种同样便宜。

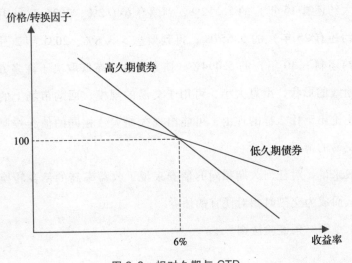

图 2-2　相对久期与 CTD

⊖ Robert Kopprasch 在 "Understanding Duration and Volatility" 中给出过一个很好的解释，Salomon Brothers 公司，1985 年 9 月。

尽管如此，如果收益率不是 6%，就需要考虑久期因素。设想收益率低于 6% 的情景，当收益率从 6% 下降，两种债券的价格都会上升，但是久期低的债券价格上升的幅度低于久期高的债券。因此，如果收益率降到 6% 以下，久期低的债券就成为交割相对便宜的债券。

相反，如果收益率升到 6% 以上，久期高的债券价格下降的幅度高于久期低的债券。因此，如收益率上升到 6% 以上，久期高的债券就成为相对交割便宜的债券。

以上是第一条经验法则。

相对收益率

债券并不是都以相同的收益率进行交易。如表 2-1 所示，在 4 月 4 日交易结束的时候，可交割债券的收益率从票息 7-1/2%、2016 年 11 月到期国债（大约还有 15 年）的 5.512%，到票息 6-1/2%、2026 年 11 月到期国债（大约还有 25 年）的 5.657%，再到票息 5-3/8%、2031 年 2 月到期国债（大约还剩下 30 年）的 5.494%。债券收益率高低取决于许多方面，如收益率曲线的形状，票息大小，可用于交易的规模，回购市场上的特定利率等。不论出于什么样的理由，可能出现久期大致相同的债券按照不同的收益率交易的情况。

一般来说，对任何久期相同的债券来说，收益率高的债券转换价格反而低，从而成为交割时相对便宜的债券。

以上是第二条经验法则。

国债基差就像期权

用经验法则能更好地了解国债基差的运行方式，甚至可以把各类国债基差类比为许多常见且广为人知的期权策略。

图 2-3 给出了三种国债现货转换价格与票息 7-5/8% 债券收益率之间的关系，这三种国债分别是票息 5-1/2%、2028 年 8 月到期，票息 7-5/8%、2022 年 11 月到期和票息 8-7/8%、2017 年 8 月到期。为了便于解释，假定这三种国债是仅有的三种可用来交割的债券。当收益率低于 4.98% 时，票息 8-7/8% 国债的价格与其转换因子的比值比其他任何一种国债都要低，因此在到期日交割最便宜。当收益率高于 4.98% 低于 6.13% 时，票息 7-5/8% 国债的现货转换价格最低，在到期日交割最便宜。当收益率高于 6.13% 时，票息 5-1/2% 国债的现货转换价格最低，在到期日交割最便宜。

国债品种	收益率
2028 年 8 月 15 日到期、票息 5-1/2% 的国债	5.65
2022 年 11 月 15 日到期、票息 7-5/8% 的国债	5.64
2017 年 8 月 15 日到期、票息 8-7/8% 的国债	5.53

① 2001 年 4 月 5 日在交叉点的估计收益率
② 2001 年 4 月 5 日在交叉点的估计期货价格

图 2-3　现货价格/期货价格（2001 年 4 月 5 日的交叉点）

在合约到期时，只要这三种国债的相对收益率如预期的那样，通过把三种国债的价格-收益率曲线最低部分连线，就可以找出到期时期货价格与票息 8-7/8% 国债收益率之间的关系。不考虑少量的持有损益，如果市场收益率低于 4.98%，期货价格将等于票息 8-7/8% 国债价格除以其转换因子。如果收益率在 4.98% 和 6.13% 之间，期货价格将等于票息 7-5/8% 国债价格除以其转换因子。如果收益率高于 6.13%，期货价格将等于票息 5-1/2% 国债的转换价格。

在合约到期前，可以预计期货价格将沿着三种替代性国债的最低现货转换价格下面的平滑弯曲虚线运动。在转换价格以下多少幅度，取决于收益率的波动性及预期收益率利差，同样也取决于 CTD 变化的可能性，在第 3 章中我们将详细展示。一旦明白这种关系，理解一些重要交割期权在国债基差中的作用会非常容易。

高久期国债基差就像看涨期权　首先来看票息 5-1/2%、2028 年 8 月到期的高久期国债，分析它的基差在不同收益率水平时的可能表现。如图 2-4 所示，如果收益率远高于 Y_C，票息 5-1/2% 的国债交割是最便宜的，并且很有可能一直如此。在交割之前，票息 5-1/2% 国债不是 CTD 的可能性很小，可以预期在到期日之前，期货价格将非常贴近该债券扣除持有收益的转换净价。如果收益率下降，在到期日该国债不再是 CTD 的可能性会上升。实际上，如果收益率降到 Y_C 以下，该债券 CTD 的地位将被票息 7-5/8% 的债券所代替。如果收益率降到 Y_A 以下，票息 8-7/8% 的国债将取代票息 5-1/2% 的国债和票息 7-5/8% 的国债，成为 CTD。因此，随着收益率水平下降，票息 5-1/2% 国债的基差上升。其基差在图中近似地等于票息 5-1/2% 国债的转换价格/收益率曲线与图 2-4 期货交割曲线中虚线部分的距离。$\ominus$ 随着收益率上升，票息 5-1/2% 国债的基差会下降。

$\ominus$　图中票息 5-1/2% 现货转换价格线与期货价格线之间的距离就等于票息 5-1/2% 国债的基差除以对应的转换因子。

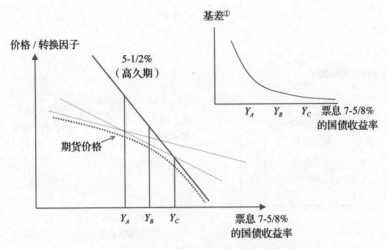

图 2-4　票息 5-1/2% 国债的基差就像看涨期权

① 基差=现货价格-转换因子×期货价格

图 2-4 的右上角单独画出了票息 5-1/2% 国债的基差与收益率之间的关系图。人们在解释国债看涨期权或国债期货的看涨期权时也会画类似的价格-收益率曲线图。随着收益率下降，国债现货和国债期货的价格上升，任何国债看涨期权的价值都上升。因此可以得出如下结论：像票息 5-1/2% 国债这样的高久期国债，其基差表现就像国债看涨期权。

低久期国债基差就像看跌期权　图 2-5 着重描述像票息 8-7/8% 国债这样的低久期国债的基差表现。当收益率低时，交割票息 8-7/8% 国债是最便宜的，其基差较小。随着收益率上升，该国债的交割成本上升，其基差增加。同样情况也会在国债的看跌期权或国债期货的看跌期权上出现。随着收益率上升，国债现货和期货的价格下降，所有看跌期权价值将上升。因此，像票息 8-7/8% 国债这样低久期国债的基差表现就像国债的看跌期权。

中间久期国债基差就像跨式期权　由于票息 7-5/8% 国债处在可交割债券集合的中间位置，其基差就像跨式期权。跨式期权是一个看涨期权和一

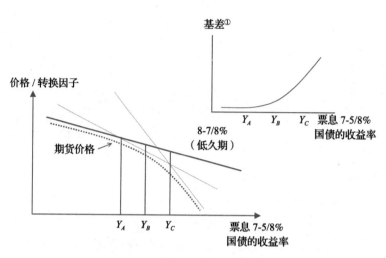

图 2-5　票息 8-7/8%国债的基差就像国债期货的看跌期权
① 　基差＝现货价格-转换因子×期货价格

个看跌期权的组合。正如图 2-6 所示，当收益率在 Y_B 附近时，基差是最小的。无论收益率下降还是上升，基差都倾向于上升。所以，这与跨式期权的表现很像。

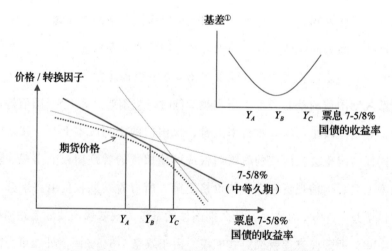

图 2-6　票息 7-5/8%国债的基差就像国债期货的跨式期权
① 　基差＝现货价格-转换因子×期货价格

最便宜可交割国债的变动

由于收益率水平在决定 CTD 的时候是一个非常重要的因素，因此，在分析收益率涨跌对可供选择的可交割债券集合的影响时，情景分析会很有用。表 2-4 给出了这种做法的各种可能结果，它可以用所有可交割中长期国债在期货合约到期时的 BNOC 来表示。

表 2-4 采用相当直接的方式给出了可交割中长期国债不同收益率的分布情况。我们接下来希望了解的是，在新发行的活跃国债（在本例中是票息 5-3/8%、2031 年 2 月到期国债）的收益率处于如下情况时，每种国债在期货合约到期时的净持有基差的分布情况：

- 与 4 月 4 日交易日收盘时的收益率保持不变。
- 收益率每次提高 10 个基点，最终提高 60 个基点。
- 收益率每次降低 10 个基点，最终减少 60 个基点。

采用这种做法就必须假定可交割债券集合中其他国债收益率变化与基准国债收益率变化之间存在某种关系。表 2-4 中对每种国债采用预估的收益率 Beta 指标，在收益率下降导致的曲线陡峭化以及收益率上升导致的曲线平坦化情况下，以此来捕捉国债收益率的变动趋势。

解答这些问题，首先要计算期货合约到期时每种国债的现货价格，并用每种国债扣除其交割前的持有损益（即最后交割日每种国债的远期价格），再除以其各自的转换因子。如果前面假定的各种收益率保持稳定，CTD 就是扣除持有损益后转换价格最低的国债。

表 2-4 2001 年 6 月期货合约的 BNOC 情景分析
（2001 年 4 月 5 日，到期日为 2001 年 6 月 20 日）

债券种类		基准收益率	收益率变动（基点）												
			-60	-50	-40	-30	-20	-10	0	10	20	30	40	50	60
5 3/8	2/15/31	5.523	161+	147	134	122	111	100+	91	83	75+	69+	64	61+	59
6 1/4	5/15/30	5.616	108	95+	84+	74+	65+	56+	49	43	37+	33+	30+	29+	29+
6 1/8	8/15/29	5.651	84	72+	62+	53	45	37	29+	24	19+	16	13+	13	13+
5 1/4	2/15/29	5.664	79	67+	57	47+	39	30+	23	17+	12	7+	4	3+	2+
5 1/4	11/15/28	5.671	75	63+	53+	44	35+	27+	20+	14+	9+	5	2	1*	0+*
5 1/2	8/15/28	5.671	71+	60+	50+	42	33+	25+	18+	13+	8+	4+	2	1	0+
6 1/8	11/15/27	5.678	60+	50+	41+	33+	26+	19+	13+	9+	5+	3	1+	2	3
6 3/8	8/15/27	5.680	55	45+	37	29+	23	16+	11	7	4	2	0+	2	3+
6 5/8	2/15/27	5.680	49	40	32+	25+	19+	14	9	6	3+	2	1+	3+	6
6 1/2	11/15/26	5.681	47	38+	31	24+	19	13+	8+	5+	3	2	1+	3+	5+
6 3/4	2/15/26	5.682	42	34	27	21	16	11	6+	4	2+	1+	1+	4	7
6	2/15/26	5.682	43+	35+	28+	22+	17	12	7+	4+	2+	1*	0+*	2	4+
6 7/8	8/15/26	5.680	33	26+	20+	16	11+	8	5	3+	2+	2+	3+	7	11
7 5/8	2/15/25	5.676	24	18+	14	10+	7+	5	3	3	3+	5	7+	12+	17+
7 1/2	11/15/24	5.673	24+	19	15	11+	8+	6	4+	4+	5	6	8+	13+	19
6 1/4	8/15/23	5.675	24+	19	14+	11	8	5	2+	2*	1*	2	3+	7	11

			16+	12+	9	7	5	3	2	3	4	6	8+	14	19+
7 1/8	2/15/23	5.667	16+	12+	9	7	5	3	2	3	4	6	8+	14	19+
7 5/8	11/15/22	5.664	11+	8	5+	4	2+	1+	1+	2+	4+	7+	11	17+	24
7 1/4	8/15/22	5.663	14	10	7+	5+	4	2+	2	3	4+	6+	10	15+	21+
8	11/15/21	5.654	6	3+	2	1	1	1	1+	3+	6+	10	14+	21+	29
8 1/8	8/15/21	5.649	5	2+	1+	1	1	1	2	4	7	11	16	23+	31
8 1/8	5/15/21	5.649	4	1+	0+*	0+	0*	0+*	1+*	4	7	11	16	23+	31
7 7/8	2/15/21	5.644	7	4+	3	2+	2+	2+	3	5+	8	11+	16+	23+	30+
8 3/4	8/15/20	5.623	2	0+*	0+	1	2+	3+	5+	9	13	18	24	33	41+
8 3/4	5/15/20	5.624	2+	1+	1+	2+	3+	5	7	10+	15	20	26	34+	43+
8 1/2	2/15/20	5.620	4+	3	3	3+	4+	5+	7+	11	15	19+	25+	34	42+
8 1/8	8/15/19	5.615	5+	4+	4	4+	5	6	7+	11	14+	19	24+	32+	40+
8 7/8	2/15/19	5.598	1*	1	2	4	6	8+	11	15+	20+	26+	33+	42+	52
9	11/15/18	5.584	4+	5	6	8	11	13+	16+	23+	26+	32+	40	49+	59+
9 1/8	5/15/18	5.569	3+	4+	6+	9+	12+	16	19+	25	31	37+	45+	56	66
8 7/8	8/15/17	5.551	1+	3+	6	10	14	17+	22	28+	34+	42	50	61	71+
8 3/4	5/15/17	5.543	2	4+	7+	11+	15+	19+	24+	30+	37+	45	53	64	74+
7 1/2	11/15/16	5.538	5+	7+	10	13	16+	20	24	29+	35	41+	48+	58	67

注：收益率变动是用新发行的活跃券数据计算，用历史收益率 Beta 值估计其他债券收益率的非平移变动。

资料来源：JPMorgan.

在任何给定收益率水平下，一旦确定了 CTD，我们在计算期货理论价格时，假定 CTD 的 BNOC 价值就等于月末转换期权的价值（更详细的解释可以参见第 3 章）。由于 BNOC 定义为：

$$BNOC = 债券价格 - 持有损益 - 转换因子 \times 期货价格$$

因此，到期日的期货价格就是：

$$期货价格 = \frac{CTD\,价格 - 持有损益 - DOV}{CTD\,的转换因子}$$

这里 DOV 就是月末转换期权价格的估计值。从发票价格确定后到交割前的八个交易日中，这种期权确有价值。基于这个期货理论价格，就可以用普通方法来简单计算出其余全部非 CTD 的 BNOC。

这种方法得出的结论很有启发性。在 2001 年 4 月 4 日，国债的收益率在 5-1/2% 左右。从表 2-1 所示的隐含回购利率来看，当天最便宜可交割国债是票息 7-5/8%、2022 年 11 月到期的债券。表 2-4 证实了这一点。中间栏反映的是收益率保持不变的情形。如果收益率在 4 月 4 日至期货合约到期日 6 月 20 日之间保持不变，从中可以看到票息 7-5/8% 国债的净基差为 1+（即 1.5/32），这在可交割债券的集合中是最低的。表 2-4 表明，如果收益率保持不变，其他两种国债也同样便宜。票息 8%、2021 年 11 月到期和票息 8-1/8%、2021 年 5 月到期的国债，其扣除持有损益后的净基差也为 1+。星号标注出了每一种收益率情形下真正的 CTD。

对于票息 7-5/8% 国债是 CTD 究竟有多大把握？考虑一下收益率下降时债券基差将如何变动。沿着标注星号的轨迹，可以看出如果收益率下降 10 个、20 个、30 个或 40 个基点，票息 8-1/8% 的国债将成为 CTD（如果收益率此后保持不变，毋庸置疑它们将最终是 CTD）。但是，如果收益率下降 50 个基点，票息 8-1/8% 的国债将被票息 8-3/4%、2020 年 8 月到期的国债所代替。如果收益率下降 60 个基点，票息 8-7/8%、2019 年 2 月到期的国债将成为 CTD。

随着收益率的上升，可以发现 CTD 随着期限的增长而稳步移动。类似地，票息 6-1/4%、2023 年 8 月到期的国债将是 CTD（如果收益率上升 10 或 20 个基点），票息 6%、2026 年 2 月到期的国债将是 CTD（如果收益率上升 30 或 40 个基点），票息 5-1/4%、2029 年 2 月到期的国债将是 CTD（如果收益率上升 50 或 60 个基点）。

久期经验法则的检验　请注意，预计的 CTD 变化和久期经验法则非常吻合。当收益率下降时，久期比票息 7-5/8% 国债的久期低的国债预计将成为 CTD。这些国债的票息更高，期限更短，因此久期更低。

在收益率上升时，久期比票息 7-5/8% 国债的久期要高的国债预计将成为 CTD。巧合的是，这些国债的票息更低，期限更长，因此久期更高。

收益率变动对国债基差的影响　表 2-4 提供了一种简略的方法来计算收益率水平变动时，对任一给定的可交割国债的 BNOC 的影响。伴随着收益率水平升降变动，票息 7-5/8%、2022 年 11 月到期国债的是否昂贵可以用合约到期时的理论净基差来衡量。举例来说，如果到期日的收益率比 4 月 4 日的收益率低 60 个基点，票息 7-5/8% 国债的净基差预计就是 11+，或 11.5/32。如果收益率高 60 个基点，则该净基差将为 24/32。因此，无论收益率向什么方向大幅变化，都将增加该国债的基差。因此，正如久期经验法则描述的那样，该国债基差的表现就像跨式或宽跨式期权——一个看涨和看跌期权的多头组合，无论收益率是升还是降，其价值都会增加。

对于久期相对较低的票息 8-7/8%、2019 年 2 月到期的国债来说，其基差表现大不相同。如果收益率水平比 4 月 4 日的低，其基差就会减少，而收益率水平上升则会增加它的基差。因此，票息 8-7/8%国债的基差就像国债的看跌期权一样，其价值在收益率上升和国债价格下降时上升。

而对久期相对较高的票息 5-1/2%、到期日为 2028 年 8 月这样的国债来说，其基差的表现也很不同。收益率水平下降会扩大它的基差，而收益率水平的上升则会缩小它的基差。所以，票息 5-1/2%国债的基差就像国债看涨期权一样，在收益率下降和国债价格上升的时候获益。

最便宜可交割国债的历史

国债期货交割的历史或多或少地证明了久期经验法则的正确性。表 2-5 给出了从 1987 年 3 月开始每个到期季月最便宜可交割债券的历史。从 1987 年 3 月到 1999 年 12 月，用来计算转换因子的名义收益率为 8%[⊖]。从 2000 年 3 月合约开始，理论收益率为 6%。

表 2-5　交割最多国债的历史

合约月份	国债品种				
	票息	到期日	价格	收益率	修正久期
3/31/87	14	11/15/11	158.0	8.39	9.29
6/30/87	12	8/15/13	130.2	8.98	9.30
9/30/87	7 1/4	5/15/16	75.4	9.83	9.57
12/31/87	7 1/4	5/15/16	82.0	9.02	10.39
3/31/88	10 3/8	11/15/12	112.6	9.09	9.25
6/30/88	7 1/4	5/15/16	82.2	9.01	10.37
9/30/88	7 1/4	5/15/16	81.8	9.05	10.10

⊖　此处的名义收益率是指国债期货合约对应名义国债的票面利率，目前仍是 6%。——译者注

（续）

合约月份	国债品种				
	票息	到期日	价格	收益率	修正久期
12/30/88	7 1/4	5/15/16	82.1	9.02	10.32
3/23/89	7 1/4	5/15/16	80.1	9.27	9.92
6/30/89	10 3/8	11/15/12	120.0	8.41	9.70
9/29/89	12	8/15/13	132.8	8.71	9.40
12/29/89	12	8/15/13	136.5	8.41	9.32
3/30/90	11 3/4	11/15/14	126.2	9.07	9.10
6/29/90	7 1/2	11/15/16	89.7	8.49	10.57
9/28/90	7 1/2	11/15/16	84.8	9.02	9.95
12/31/90	12	8/15/13	132.3	8.71	9.01
3/28/91	7 1/2	11/15/16	91.2	8.34	10.38
6/28/91	7 1/2	11/15/16	89.3	8.53	10.43
9/30/91	7 1/2	11/15/16	95.6	7.90	10.64
12/31/91	7 1/2	11/15/16	100.2	7.48	11.10
3/31/92	7 1/2	11/15/16	94.5	8.02	10.49
6/30/92	7 1/2	11/15/16	96.4	7.84	10.78
9/30/92	7 1/2	11/15/16	101.0	7.41	10.83
12/31/92	9 1/4	2/15/16	119.7	7.45	10.22
3/31/93	9 1/4	2/15/16	125.3	7.01	10.65
6/30/93	9 1/4	2/15/16	130.3	6.64	10.63
9/30/93	11 3/4	11/15/14	159.9	6.50	9.94
12/31/93	11 3/4	11/15/14	154.1	6.84	9.88
3/31/94	13 1/4	5/15/14	156.0	7.72	8.92
6/30/94	8 7/8	8/15/17	111.7	7.78	10.11
9/30/94	9	11/15/18	110.3	8.02	10.07
12/30/94	8 7/8	8/15/17	108.9	8.02	9.87
3/31/95	8 3/4	5/15/17	112.5	7.57	10.07
6/30/95	11 1/4	2/15/15	150.1	6.64	9.57
9/29/95	11 1/4	2/15/15	151.0	6.56	9.72
12/29/95	11 1/4	2/15/15	160.0	5.95	9.76
3/29/96	11 1/4	2/15/15	147.0	6.79	9.49
6/28/96	11 1/4	2/15/15	144.3	6.97	9.17
9/30/96	7 1/4	5/15/16	102.2	7.04	10.21

（续）

合约月份	国债品种				
	票息	到期日	价格	收益率	修正久期
12/31/96	11 1/4	2/15/15	147.7	6.67	9.16
3/31/97	11 1/4	2/15/15	140.6	7.18	9.06
6/30/97	11 1/4	2/15/15	145.3	6.80	8.97
9/30/97	11 1/4	2/15/15	150.4	6.40	9.22
12/31/97	11 1/4	2/15/15	156.7	5.93	9.16
3/31/98	11 1/4	2/15/15	156.3	5.92	9.25
6/30/98	11 1/4	2/15/15	160.3	5.62	9.12
9/30/98	11 1/4	2/15/15	170.2	4.94	9.43
12/31/98	11 1/4	2/15/15	165.3	5.21	9.08
3/31/99	11 1/4	2/15/15	155.9	5.81	8.96
6/30/99	11 1/4	2/15/15	149.7	6.23	8.57
9/30/99	11 1/4	2/15/15	146.7	6.42	8.59
12/31/99	11 1/4	2/15/15	141.3	6.83	8.21
3/31/00	8 3/4	5/15/17	126.4	6.22	9.50
6/30/00	7 7/8	2/15/21	118.8	6.24	10.72
9/29/00	8 1/8	5/15/21	123.3	6.12	10.72
12/29/00	9 1/4	2/15/16	138.0	5.52	8.96
3/30/01	8 3/4	5/15/20	136.9	5.58	10.41

　　名义票息的变化解释了国债列表中一个有意思的分界点。在 20 世纪 80 年代的大多数时间和 90 年代的前两年，美国国债收益率几乎都在 8% 以上。从那以后，国债收益率步入下降通道，而正如实际发生的那样，国债交割方倾向于选择最低和较低久期的国债。自 1995 年 6 月的某个时刻开始，收益率降至很低的水平，可交割集合中久期最低的国债——票息 11-1/4%、2015 年 2 月到期国债就成为 CTD，这种情况一直持续到 1999 年 12 月。从实际操作角度看，在 20 世纪 90 年代的后半期，国债期货合约仅受这只低久期债券的影响。

　　由于这种情况将会削弱国债期货合约作为收益曲线长端指标的作用，

CBOT 最终打破传统，把用于计算转换因子的名义收益率降至 6%。这一变化立即降低了可交割集合中国债转换点。在相同的收益率水平下，久期高的国债在交割时要比过去更为便宜。因此，从 2000 年 3 月合约开始，可交割券列表中，长期限的国债又开始作为交割券了。

买卖最便宜可交割国债基差的例子

为了更好地理解（期货）多头让步给空头的期权价值，一种方式就是衡量基差多空双方头寸的潜在收益和损失。基差多头就是买入国债并卖出一定数量的期货合约，基差空头就是卖出债券并买入一定数量的期货合约。正如人们将看到的那样，基差多头是两类头寸中相对安全的一个，因为在期货合约中处于空头一方，也是享有策略性交割期权的一方。

举例来说，假定在 2001 年 4 月 5 日决定买入票息 7-5/8%、2022 年 11 月到期国债的基差。表 2-1 表明在 4 月 5 日时，距最后交割日还剩下 85 天，基差收盘价是 18.09/32。假定短期回购利率为 4.54%，到最后交割日的总持有收益将是 13.56/32。在总计 18.09/32 的基差中，基差的买入方将得到 13.56/32 的持有损益。因此，如果持有至交割日，购买该国债基差的净成本为 4.53/32。换句话说，该基差多头将支付 4.53/32 以获得交割期权。

根据表 2-4 所示的 BNOC，如果该持仓在最后交易日头寸进行了冲销，我们可以计算交易者损益情况。如果收益率没有变化，票息 7-5/8%国债的 BNOC 预计约为 1.5/32。（国债基差会等于这个数值加上期货合约到期日与最后交割日之间持有损益）。在这种情况下，交易者将在交易中大约损失 3/32（=4.5/32−1.5/32）。

尽管如此，如果收益率上升或下降的幅度足够大，这笔交易还是能够获利。举例来说，如果收益率下降 60 个基点，在到期日票息 7-5/8%国债预计的 BNOC 将为 11.5/32。在这种情况下，交易者将获得大约 7/32(=11.5/32-4.5/32) 的收益。如果收益率上升 60 个基点，在到期日票息 7-5/8%国债的 BNOC 将为 24/32。此时，交易者将获得大约 19.5/32(=24/32-4.5/32) 的收益。

　　如果在交易开始至期货合约到期时，收益率并没有发生大幅变化，持有基差的多头会耗费资金。不过，如果收益率变化幅度足够大，相关头寸将获利，且如果收益率变化幅度很大，获得的收益将会相当大。

　　期权交易者将发现这种收益结构。在较为稳定的市场行情中，期权买方常常遭受损失；在市场行情波动时，期权买方通常会从中获益。从这层意义上讲，国债期货空头和期权的多头有很多的共同之处。两者之间的差别主要是期货合约空头，获得的是嵌入式期权而不是直接的期权合约。

　　反转先前的交易，如果是卖出基差而不是买入基差，相关持仓表现和期权空头很相似。如果收益率保持不变，在基差空头上将获得 3/32 的收益（假定回购利率同为 4.54%）。这基本上就是卖出基差所能获得的最大收益了。如果收益率出现升降，基差空头可能遭受损失，而且其潜在损失没有上限。这相当于基差空头（期货的买入者）卖出了一个关于利率波动性的期权。

嵌入期权的重要性

　　随着收益率升降，国债基差与国债期权头寸的表现相似并不是偶然的。除去持有损益，决定国债期货价格和行为的一个最重要的因素就是空头策略性交割期权的价值。第 3 章将描述空头的各种期权的运作机制。第 4 章分析这些期权是如何定价的。

空头策略交割期权

国债期货合约空头拥有两种期权—选择交割国债品种和交割时机的权利。在实际操作中，这两种期权以不同的形式存在，而形式的多样性一方面是由于芝加哥期货交易所（CBOT）期货合约中有关交易和交割规则的复杂性，另一方面是由于国债市场本身的复杂性。

期货空头具有决定交割成本最低国债的权利表明一系列期权的确存在，其中一些可在期货合约到期前执行，还有一些会在最后交易日与交割月的最后交割日之间被执行。根据市场惯例，在交易到期之前的任何时间都可以执行的期权被统称为"转换"期权或"质量"期权。转换期权价值的高低取决于以下几方面：

- 收益率水平的变化。
- 收益率利差的变化。
- 预期新发行国债。

以下分别讨论。

可以在最后交易日与合约月份中的最后交割日之间的那个星期执行的期权被称为月末期权。尽管期权也围绕着最便宜可交割债券变动，但它起作用的真正原因是期货价格不再随着市场力量而自由变动。因此，通常使用绝对价格波动幅度（基点价值，或 BVP）而不是相对价格波动（久期）来计量月末期权价值。

期货空头选择在最佳时机进行交割同样也代表了一组可能的期权，这种期权受到许多因素的影响，如负的持有损益、市场收盘后的波动性、CBOT 的每日价格限制等。

以下的章节会逐一展示三种主要类型的基本交割期权，其先后顺序也很好地反映了它们在中长期国债期货价格中的相对重要性。在绝大多数的情况下，转换期权无疑是期权中最具有价值的，月末期权是次重要的期权，而时机期权通常几乎没有任何价值。

本章对空头策略性交割期权进行了全面且详尽的描述。第 4 章将解释如何衡量中长期国债期货策略性交割期权的价值，并进行比较。

以下将分别对 CBOT 的交割过程和交割月份中关键日期与时机进行描述。

交割流程

为了准确理解中长期国债期货合约中的嵌入式时机期权，熟悉为期三天的交割过程细节以及合约月份中的关键日期很有必要。

交割过程

交割过程持续三天，也就是众所周知的申报日、通知日和交割日（见表 3-1）。整个过程组织严谨，而且每一天都包含一个或多个重要的时间期限。

表 3-1　CBOT 交割过程（芝加哥时间）

申报（头寸）日	上午 7：20	期货市场开盘
	下午 2：00	期货市场收盘
	下午 5：00 （晚上 8：00）	清算会员申报空方头寸交割意向的截止时间 （括号内是交易所的截止时间）
通知（意向）日	上午 7：20	清算会员通知多方的截止时间
	下午 1：00	空方决定最终用于交割的具体国债截止时间；清 算会员告知多方
	下午 2：00	多方知会空方银行信息的截止时间
交割日	上午 9：00	空方向清算会员托管行交割国债的截止时间
	下午 1：00	空方所属清算会员交割国债以及多方付款买入国 债的截止时间

申报日

申报日或头寸日（CBOT 的官方称呼），就是期货空头正式通知交易所进行实物交割的日期。交易所从清算会员获取交割通知的截止时间是芝加哥时间晚上 8 点。大部分清算会员往往将他们客户递交交割通知的截止时间提前（通常是提前 1~3 个小时）。在期货市场中，申报交割意向的截止时间是在当日交易截止后的几个小时。这种时间上的滞后就是百搭牌期权的来源。

通知日

交割过程的第二天在华尔街也被称为通知日，CBOT 的说法是"意向日"。在这一天，空头必须准确申报具体用于交割的国债。申报截止时间是下午 2 点（对清算会员的截止时间则提前一个小时）。这几乎比提交交割通知晚一个整天。一天的时间滞后正是为期一天的转换期权来源。

交割日

交割过程的第三天是交割日，这也是市场各方的称呼。交易所规定交割国债到买入者账户上的截止时间是芝加哥时间下午 1 点。如果错过了截止时间，责任方会面临严重的处罚。如果期货空头没有向多头的托管行交割指定国债，CBOT 会进行处罚。而且，空头仍必须交割交易所制定的国债，尽管交割的国债并不一定是最便宜可交割债券。这种惩罚比在国债现货市场没有交割的成本要高得多，而且足以限制空头执行月末期权灵活性。

因为没有按时交割的惩罚较为严厉，在交割日前至少两天，有交割意向的期货空头通常就会持有 CTD。这就使得空头至少在交割日前两天无法通过普通回购交易的方式来出借债券。相反，空头为了确保拥有该国债，往往会参照无抵押贷款利率或通过"三方回购协议"的方式来借出债券。在三方协议中，国债被借给另外一方，但却托管在空头的清算会员处。这就确保相关国债在交割日能被空头用于交割。

交割月份

交易双方可以在合约到期月份中的任何交易日进行交割（见表3-2）。在实践中，这意味着第一个申报日实际是到期月份开始前的第二个交易日。提前的这两天就带来了百搭牌期权式的变动，而这主要是由于在非到期月份的每日价格限制。

进一步说，由于长期国债、10 年期国债和 5 年期国债的交易在合约到期月结束之前的第八个交易日后截止，交易到期后接下来的七个交易日中任何一天都可以进行交割。最后交易日和最后可以交割的日期之间一个星期的时滞，就是月末期权的来源。

这一系列相对复杂的制度安排，以及综合考虑大范围的债券都可以用于交割，给了空头更多的操作空间。

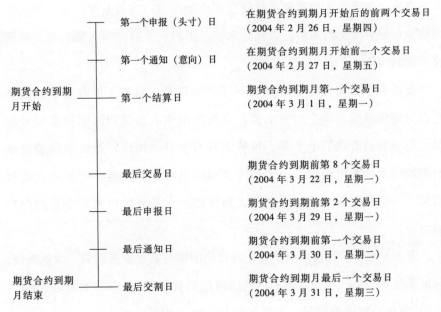

表 3-2 芝加哥交易所的交割月份
（2004 年 3 月合约对应的实际日期）

	第一个申报（头寸）日	在期货合约到期月开始后的前两个交易日（2004 年 2 月 26 日，星期四）
	第一个通知（意向）日	在期货合约到期月开始前一个交易日（2004 年 2 月 27 日，星期五）
期货合约到期月开始	第一个结算日	期货合约到期月第一个交易日（2004 年 3 月 1 日，星期一）
	最后交易日	期货合约到期前第 8 个交易日（2004 年 3 月 22 日，星期一）
	最后申报日	期货合约到期前第 2 个交易日（2004 年 3 月 29 日，星期一）
	最后通知日	期货合约到期前第一个交易日（2004 年 3 月 30 日，星期二）
期货合约到期月结束	最后交割日	期货合约到期月最后一个交易日（2004 年 3 月 31 日，星期三）

转换期权

在期货合约到期前，转换期权都会受最便宜可交割国债变化的影响。在这个期间，期货价格随着市场力量的变化而随意变动，并反映了最便宜可交割国债的变化。第 2 章的有关内容解释了随着收益率水平的变化，最便宜可交割国债可能发生变化。同时市场上也存在相对收益率变动的情况，收益率的利差变化同样也可以导致最便宜可交割国债的变化。如果新发行中长期国债将成为最便宜可交割国债，转换期权也同样会受影响。

收益率曲线平移情况

最便宜可交割国债和收益率水平存在系统性联系。图 3-1 可从第 2 章中的表格导出，它表明当收益率高的时候，可交割国债的价格相对敏感性差异常常会使得高久期国债是最便宜可交割国债；当收益率低时，低久期国债是最便宜可交割国债；当收益率处于中间水平时，中久期国债是最便宜可交割国债。

收益率水平和 CTD 之间的这种系统性联系，揭露了互有竞争性国债基差的期权属性。举个例子来说，高久期国债的基差和国债看涨期权相似，其价值随着收益率下降、价格上升而上升。相反，低久期国债的基差和国债看跌期权相似，中久期国债和一个跨式期权或一个宽跨式期权相似。一个跨式期权或一个宽跨式期权是一个看涨期权和一个看跌期权的组合。

图 3-1 解释了收益率水平变化对可比国债的基差价值影响。举例来说，如果票息 6-3/8%、2027 年 8 月到期国债的收益率为 6%，其转换价格为 B，该国债交割成本最低。根据预先的期货价格关系假设，图中期货价格等于 A。此时如果收益率降到 5%，则票息 7-5/8%、2022 年 11 月到期的国债将代替票息 6-3/8% 的国债成为最便宜可交割国债，且期货价格将仅增加到 A′。同时，票息 6-3/8% 国债的转换价格将增加到 D′。因此，随着收益率从 6% 降到 5%，票息 6-3/8% 国债的转换价格与其期货价格之间的差额将从 A 和 B 增加到 A′ 和 D′。因为国债的转换价格和期货价格之间的差额等于

国债价格／转换因子 － 期货价格 ＝ 基差／转换因子

可以得出，2027 年 8 月到期、票息 6-3/8% 国债的基差收益就像一个国债或国债期货的看涨期权，即随着收益率下降和国债价格上升，票息 6-3/8% 国债的基差价值会上升。

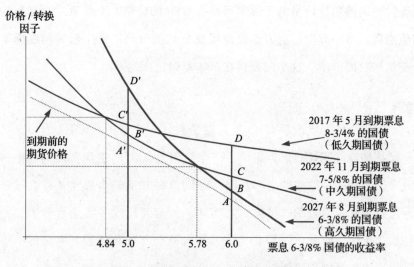

图 3-1　现货价格和期货价格的关系

对于国债期货交易者或避险者来说，价格/收益率之间这种关系的实际效果非常重要。举例来说，某投资者要在国债市场上建立一个多头部位，就可以比较一下购买票息 6-3/8% 国债与购买一个国债期货合约这两种方式的不同结果。如果收益率的确下降，由于 CTD 的变化，票息 6-3/8% 国债的收益要高于期货合约的收益。两种头寸业绩表现的差异，反映了收益率下降时空方可以选择一个较便宜国债进行交割的期权价值。

对希望做空市场的交易者而言，空方拥有可以选择较便宜国债进行交割的权利，这已经在国债期货合约的盈亏特征上有所体现。举例来说，随着收益率的下降，传统不可赎回国债的正凸性会导致国债期货空方的损失加剧。另外，CTD 的变化实际上可能会导致期货空头的损失有所减轻。换句话说，国债期货会呈现出负凸性，这反映了包含在期货合约中的交割期权价值。

为了弥补这种差异，国债期货价格必须比远期价格要低。例如，只有当支付的国债期货价格低于远期市场上 CTD 的价格，交易者才会选择购买国债期货。另一方面，空方也愿意接受更低的价格。至于低的幅度则取决于交割期权的价值。这个问题将在第 4 章讨论。

> **要点**
>
> 　　期货价格一旦低于 CTD 的远期价格，一个结果是 CTD 的扣除持有损益基差（BNOC）为正。另一个结果是，CTD 的隐含回购利率将低于该国债的短期回购利率。因此，CTD 的扣除持有损益基差会被认为是衡量基差价值的一种方式，而这一价值又反映了市场为基本交割期权的定价。因此，CTD 的隐含回购利率与市场化回购利率之间的不同也可以衡量这种价值。

收益率利差的变化

　　之前所讨论的收益率水平的变动大多数建立在收益率曲线平行移动的基础上。换句话说，这种情况假定所有的中长期国债的收益率上升和下降相同的基点。尽管如此，在实际中可以发现收益率并不是平行上升或下降的，反而会存在一种更为猛烈的趋势：随着收益率下降，可交割国债的收益率曲线变得陡峭；随着收益率上升，收益率曲线变得扁平。同样地，不管收益率是上升还是下降，中长期可交割国债之间的收益率利差变化幅度相当大。

　　不考虑收益率利差的变化会导致中长期国债期货定价出现严重偏差。举例来说，随着收益率的上升或下降，收益率曲线的斜率所表现出的系统性趋势常常会降低国债期货中策略性交割期权的价值。另外，收益率利差的非系统性变化会增加中长期国债中策略性交割期权的价值。

收益率利差的系统性变化

图 3-2 给出了从 2000 年 9 月到 2001 年 9 月，票息 6-3/8%、2027 年 8 月到期国债与票息 8-7/8%、2017 年 8 月到期国债之间利差的表现，其间票息 6-3/8% 国债到期收益率在 5.40% 到 6.20% 之间变动。从图 3-2 中可以看到，随着收益率总体水平的上升，收益率利差表现出强烈的系统性下降趋势。由于票息 6-3/8% 国债的期限更长，这可以理解为随着收益率上升原本正斜率的收益率曲线会变得扁平，或随着收益率下降原本的收益率曲线变得更为陡峭。如果在此期间观察 2017 年到期国债和 2027 年到期国债的收益率曲线情况，会发现票息 6-3/8%、2027 年 8 月到期的国债收益率每增加 10 个基点，会给收益率曲线带来 2.3 个基点的"扁平化"效果。

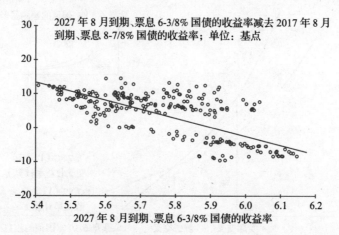

图 3-2　收益率利差的关系（2000 年 9 月—2001 年 9 月）

资料来源：JPMorgan.

这将如何影响国债基差的表现呢？来看一下如图 3-3 所示的情景。纵轴表示票息 6-3/8%、2027 年 8 月到期和票息 8-7/8%、2017 年 8 月到期两种国债的转换价格，横轴代表票息 6-3/8% 国债的收益率。在这种情况下，图表给出了一条票息 6-3/8%国债以及两条票息 8-7/8%国债的转换价格和收益率关系曲线。票息 8-7/8%国债两条曲线中位置较低的对应被标注为"以当前收益率计算"，这条曲线反映了如果这两种国债收益率的利差保持不变，可以观察到的价格和收益率关系。也就是说，票息 8-7/8%国债那条较低的价格和收益率关系曲线，是建立在所有收益率都上升和下降相同基点假设基础上的。如果这点成立的话，可以预计在所谓"静态转换收益率"上，票息 6-3/8%和 8-7/8%这两种国债的交割成本一样低廉。超过这个收益率，票息 6-3/8%国债交割是最便宜的。低于这个收益率，交割票息 8-7/8%的国债最便宜。并且预期的期货价格将在位于两条灰色曲线中较低的一条上。

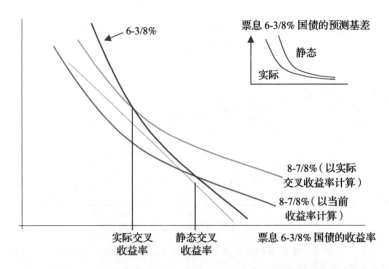

图 3-3　收益率利差变化对票息 6-3/8%国债基差的影响

　　尽管如此，如果每当收益率下降可交割国债的收益率曲线都变得陡峭（票息 6-3/8%、2027 年 8 月到期国债的收益率相对于票息 8-7/8%、2017 年 8 月到期国债的收益率增加），那么伴随着票息 6-3/8%国债收益率下降，票息 8-7/8％国债收益率会发生更大幅度的下降，因此其代表价格/收益率关系的曲线会移动到票息 6-3/8％国债曲线的上方。换句话说，收益率下降将会导致用票息 8-7/8％国债交割相对于票息 6-3/8％国债成本更高。如果这种关系成立的话，从图 3-3 中看实际交叉收益率比静态交叉收益率要低，同样相应的预计期货价格会位于图中位置较高的灰色曲线上。

随着收益率升降，可以观测到收益率利差会发生系统性变化，而这种系统性变化起到了降低国债期货转换期权价值的作用。实际上，这种效应与期权价格效应非常相似———一旦看涨期权标的价格上升，执行价格多少会上升，看涨期权价格会下跌；或者一旦标的价格下降，看跌期权的执行价格下降，看跌期权价格会下跌。现在如果描绘票息 6-3/8％国债基差，就可以发现：如果收益率曲线平行移动，那么它总是要比理论上的要小。而且，虽然很难在图 3-3 中直接看出，上述关系对票息 8-7/8％国债的基差同样成立。

非系统性收益率利差波动

可交割国债集合中，一种中长期国债相对于其他国债收益率增加，将会使其交割成本更为低廉，而且如果收益率增加的幅度足够大，则可能成为 CTD。在可交割国债集合中，不同国债之间收益率的利差会受到许多因素的影响。举例来说，如果收益率曲线变得陡峭，集合中期限更长国债的收益率将比期限相对短的国债增加得多。特定国债数量的暂时减少可能导致其交割比较昂贵。30 年期国债发行的意外减少可能导致高久期国债交割较为昂贵。

对长期国债和 10 年国债期货合约而言，上述因素中最能影响收益率利差变动的就是可交割国债集合中收益率曲线斜率的改变。

图 3-4 描绘了一段特定时间里 2000 年 3 月国债期货合约中 CTD 的变

动。在 2000 年 1 月初，票息 6-3/8%、2027 年 8 月到期国债与票息 9%、2018 年 11 月到期国债之间的收益率利差在 -13 到 -7 个基点之间。在此期间，票息 6-3/8% 国债是 CTD。后来在 2000 年 1 月中旬，财政部宣布国债回购计划，这导致了国债收益率曲线长端降低，而可交割国债收益率曲线扁平化。当两种国债的收益率利差下降到 -17 个基点时，票息 9%、2018 年 11 月到期的国债会取代票息 6-3/8%、2027 年 8 月到期国债成为 CTD。上述市场表现只在收益率下降、收益率曲线变得扁平时出现，而收益率上升时则并非如此。所以，这是一个收益率利差非系统性变化的例子。

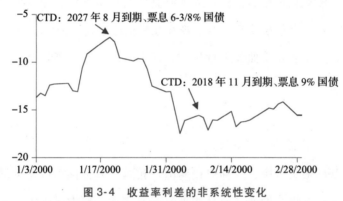

图 3-4　收益率利差的非系统性变化

资料来源：JPMorgan.

　　图 3-5 解释了收益率利差变动对国债基差的影响。如图所示，最初票息 6-3/8%、2027 年 8 月到期的国债是最便宜可交割国债，其转换价格/收益率关系曲线在票息 9%、2018 年 11 月到期的国债对应曲线的下方。

　　但是如果收益率曲线出现扁平化，票息 6-3/8%、2027 年 8 月到期国债的转换价格比票息 9%、2018 年 11 月到期国债的转换价格增加得多。而且如果收益率曲线足够扁平，2027 年 8 月到期的国债收益率足够高，这将导致票息 9%、2018 年 11 月到期国债成为 CTD。

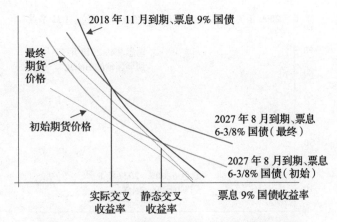

图 3-5　收益率利差变动对最便宜可交割国债的影响

在图 3-5 中的收益率曲线基于两种可交割国债，其斜率变化的影响也很明显。最初票息 6-3/8%、2027 年 8 月到期国债是 CTD，它的基差相对较小且主要反映了持有收益的价值。交割相对昂贵的是票息 9%、2018 年 11 月到期的国债，其基差相对较大。随着收益率曲线出现旋转变化，两种国债的角色和基础出现逆转。票息 6-3/8%、2027 年 8 月到期国债基差增加，交割昂贵，而票息 9%、2018 年 11 月到期国债则变得便宜，基差也快速下降。

图 3-6 准确刻画了在 2000 年初财政部宣布回购后，这两种国债基差的变动情况。从 2000 年 1 月 13 日到 2000 年 2 月 3 日，票息 6-3/8%、2027 年 8 月到期国债的扣除持有损益净基差从 7/32 增加到 28/32。而同期票息 9%、2018 年 11 月到期国债的扣除持有损益净基差，则是从 50/32 减少到 8/32。

期货合约空方拥有把一个 2027 年到期国债头寸转换成相应的 2018 年到期国债头寸的权利。该权利就像两种国债之间收益率利差的一个看涨期权。如果收益率利差变化的可能性足够大且幅度足够大，并足够引起 CTD

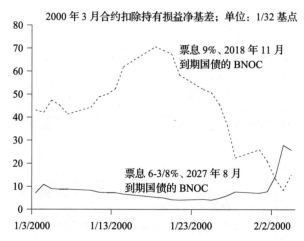

图 3-6　2018 年 11 月到期国债和 2027 年 8 月到期国债的净基差
注：BNOC 为扣除持有损益净基差。
资料来源：JPMorgan.

的变化，那么这种期权就有价值。第 6 章的内容表明，在过去几年中，收益率利差的非系统性波动已经成为长期和 10 年期国债期货合约中交割期权价值的来源。

预计新国债发行

只要一只中长期国债在合约到期月份的第一个交割日符合 CBOT 有关可交割债券的规定，它就可以用于交割。因此，在交割日之前发行的任何符合要求的中长期国债都可以用于交割。

新发行中长期国债的要素事先并不明确，但是随着发行日的临近，对发行要素预测的准确度和可信度会增加。第一，国债发行日期和到期日相对容易确定。美国财政部发债会遵循一个有规律的融资周期，并在固定的时间进行拍卖。例如，当前是 2 年期国债和 5 年期国债每月进行拍卖；10 年国债每年拍卖 8 次，分别在 2 月、5 月、8 月和 12 月发行，3 月、6 月、

9 月和 12 月进行续发。

第二，财政部只在很少情况下改变其发行国债的期限和提前赎回条款。例如，在 1998 年 6 月，财政部把 5 年期国债发行从月度发行变为季度发行，并在 2003 年 8 月又改回月度发行。类似地，在 2001 年 10 月，财政部宣布暂停 30 年期国债的发行，这也给市场造成扰动。在 2005 年 5 月，财政部宣布正在考虑从 2006 年 2 月重新开始发行 30 年期国债。

尽管如此，一般来说交易者可以相当准确地预测新发行国债的期限，但预测新发行国债的票息较难。财政部常常会为新发行国债确定一个票息，使得国债平价发行或略低于面值。所以，唯一需要预测的因素就是拍卖时的收益率水平。

即使如此，预测新发国债期权估值并没有比其他任何转换期权估值更难。例如，如果收益率高，新发行国债的票息同样也会高。高收益率时倾向于交割高久期国债，但是高票息会使得新发行国债久期较低。因此，如果收益率高，新发行国债不可能成为 CTD。相似地，如果收益率低，新发行国债票息也低。但是低收益率时倾向于交割低久期债券，而低票息会使得新发行国债久期较高。

而且，相对于不在发行期的国债，新发国债常常以稍低的收益率进行交易，主要是因为新发行国债有更好的流动性。这种相对较低的收益率常常会使得新发行国债的交割比较昂贵。

因此，预测新发国债期权价值通常相对较小。这条规则的例外情况主要出现在 5 年和 10 年期国债期货合约处在高收益率但正下降的时期。高收益率意味着交割高久期国债是有利的，而下降的收益率意味着票息最低且期限最长的新发国债将成为可交割集合中久期最高的国债。在这些时期，预计新发国债在设定中期国债期货价格中扮演了重要角色。

月末期权

一旦临近到期的期货合约在最后交易日收盘后，用来计算交割发票价格的结算价格就可以确定下来。即便如此，在最后交易日和最后交割日之间的七个交易日中，现货市场价格也有可能出现大幅变化。因此，最便宜可交割国债可能会在期货最后交易日和最后可交割日之间发生变化。如果在此期间市场波动性足够大，可交割国债可以发生多次变化。

在最后交易日后，空方可以把交割较昂贵的国债换为 CTD，这种权利通常被称为月末期权。

影响月末期权的因素与期货仍在交易时期推动 CTD 变动的因素有所不同。这些差异的一个特殊结果是：在期货交易结束前使某只国债交割成本降低的收益率变动，在期货合约到期后，往往又使该债的交割成本上升。

这个悖论的解释如下：高票息国债的基点价值较高，但是久期较低。相反的是，低票息国债的基点价值较低，但久期却较高。所以，尽管利率的上升通常会使得在交易截止之前交割高久期国债成本低廉，但是利率上升会使得交割高基点价值债券较为便宜。由于高基点价值国债的久期通常较低，往往会发现在期货合约到期且期货结算价格已经确定之后，利率上升会使得交割低久期国债较为便宜。当然，长期限国债的久期和基点价值通常都较高，因此，这些债券不会出现上述悖论。

套保比率

在期货交易结束时确定结算价格就会立即面临如下结果：必须调整套期保值比率。在期货交易结束后尚存的期货空头都要求交割面值为 100 000 美元的国债，而不论其市场价格如何。在交易截止之后，正确的套保比率将是 1∶1，而不是每 100 000 美元面值国债对应 C 张期货合约（转换因子）这样的比例，这只是基于传统基差头寸设立的。套保比率出现这种急剧变化的原因就在于，一旦合约到期，每种国债的发票价格就不再变动。

在最后交易日和最后交割日之间的一个星期内，空方可以极力发掘转换因子的用处。即使仅仅持续一个星期，这样所产生的月末期权非常有价值。就此而言，正是月末期权的价值使得 CTD 的 BNOC 在最后的交易日不为零。

月末期权的收益

为了便于举例，假设表 3-3 中所示的三种国债是备选的最便宜可交割国债。在三种国债中，在最后交易日，票息 7-1/4%、2022 年 8 月到期国债的 BNOC 为零，是 CTD。其他两种国债的 BNOC 分别是 1/32（票息 6-1/4、2023 年 8 月到期的国债）和 1.5/32（票息 8-3/4%、2020 年 8 月到期的国债）。

表 3-3　月末期权如何运行

长期国债	收益率	扣除持有损益基差（单位：1/32 基点）	基点价值（单位：1/32 基点）	成为 CTD 需要收益率变动
票息 6-1/4、2023 年 8 月到期国债	5.649	1.0	4.25	−4.0
票息 7-1/4%、2022 年 8 月到期国债	5.639	0.0	4.50	0.0
票息 8-3/4%、2020 年 8 月到期国债	5.602	1.5	4.70	7.5

一旦交易收盘的铃声响起，临近到期国债期货合约的结算价格就已经确定，那么每种可交割国债的发票价格就将板上钉钉。这也是理解月末期

权收益的关键。从这个角度出发，交割任何符合条件国债的净成本可以简单写作：

净成本 = 现金价格 -（转换因子 × 最后期货结算价格）- 持有损益

例如，如果某投资者购买面值为 100 000 美元、票息 7-1/4%、2022 年 8 月到期的国债，同时卖出一份期货合约。在交易收盘铃声响起的时候，在最后交割日该国债包含持有损益的净成本将会是零。对票息 8-3/4% 的国债而言，同样交易的净成本将为 1.5/32，即每 100 000 美元面值国债的净交易成本为 46.88 美元。

一旦最终的期货结算价格已经知道，唯一能够变动的事情就是国债的现货价格。但是，正如在表 3-3 中所示的那种，正在争取成为 CTD 的价格相对收益率变化并没有表现出同样的敏感性。

例如，收益率一个基点的变化将导致票息 7-1/4% 国债的价格变化 4.5/32，票息 8-3/4% 国债的价格变化 4.7/32。所以，如果收益率上升，票息 8-3/4% 国债价格下降的幅度要超过票息 7-1/4% 国债。如果收益率上升幅度足够大，交割票息 8-3/4% 国债的净成本实际上要比票息 7-1/4% 国债的低，而且可以完全替代票息 7-1/4% 的国债进行交割。如表 3-3 所示，票息 8-3/4% 国债取代票息 7-1/4% 国债成为最便宜可交割国债需要收益率上升 7.5[=1.5/（4.7-4.5）] 个基点。

从表 3-3 中也可以看出，票息 6-1/4% 国债一个基点价值只有 4.25/32。因此，如果收益率下降，票息 6-1/4% 国债的价格上升幅度较票息 7-1/4% 国债要小。如果收益率下降足够多，交割交易票息 6-1/4% 国债的净成本要比票息 7-1/4% 国债的低，而且可以取代票息 7-1/4% 国债用于交割。正如表 3-3 所示，当收益率下降 4[=1/（4.5-4.25）] 个基点的时候，就会发生这种替换。

表 3-4 和图 3-7 给出了几种收益率变动的可能结果。如果在最后交易日与最后交割日之间收益率保持不变，票息 7-1/4% 国债的净基差将继续为零（即国债价格除去发票价格和持有损益）。相反，交割任何其他国债的净成本都是正的。

表 3-4　国债价格减去发票价格以及最后交割日之前的持有收益

国债品种	收益率变动（单位：基点）						
	30	20	10	0	−10	−20	−30
2023 年 8 月到期国债的 6-1/4%	−126.5	−84.0	−41.5	1.0	43.5	86.0	128.5
2022 年 8 月到期国债的 7-1/4%	−135.0	−90.0	−45.0	0.0	45.0	90.0	135.0
2020 年 8 月到期国债的 8-3/4%	−139.5	−92.5	−45.5	1.5	48.5	95.5	142.5

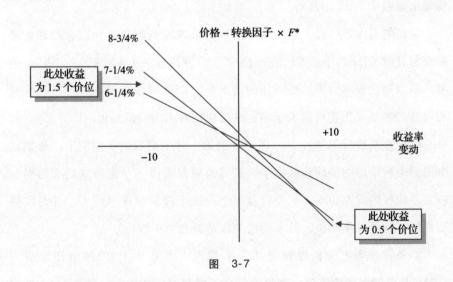

图　3-7

尽管如此，如果收益率在交易结束后的任何时间增加 10 个基点，票息 8-3/4% 国债的价格将下降 47/32（10 个基点 × 4.7/32），而票息 7-1/4% 国债的价格下降只有 45/32，所以尽管起初交割票息 8-3/4% 国债比较昂贵，净成本为 1.5/32。但在随后交割票息 8-3/4% 国债要比票息 7-1/4% 国债便宜。交割票息 8-3/4% 国债的净成本（−45.5/32）与票息 7-1/4% 国债的净交割成本（−45.0/32）相比，交割票息 8-3/4% 国债相对便宜。

所以，如果收益率增加 10 个基点，用票息 8-3/4% 国债代替票息 7-1/4% 国债交割，将产生 0.5/32 个基点的净收益。

另一方面，如果收益率下降 10 个基点，票息 6-1/4% 国债的价格只上升 42.5/32 个基点，而票息 7-1/4% 国债的价格将上升 45/32 个基点。所以尽管在开始时交割票息 6-1/4% 国债的净成本为 1/32 个基点，成本较为昂贵，但仍比交割票息 7-1/4% 国债便宜 1.5/32 个基点。

在这个例子中，用票息 6-1/4% 国债取代票息 7-1/4% 国债用于交割，将增加收益 1.5/32 个基点。

期权的成本是什么　执行月末期权的成本完全取决于到期合约临近最后交易日时 CTD 的净基差。在此例中，因为票息 7-1/4% 国债的 BNOC 为零，所以期权成本为零。更可能的情况是，CTD 即使在到期日，其扣除持有收益的净基差仍将稍微大于零，这反映出月末期权的价值。

期权收益看起来像什么　图 3-8 给出了月末期权的收益图形。根据这个图例中所采用的国债和收益率，其收益看起来像一个宽跨式期权的多头收益。期权的成本为零，只要收益率上升或下降的幅度足够大，并足以使得最便宜国债发生转换，月末期权的收益就会为正。

如果收益率上升幅度超过 7.5 个基点，票息 8-3/4% 国债开始成为 CTD，月末期权将为实值。如果收益率下降超过 4 个基点，票息 6-1/4% 国债将成为 CTD，月末期权再次成为实值。

当然，收益的大小取决于头寸规模。以 1 亿美元的票息 7-1/4% 国债

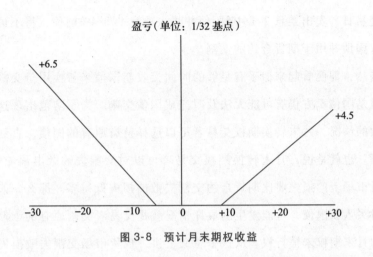

图 3-8　预计月末期权收益

基差头寸为例，在此规模下，收益率每增加 1 个基点，月末期权收益就增加近 5 000 美元。这大概和 38 份期货合约空头的收益相同。在另一个方向，随着收益率下降，月末期权收益大约和 51 份期货合约多头头寸收益相同。

　　重复应用　需要指出的是，只要机会允许月末期权就会执行。只要一只国债转变成 CTD，那么预测下一次执行月末期权所需要做的就是，看收益率是否在适当方向上有足够大的变动，进而使得 CTD 再次发生转换。

　　警告　行使月末期权的最大危险就是等待时间过长。期货空头没有履行期货合约中交割国债义务的后果很严重，因此必须确定拥有国债以便于按时交割。

　　这意味着可交割国债发生转换的最迟日期是合约月份最后交易日的前两个工作日，最后交易日的前一个交易日并没有类似作用。CBOT 的规则要求国债应该在交割日芝加哥时间上午 9 点之前进行交割。按照国债交易的常规结算规则，直到交易当天下午 2 点之后美国联邦结算系统（FED WIRE）才会收到交割的国债。因此，如果在交割月份中最后交易日的前一个交易日，卖出票息 7-1/4%国债并买入票息 8-3/4%国债，将不可能及时拥有国债并用于期货合约的交割。

当然，即便看起来似乎有足够的时间接收新国债来替换用于交割的国债，但是国债卖方仍有可能无法及时完成国债交割。为了防范出现这种交割失败的情况，月末转换期权交易者可以选择持有原有的国债，直到收到新国债。也就是说，月末转换期权交易者可以对交割失败做出预先安排，在现货市场上的损失要比期货合约交割失败的损失低得多。那么，如果不能及时买入新国债，可能发生的最坏情况就是交易者交割原有的国债，有价值的月末期权未被行权。从这个意义上讲，现货市场交割失败损失的仅是原先行使月末期权的机会。

同样，由于必须在交割之前的那个交易日持有国债，交易者在交割之前的最后一日不可能把国债回购出去（即通过一个回购协议融出国债）。否则这种做法的实际后果就是必须以一个较回购利率高许多的利率来融入国债头寸。在评估基差交易时，购买基差的成本必须考虑在内。

交割程序所带来的问题突显了在开始基差交易之前理解国债期货市场交易需求和现货市场操作的重要性。

次要的月末期权　交割通知必须在国债实际交割前两个交易日发出，但是空方只有大约一天的时间来决定实际交割的国债。既然结算价格已经确定，空方在最后交易日后就拥有了一个短期的期权。因为其期限少于一天，所以价值几乎为零。

时间期权

空方除了决定交割何种国债之外，还要决定交割的时间。空方可以在合约月份中的任何一个交易日进行交割。总体上，存在三种时机期权，分别是：

- 持有收益期权
- 二级市场价格变动期权
- 价格涨跌限制期权

三种期权中只有第二种有一个被广泛认可的称呼——"百搭牌"期权。

从实际操作的角度看，这些期权不是非常有价值。不过也还是值得在本章费些笔墨对此进行介绍。

持有收益期权

一般来说，在交割月份初期还是末期进行交割的决定受到 CTD 回购利率（融券利率）的影响。如果回购利率低于国债的当前收益率，持有损益将是正的。国债多头和期货空头将产生正现金流，这时倾向于延迟交割。表 2-1 显示到最后交割日具有更高隐含回购利率（IRR）证实了存在这种倾向。相反，当持有损益为负时，会在交割月份初期进行交割。这样做的好处在于可以避免交易者出现近一个月的负持有损益，坏处在于空方放弃了其他策略性交割期权的剩余价值，这使问题有些麻烦。因此，即使持有损益稍微为负，卖空者也可能延迟交割。这种不确定性的证据在表 2-3 中表现得非常明显。对 5 年期、10 年期及长期国债而言，在交割月份中持有损益是正的，但是 2 年期国债的收益是负的。因此，所有的 5 年期、10 年期及长期国债都在交割月份的最后一个交易日交割，2 年期国债交割日期分布在整个交割月内。

如果回购利率比当前票息高，在交割月份初期而不是月末进行交割将会避免一个月的负持有损益。举例来说，如果回购利率比息票利率高 100 个基点，一个月的负持有损益大约是 8（＝100 个基点/12）个基点，或者期货发票价格的 0.08%。

避免负持有损益的权利是否有价值取决于面临负斜率收益率曲线的可能性。例如，在 1997 年到 1998 年期间，收益率曲线斜率相当平坦，特别是在 2 年期和 5 年期期货交割时，经常出现提前交割的情况。

百搭牌期权

百搭牌期权是期货空方所有的一种交割期权。如果在期货交易结束后，现货市场发生大幅波动，就会行使这个期权。如果这种波动发生在交割月份，会使提前交割有利可图，但这要以放弃基差头寸的价值为代价。

为了更好地理解百搭牌是如何起作用的，先假定持有 1 亿美元票息 8-3/4%、2020 年 8 月到期的国债，该国债是 2001 年 6 月期货合约的最便宜可交割国债。由于该国债的转换因子是 1.309 3，需要对应卖出 1 309 份期货合约。1 亿美元国债的多头仅够 1 000 份合约的交割。为了交割多出的期货合约，就必须在国债现货市场上额外购买 3 090 万美元的国债。这就是所谓的"补足零头"，也是百搭牌起作用的关键。

到了期货交易截止那天，期货发票价格也同样确定下来，不过国债现货市场仍在交易。如果在期货交易结束之后国债现货价格下降很快，空方有机会通过基差头寸来"补足零头"，但此时国债现货价格必须足够低，得以弥补基差价值的损失。

就此例来说，假定期货交易最终收盘价是 104-10/32，票息 8-3/4%、2020 年 8 月到期国债的基差价值是 6/32。如果空方决定提前交割，放弃这个基差头寸将损失 187 500 [＝6×31.25×（100 000 000/100 000）] 美元。不包含应计利息的发票价格是 136. 576 356(= 1. 309 3×104. 312 5)。为了让提前交割能顺利进行，空方必须买入额外的 3 090 万美元国债。买入价格必须大大低于这个价格才能弥补在基差头寸上 187 500 美元的损失。

在这个例子中，现货买入价将比期货发票价低 0. 606 8 [= 187 500/30 900 000)×100] 点，或刚刚超过 19/32，即票息 8-3/4%、2020 年 8 月到期国债的价格必须降到 135-31/32 这个百搭牌的均衡点上。如果价格继续下降，行使百搭牌期权将获得收益。

下面是一个简单的计算百搭牌均衡点的经验法则：

$$(C - 1) \times (C \times F - P) = B$$

其中：C 表示该国债的转换因子。

F 表示期货收盘价格。

P 表示期货市场收盘后的国债现货市场价格。

B 表示交易重新开始后预期的国债基差头寸。

方程的左边是补足零头获得的利润，方程的右边是提前交割所放弃的国债基差收益。

对于票息 8-3/4% 国债来说，交易结束后国债价格必须比其期货发票价格低 19.4/32(= 6/32/0. 309 3)。由于基差是 6/32，在期货最后交易日后，国债价格必须下降 25.4/32。

如果转换因子大于 1，要使得百搭牌有利可图就必须要求国债价格下降。如果转换因子小于 1，国债价格则必须上升。在现货市场"补足零头"背后的意图是，投资者必须购买国债来对其期货空头进行交割。一旦发出意图交割的通知，投资者必须绝对确定能够准时获得所购买的中长期国债以便用于周转，并用于期货的再次交割。

价格涨跌限制期权

CBOT 对临近到期的国债合约在其交割月份中并没有价格涨跌限制措施。不过，在进入交割月份之前的前两个通知日仍有价格涨跌限制。

如果市场价格达到涨跌停限价并保持稳定，那么价格涨跌停限制措施的主要作用就是将市场收盘时间提前，一旦出现这种情况，百搭牌期权就有更长的时间来发挥作用。由于这些条件仅在两天内有效，这种百搭牌期权的变体几乎没有增加百搭牌期权的价值。

| 第 4 章 |

期权调整的基差

第 3 章详细描述了期货空方所享有交割期权的种类。本章主要根据对期权的理解来尝试解释如下问题：这些策略性交割期权的定价是否合理？进一步来说，期货合约定价是否合理？套期保值者、交易者和套利者都对这些问题的答案很感兴趣，因为运用期货而不是其他选择是否明智，至少部分取决于期货交易是否更有利。

本章有四个目标：第一，定义期权调整的基差，以及如何用其来决定期货是便宜还是贵了。第二，给出空头策略性交割期权估值的一般方法。第三，列出交割期权估值必须考虑的实际因素。第四，提供期权调整的基差的案例报告。

表 4-1 提供了各种理解基差的方法。在本章表 4-1 中涉及最多的两个关系式是：

$$期权调整的基差 = 实际基差 - 理论基差 = BNOC - 理论交割期权价值$$

以及

$$市场价格 - 理论价格 = -\frac{实际基差 - 理论基差}{转换因子} = -\frac{期权调整的基差}{转换因子}$$

第一个关系式含义是，如果期权调整的基差为正，基差就值得投资。也就是说，如果 BNOC 超过投资者对期货空头策略性交割期权估值，基差就值得投资。第二个关系式则说明，如果基差值得投资即期权调整的基差为正，那么期货价格偏低。换句话说，如果基差市场高估空方策略性交割期权价值时，期货价格就被低估。

表 4-1　各种各样的基差

基差定义

实际基差＝净价−转换因子×期货价格

基差关系

实际基差＝持有损益＋市场交割期权价值

市场交割期权价值＝扣除持有损益的净基差（BNOC）

理论基差＝持有损益＋理论交割期权价值

期权调整的基差＝实际基差−理论基差

　　　　　　　＝BNOC−理论交割期权价值

期货价格关系

市场期货价格＝(净价−实际基差)/转换因子

理论期货价格＝(净价−理论基差)/转换因子

市场期货价格−理论期货价格＝−(实际基差−理论基差)/转换因子

　　　　　　　　　　　　　＝−期权调整的基差/转换因子

期货是否被公平定价涉及交割期权是否被公平定价的问题。

空方交割期权定价概述

所有空方交割期权的价值取决于利率水平的波动性和利差。波动越大，交割期权价值越大。

期权构成

图 4-1 简单描述了各种交割期权关系。从上市交易到最后交易日，期

货空头拥有转换期权，而市场收益率水平和收益率曲线斜率变化都会影响转换期权，并且期货价格也会随着可交割国债价格的变化而升降。

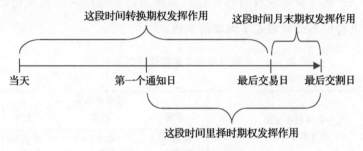

图 4-1　期权时间分界线

从最后交易日到最后交割日（或最后交割日之前的两个交易日），期货空头拥有月末期权。这种期权同样取决于收益率水平和收益率曲线斜率，只是此时期货价格固定不变。所以，那些影响空头价值的因素与期货最终交易日之前发挥作用的因素并不相同，因此必须分别衡量月末期权和普通转换期权的价值。

从第一个通知日到交割月份的月底，择时期权在起作用。这里的确存在空方想提早交割而不是延后交割的可能性。近几年，由于收益率曲线的短端不时出现反转的情况，使得 2 年期和 5 年期国债产生较大的负持有损益，经常发生提早交割。

尽管如此，根据已有经验，择时期权对增加估值的贡献通常很小。因此，本章内容将略过有关这些期权对基差估值影响的复杂分析，集中解释转换期权和月末期权的影响。

转换期权和月末期权估值

表 4-2 给出了计算给定可交割国债基本交割期权预期价值的一种简易

解释。在期货合约最后可交易日之前，收益率曲线可能发生 9 种情形的变化：第一，收益率曲线上升、下降或保持不变。第二，收益率曲线可能变得陡峭、平坦，或者和预期的一样。实际上，还可以采用更复杂的情景，但是这九种情形已经涵盖了问题的本质。

表 4-2　到期日理论交割期权价值等于 BNOC

到期日 BNOC（概率分布）

可交割国债收益率的分布假设			收益率水平			收益率水平分布
			下降	不变	上升	
			基点（d）	基点（0）	基点（u）	
			概率（d）	概率（0）	概率（u）	
收益率曲线	更陡峭	基点（s）　概率（s）	BNOC（s,d）	BNOC（s,0）	BNOC（s,u）	
	与预期一致	基点（e）　概率（e）	BNOC（e,d）	BNOC（e,0）	BNOC（e,u）	
	更平坦	基点（f）　概率（f）	BNOC（f,d）	BNOC（f,0）	BNOC（f,u）	

收益率曲线形态分布

到期日 BNOC（概率分布）

可交割国债收益率的分布假设			收益率水平		
			下降	不变	上升
			−100	0	100
			0.16	0.68	0.16
收益率曲线	更陡峭	20　0.16	20	2	20
	与预期一致	Beta　0.68	25	1	15
	更平坦	−20　0.16	30	3	10

这个表格需要分两步进行：第一步必须求出收益率曲线的联合概率分布，即必须计算收益率水平分布，这可从选定的基准国债收益率分布中获得。然后需要得出收益率曲线斜率分布。表格在上栏和侧栏依次展示了最终收益率分布假设。

第二步需要将表中空格填满，即必须提供每一种收益率曲线情景下国债的 BNOC。这需要额外四个步骤来完成：首先必须确认每种情景下的最便宜可交割国债；然后必须计算出特定情形下月末期权的价值。从而借此计算出每个方格中的期货价格，即 CTD 价格减去月末期权价值的净转换价格。也就是说对于任何给定情形：

$$期货价格 = \frac{CTD\ 价格 - CTD\ 持有损益 - 月末期权价值}{CTD\ 转换因子}$$

用这个期货价格就可以计算出某种情景或对应格子中各种可交割国债的 BNOC。

预期扣除持有损益净基差

对于任何给定的可交割中长期国债，一旦填完表 4-2 中的空格，剩下的就是计算该国债 BNOC 的概率加权平均值。这个均值就是该国债 BNOC 的期望价值，代表了购买该国债基差的期望总收益。

这里分析下表 4-2 中位置较低图表所展示的假设情况。此例假定四种基准中长期国债例如新发国债的收益率，要么升降 100 个基点，要么保持不变。最大的可能性是保持不变，同时假定升降的概率是一样的。同样此例也假定，收益率曲线要么和收益率贝塔所预测的一致，要么该国债和基准国债之间的收益率曲线比预期的上升 20 个基点或下降 20 个基点。这里也同样假定最可能的结果就是收益率贝塔与预测相吻合，最不可能的情况是收益率曲线出现意外或异常的陡峭化或扁平化。

假设的 BNOC 可能是针对中久期国债，也就是说当收益率保持不变的时候，该国债是 CTD；当收益率出现升降变动时，交割该国债会变得昂贵。表 4-2 中间栏所示的 BNOC 代表了月末期权在这三种情形中的假定价值。

对相关国债来说，收益率曲线变得陡峭和平坦的影响取决于收益率变化的方向。例如，如果收益率下降，新 CTD 的久期会较低，其期限也很可能比当前的 CTD 要短。如果这样，收益率曲线陡峭化将会使得新 CTD 不那么便宜，并且降低了 BNOC。另外，收益率曲线平坦化将使得新 CTD 仍然较便宜，且增加了国债的 BNOC。如果收益率上升，情况正好相反，而且相关国债的 BNOC 将在收益率曲线陡峭化中获益，在收益率曲线平坦化中受损。

根据这些值，可以计算出有关国债的 BNOC 期望值：

$0.16 \times (0.16 \times 20 + 0.68 \times 2 + 0.16 \times 20)$　（较为陡峭的收益率曲线）

$+ 0.68 \times (0.16 \times 25 + 0.68 \times 1 + 0.16 \times 15)$　　　　（贝塔曲线）

$+ 0.16 \times (0.16 \times 30 + 0.68 \times 3 + 0.16 \times 10)$（较为平坦的收益率曲线）

$= 0.16 \times 7.76 + 0.68 \times 7.08 + 0.16 \times 8.44$

$= 7.41(1/32)$

如果确定有关收益率曲线运行方式的假设正确，7.41/32 就是这个可交割国债 BNOC 的公允价值。

对每个可交割国债进行同样运算，那么可以确定可交割国债集合中每个国债 BNOC 的公允价值。如果计算正确，可交割集合中每种国债基差的贵贱和期货合约价格高低应该是一致的。

提早交割价值的分析

如果想衡量期货空头提早交割期权的价值，首先应该明确有关提早交割的规则。对图 4-2 所描述的情形进行分析，由于持有收益是负的，且 CTD 的远期价格比其现货价格要高。在这种情况下，空头可以选择提早交割来避免负持有损益。提早交割要求空头放弃转换期权和月末期权所有剩余价值。图 4-2 同样也给出了两种可能的期货价格——一种是低波动性的情况，另一种是高波动性的情况。

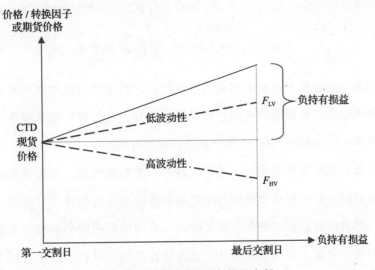

图 4-2 负的持有损益与提早交割

注：提早交割的经验法则

在波动性低的情况下，负持有损益大于空方交割期权的价值，在最终交割日最优期货结算价将是 F_{LV}。在此价格下，CTD 基差将为负，空方应选择在第一交割日进行交割。在这种情况下，套利交易将会使得期货价格下降，并最终等于 CTD 的现货转换价格。在高波动性情况下，空方应等到最终交割日再交割。

如果收益率和收益率利差波动性不大，期货空头交割期权的剩余价值将低于负的持有损益。如果从远期价格中扣除空方交割期权的剩余价值，可以发现产生的期货价格 F_{LV} 高于 CTD 的转换价格。如果实际中空方以此价格交割，CTD 基差将为负。如果立即交割，CTD 的现货价格将低于期货发票价格：

$$\text{CTD 转换因子} \times F_{LV} - \text{CTD 现货价格} > 0$$

空方可以立即兑现利润。

但是获取无风险利润并不常见，此时期望通过套利交易来降低期货价格，直至其等于 CTD 的转换价格。换句话说，如果提早交割是空方的最佳选择，并用持有损益一天的价值修正，同时没有剩余交割期权的情况下，可得：

$$期货价格 = CTD 价格 / CTD 转换因子$$

但如果收益率和收益率利差的波动性高，剩余的转换期权和月末期权价值要大于负持有损益的成本。如果真是这样，空方将乐意承担负持有损益的成本，以保留从 CTD 变化中获得利润的可能性。

这就是决定空方是否应该提早交割的一个重要因素。在衡量提早交割期权价值时，必须把这种期权的净收益和负持有损益的概率分布结合起来考虑，而负持有损益的概率分布又取决于不同期限回购利率和可交割国债价格的概率分布。那么在交割月份之前计算出期货价格期望值有赖于以下两个值之和，即提早交割概率×CTD 期望价格/提早交割日 CTD 转换因子的值与延后交割概率×最后交易日期货价格期望值的值。

实际考虑事项

有了这个基本框架来指导转换期权和月末期权估值，就可以解决获取收益率分布中所遇到的实际问题。因为如何做到这一点，各人都有不同的想法（包括作者），而所能做的就是对可能会遇到以及必须全力解决的一些问题给出如下的观测报告。

收益率水平的波动和分布

可以先从期货期权市场中的隐含波动开始分析。作为一阶近似，隐含收益率波动性可以用来表示隐含价格波动性：

$$\sigma_y = (\text{收益率} \times \text{修正久期}) \times \sigma_p$$

其中，σ_y 是相对收益率波动率，σ_p 是相对价格波动率，收益率和修正久期都是用 CTD 的数据。众所周知，因为期货受到一篮子可交割国债的影响，且期权大概比期货合约提前一个月到期，上述关系并不严格。但是交易所交易的期权提供了很好的研究出发点。

收益率贝塔

通常收益率上升时，收益曲线会平坦化；收益率下降时，收益率曲线会陡峭化。当作为基准国债的收益率每变动一个基点，中长期国债收益率预期变动的幅度就是其收益率贝塔值。预测的收益率贝塔提供了一种经验方法，来捕捉收益率变动时可交割国债收益率曲线斜率的系统性变化。尽管如此，需要注意随着时间的变化，收益率贝塔的预测值可能变化很大。对收益率贝塔的研究假设可能对预测交割期权价值有很大的影响。

收益率利差的波动性和分布

一旦确定了随着收益率升降收益率曲线平坦或陡峭的幅度，就可以处理收益率利差的随机或无法预期的变化。表 4-3 描述了国债收益率曲线三个重要组成部分斜率的波动性。需要注意的是，由于曲线某部分变动与其他部分变动正相关，因此常用的时间平方根法并不适用于收益率利差的波动性。对于一个 4 倍的定价区间来说，收益率曲线上 15 至 30 年期部分斜率分布的标准差并不是价格波动率的两倍。

表 4-3　国债收益率曲线斜率的波动性

30 年期收益率减 15 年期

变动	水平方向				
	2 周	1 个月	2 个月	3 个月	6 个月
最大下降	-16.8	-12.3	-12.3	-15.5	-14.5
最大上升	13.8	14.2	18.2	24.4	27.1
标准差	3.7	4.9	6.0	7.3	9.3

10 年期收益率减 7 年期

变动	水平方向				
	2 周	1 个月	2 个月	3 个月	6 个月
最大下降	-12.7	-15.0	-12.3	-16.2	-13.4
最大上升	16.2	16.2	17.9	17.0	22.8
标准差	3.5	4.6	5.9	7.0	10.3

5 年期收益率减 4 年期

变动	水平方向				
	2 周	1 个月	2 个月	3 个月	6 个月
最大下降	-11.0	-10.8	-14.4	-8.4	-7.4
最大上升	6.9	9.0	11.7	15.8	15.6
标准差	2.5	3.3	4.5	5.1	4.2

远期价格和预期远期价格的一致性

尽管从前面的分析可以得出收益率和收益率利差的分布，但进一步分析仍需确定每个预期远期价格（即期货到期时每个可交割国债的概率加权平均价格）等于市场中的实际远期价格，或者扣除期货合约到期前持有损益的现货价格。

交割期权和期货期权价值的一致性

收益率和收益率利差的分布，以及根据各种可能结果假设的期货价格一旦确定，就可以计算出一个平值国债期货看涨期权价格的期望值。也可以由此倒推出隐含价格波动率，并与在交易所实际交易的期货期权隐含波动率的结构进行对比。人们一旦发现自己的模型对这个平值看涨期权出现定价错误，就需要调节收益率波动率的假设。这种一致性检验对长期国债和 10 年期国债更为适用，它们对收益率水平的变动比 5 年期和 2 年期国债要更为敏感。

短期特定国债回购

偶尔短期回购市场中享有溢价的国债会成为 CTD。这种情况虽不常见，但时有发生。一旦出现这种情况，计算远期价格时必须适当考虑短期回购市场上的特定国债。

预计新国债发行

美国财政部发行中长期国债方式较为固定。财政部严格遵循关键年限中长期国债的拍卖周期，少有例外。因此，预测各种年限国债发行的时间很有把握。而且预计新发行国债可以补充到可交割国债集合中，对 2 年期和 5 年期国债期货合约来说尤其重要。新发行国债仍要面临挑战，例如掌握如何把新发行国债放置在收益率曲线中，并了解票息率未知国债在不同收益率曲线形态下的表现。

实际中期权调整基差

表 4-4 比较了 2001 年 4 月 4 日 BNOC 和空方国债交割期权的理论价值，这些国债可用于 2001 年 6 月期货合约的交割。相关图表给出了两条关键经验，以下分别详细论述。

表 4-4　如果基差便宜，则期货就昂贵

国债		收盘价	转换因子	基差	持有损益	BNOC	理论期权价值	期权调整后 BNOC
票息	期限							
				单位（1/32）				
5 3/8	2/15/31	98-08	0.914 0	104.0	7.0	97.0	101.5	-4.5
6 1/4	5/15/30	109-14	1.033 9	63.2	9.5	53.7	58.2	-4.5
6 1/8	8/15/29	107-02	1.016 9	43.8	8.9	34.9	38.9	-4.0
5 1/4	2/15/29	94-18	0.899 6	33.9	6.7	27.2	31.2	-4.0
5 1/4	11/15/28	94-15	0.899 9	29.9	6.4	23.5	27.5	-4.0
5 1/2	8/15/28	97-30	0.933 6	28.8	7.4	21.5	25.5	-4.0
6 1/8	11/15/27	106-14	1.016 3	25.8	8.7	17.0	21.0	-4.0
6 3/8	8/15/27	109-25	1.049 1	23.7	9.8	13.9	17.9	-4.0
6 5/8	2/15/27	113-03	1.081 1	23.3	10.5	12.7	16.7	-4.0
6 1/2	11/15/26	111-10+	1.064 5	22.0	9.8	12.1	16.1	-4.0
6 3/4	8/15/26	114-21+	1.096 5	22.5	10.9	11.6	15.6	-4.0
6	2/15/26	104-18	1.000 0	20.0	8.8	11.2	14.7	-3.5
6 7/8	8/15/25	116-01	1.110 5	19.5	11.4	8.1	11.6	-3.5
7 5/8	2/15/25	125-22+	1.203 3	20.3	13.7	6.7	10.7	-4.0
7 1/2	11/15/24	124-00	1.186 6	21.4	12.9	8.5	12.5	-4.0
6 1/4	8/15/23	107-18	1.030 3	15.2	9.7	5.6	8.6	-3.0
7 1/8	2/15/23	118-16	1.134 9	17.3	12.4	4.9	8.4	-3.5
7 5/8	**11/15/22**	**124-20**	**1.193 6**	**18.1**	**13.6**	**4.5**	**8.0**	**-3.5**
7 1/4	8/15/22	119-28	1.148 1	17.4	12.9	4.6	8.1	-3.5
8	11/15/21	128-23+	1.232 5	20.2	14.9	5.3	8.8	-3.5
8 1/8	8/15/21	130-04+	1.245 6	21.6	15.8	5.8	9.3	-3.5
8 1/8	5/15/21	129-30	1.243 8	21.1	15.4	5.7	9.2	-3.5
7 7/8	2/15/21	126-25+	1.213 8	20.4	15.1	5.3	8.8	-3.5
8 3/4	8/15/20	136-28	1.309 3	25.3	18.2	7.1	10.6	-3.5
8 3/4	5/15/20	136-22+	1.306 9	27.8	17.7	10.1	13.6	-3.5
8 1/2	2/15/20	133-18+	1.277 1	26.9	17.4	9.4	12.9	-3.5
8 1/8	8/15/19	128-28	1.232 0	26.4	16.3	10.1	13.1	-3.0
8 7/8	2/15/19	137-02+	1.308 9	33.1	19.0	14.1	17.6	-3.5
9	11/15/18	138-11	1.319 5	38.3	19.0	19.4	22.9	-3.5
9 1/8	5/15/18	139-07	1.327 2	40.7	19.6	21.1	24.6	-3.5

（续）

国债		收盘价	转换因子	基差	持有损益	BNOC	理论期权价值	期权调整后 BNOC
票息	期限							
				单位（1/32）				
8 7/8	8/15/17	135-24+	1.293 1	43.6	19.5	24.2	27.2	-3.0
8 3/4	5/15/17	134-06+	1.277 5	45.5	18.5	27.0	30.0	-3.0
7 1/2	11/15/16	120-20	1.148 4	40.4	14.0	26.4	29.4	-3.0

资料来源：JPMorgan.

如果基差低廉，则期货就昂贵

需要注意的是，对于可交割集合中的所有国债而言，BNOC 要小于期权的理论价值。期货空头为隐含交割期权所支付的市场价格比通常认为的期权价值要小。因此，期权调整的基差，即 BNOC 和交割期权理论价值的差额，对于交割集合中的每个国债来说都是负的。

基差价廉的另外一面就是期货价高。根据本章开始时给出的两个重要关系等式之一可知：

$$市场价格 - 理论价格 = -\frac{实际基差 - 理论基差}{转换因子} = -\frac{期权调整的基差}{转换因子}$$

对于 CTD 来说，期货合约价格要高 3/32。即

$$市场价格 - 理论价格 = -(-3.5)/1.193\ 6 = 2.93\ 点$$

和表 4-4 上栏所示的期货公允价格一样，是 103-27。比市场价格 103-30 低 3 个最小变动价位。

CTD 的 BNOC 是纯期权价值

BNOC 代表纯期权价值的唯一国债就是 CTD。对于其他的所有国债，

BNOC 代表了这个纯交割期权价值和该国债交割价格高出 CTD 部分之和。因此，票息 5-3/8%、2031 年 2 月 15 日到期国债的 BNOC 为 97/32，并不是因为该国债具有较高的交割期权价值，而是因为其交割非常昂贵。相对于息票率 7-5/8%、2022 年 11 月 15 日到期国债，交割该国债将要损失近 3 个点。

如果对传统的期权进行类比，可以说 CTD 的交割期权是平值期权，其他国债的交割期权是实值。因此，可交割集合中任何国债的期权属性都是一样的，只有期权买卖价不同。

| 第 5 章 |

套保方法

简单地卖出国债就可以避免国债现货多头的风险。只有当某种头寸不能在现货市场卖出，或者由于存在一些好业务的原因而选择不立刻卖出国债的时候，才会产生套保问题。替代立刻卖出国债的方案可以有如下几种选择：

- 卖出该国债的远期合约。
- 在现货市场上卖出其他国债。
- 卖出其他国债的远期合约。
- 卖出国债期货合约。

每种替代方式都可以降低所持头寸的整体风险，但是每种方法都有一些缺点，而且会产生套保误差。

本章将集中分析如何用国债期货解决最佳套保问题以及预计这些套保方法如何在实际中起作用。本章主要包括以下内容：

- DV01 套保和互不相同的目标。
- 标准的业内经验法则。
- 经验法则的缺点。

- 国债现货和回购的 DV01。
- 防范回购交易存根风险。
- 用远期和期货合约来构造合成债券。
- 期权调整 DV01。
- 收益率贝塔。
- 计算套保交易损益。
- 评估套保业绩。
- 久期方法。

DV01 套保比率和互不相同的目标

纵览全章，解决计算套保比率问题的方法等同于找到某个期货头寸，使其一个基点的美元价值（DV01）与现货头寸的金额相等但又互相抵消（图 5-1 中解释了套保计算方法）。这种套保方法常见且有用，但并不唯一。

相反，套保交易商可以选择某种套保比率，使得组合头寸价值的方差最小化。或者套保交易商也可以选择期望回归系数来决定套保比率，使得头寸价值的期望变化为零。

这些互不相同目标间的差异，来源于套保交易商所持国债与决定期货价格国债之间收益率变化的不完全相关。考虑到这些关系中存在的干扰，许多时候进行套保实际上使得情况更糟糕——要么是因为在国债获取收益时，套保交易获取收益；要么是当国债遭受损失时，套保交易也遭受损失。就此而言，套保交易运作成本之一就是不断积累的套保误差。尽管没有大事发生且收益也没有大幅变动，这种累积的套保误差仍可能会出现问题。

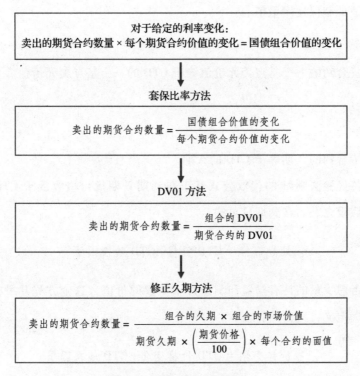

图 5-1　期货套保的代数公式

当处理收益率贝塔问题的时候，仍需仔细甄别处理收益率变动不完全相关情况下的选择方案。

标准的业内经验法则

多年来业内一直依赖两条经验法则来决定套保比率，而这两种经验法则都建立在期货价格由最便宜可交割国债（CTD）价格决定的基础上。经验法则背后的推理相对简单和直接，但是如同在第 1 章所展示的那样，两条经验法则之间并不完全一致。在一些重要的应用中，可能会得出被认为很不合适的套保比率数值。

经验法则#1

期货合约的一个基点美元价值等于 CTD 的一个基点美元价值除以其转换因子。

经验法则#2

期货合约的久期等于 CTD 的久期。

支持经验法则#1 的代数公式基于在到期日期货价格收敛于 CTD 转换价格的假设之上。在到期日可知：

$$期货价格 = CTD 价格 /CTD 转换因子$$

如果不考虑少量的持有损益和剩余月末期权的价值，这个方程几乎完全正确。根据定义，可得出：

$$期货价格变化 = CTD 价格变化 /CTD 转换因子$$

所以，经验法则#1 在此关系中完全成立。

把等式两边同除以期货价格，可以从经验法则#1 中近似推出经验法则#2。左边除以期货价格将得出：

$$期货价格变化 / 期货价格$$

这是期货价格变化的百分比。在等式右边可以得到：

$$\frac{最便宜交割国库券价格变化 / 最便宜交割国库券转换因子}{最便宜国库券价格 / 最便宜交割国库券转换因子}$$

在约除转换因子后，可以简化为：

CTD 价格变化 / CTD 价格

因此，从上述分析中可以得出期货价格变化百分比等于 CTD 价格变化百分比。由于国债久期就是现货全价对收益率每变化一个基点的变动百分比，可以得出：期货合约到期时的久期和 CTD 久期几乎完全相同。

实际中的经验法则

为了理解这些经验法则如何应用，假定要对面值为 1 000 万美元的国债进行套保。该国债为新发行的国债，票息为 5%，2011 年 2 月 15 日到期。如表 5-1 所示，2001 年 4 月 5 日其市场价格为 100-17/32。包含应计利息的全价为 101.222。其修正久期为 7.67，每 100 000 美元面值国债的 DV01 是 77.624 美元，而对 1 000 万美元来说则是 7 762.40 美元。

对面值 1 000 万美元票息 5% 的国债进行套保需要多少张 10 年期国债期货？

要使用经验法则方法就必须先确定 CTD。隐含回购利率为 3.508% 时，票息 5-1/2%、2008 年 2 月 15 日到期国债是 CTD。这个国债的相关数据是：

期货价格 = 106-08/32

转换因子 = 0.973 4

DV01/100 000 = 59.14（美元）

修正久期 = 5.65

根据经验法则可以得出：

期货的 DV01 = CTD 的 DV01/CTD 转换因子 = 59.14/0.973 4 = 60.76（美元）

期货的久期 = CTD 的久期 = 5.65

表 5-1 价格和收益率敏感性分析

（2001 年 4 月 4 日收盘，4 月 5 日交易，4 月 5 日结算）

国债	票息	到期日	下午 2：00 的价格（1/32）	收益率	02 年 6 月合约转换因子	每 10 万美元的 DV01	修正久期	期货市场价格			
								2 年期合约 103-04+ 假设收益率贝塔	5 年期合约 105-22 国债全价	10 年期合约 106-08 对应期限回购利率	长期国债合约 103-30 隐含回购利率
T02	4.25	3/31/03	100-08+	4.109	0.9713	18.898	1.88	1.0000	100.335	4.640	3.819
T	5.5	3/31/03	102-16+	4.165	0.9917	19.156	1.87	1.0004	102.606	4.490	4.351
T	5.75	4/30/03	103-03+	4.162	0.9956	20.000	1.89	0.9997	105.603	4.490	3.789
T	5.5	5/31/03	102-21	4.193	0.9910	20.722	1.98	0.9973	104.575	4.490	3.489
T	5.375	6/30/03	102-17	4.174	0.9884	21.480	2.07	0.9950	103.957	4.490	2.831
F05	5.75	11/15/05	105-02+	4.516	0.9904	42.426	3.95	1.0000	107.334	3.620	3.716
N	5.5	2/15/08	103-27	4.834	0.9734	59.139	5.65	1.0548	104.603	4.460	3.508
N	5.625	5/15/08	104-15+	4.870	0.9793	61.067	5.72	1.0529	106.691	4.610	3.504
N	4.75	11/15/08	98-31	4.913	0.9273	62.469	6.20	1.0401	100.832	4.460	2.796
N	5.5	5/15/09	103-21	4.946	0.9693	67.584	6.39	1.0349	105.814	4.460	2.452
N	6	8/15/09	106-28+	4.981	1.0000	70.518	6.55	1.0305	107.719	4.460	2.990
N	6.5	2/15/10	110-17+	5.010	1.0329	75.362	6.76	1.0247	111.445	4.460	2.719
N	5.75	8/15/10	105-12+	5.020	0.9828	76.392	7.19	1.0129	106.185	4.090	1.478
N10	5	2/15/11	100-17	4.931	0.9284	77.624	7.67	1.0000	101.222	2.660	-3.085
B	7.5	11/15/16	120-20	5.512	1.1484	117.777	9.53	1.1365	123.567	4.540	1.629
B	8.75	5/15/17	134-06+	5.517	1.2775	129.623	9.42	1.1396	137.635	4.540	1.868

B	8.875	8/15/17	135-24+	5.525	1.293 1	131.998	9.64	1.133 7	136.991	4.540	2.175
B	9.125	5/15/18	139-07	5.545	1.327 2	138.199	9.68	1.132 5	142.798	4.540	2.522
B	9	11/15/18	138-11	5.557	1.319 5	140.006	9.87	1.127 3	141.874	4.540	2.679
B	8.875	2/15/19	137-02+	5.570	1.308 9	140.204	10.14	1.120 0	138.304	4.540	3.176
B	8.125	8/15/19	128-28	5.589	1.232 0	136.143	10.47	1.110 9	129.997	4.540	3.499
B	8.5	2/15/20	133-18+	5.595	1.277 1	142.020	10.54	1.109 1	134.752	4.540	3.603
B	8.75	5/15/20	136-22+	5.597	1.306 9	145.587	10.39	1.113 2	140.135	4.540	3.563
B	8.75	8/15/20	136-28	5.604	1.309 3	146.824	10.63	1.106 5	138.084	4.540	3.851
B	7.875	2/15/21	126-25+	5.618	1.213 8	140.689	11.00	1.096 5	127.885	4.540	3.987
B	8.125	5/15/21	129-30	5.620	1.243 8	144.259	10.84	1.101 0	133.125	4.540	3.956
B	8.125	8/15/21	130-04+	5.620	1.245 6	145.486	11.08	1.094 3	131.263	4.540	3.948
B	8	11/15/21	128-23+	5.626	1.232 5	145.241	11.01	1.096 2	131.872	4.540	3.993
B	7.25	8/15/22	119-28	5.637	1.148 1	140.459	11.62	1.079 7	120.876	4.540	4.035
B	**7.625**	**11/15/22**	**124-20**	**5.639**	**1.193 6**	**145.452**	**11.40**	**1.085 7**	**127.616**	**4.540**	**4.057**
B	7.125	2/15/23	118-16	5.641	1.134 9	140.989	11.80	1.074 8	119.484	4.540	3.989
B	6.25	8/15/23	107-18	5.649	1.030 3	132.847	12.25	1.062 5	108.426	4.540	3.852
B	7.5	11/15/24	124-00	5.646	1.186 6	151.824	11.96	1.070 4	126.942	4.540	3.627
B	7.625	2/15/25	125-22+	5.650	1.203 3	154.223	12.17	1.064 8	126.756	4.540	3.835
B	6.875	8/15/25	116-01	5.654	1.110 5	146.628	12.53	1.054 8	116.981	4.540	3.615
B	6	2/15/26	104-18	5.655	1.000 0	137.041	13.00	1.042 1	105.391	4.540	3.120
B	6.75	8/15/26	114-21+	5.653	1.096 5	148.219	12.82	1.047 0	115.604	4.540	3.195
B	6.5	11/15/26	111-10+	5.657	1.064 5	145.565	12.78	1.048 1	113.878	4.540	3.090

（续）

国债	票息	到期日	下午2：00的价格(1/32)	收益率	02年6月合约转换因子	每10万美元的DV01	修正久期	期货市场价格			
								2年期合约 103-04+	5年期合约 105-22	10年期合约 106-08	长期国债合约 103-30
								假设收益率贝塔	国债全价	对应期限回购利率	隐含回购利率
B	6.625	2/15/27	113-03	5.655	1.081 1	148.018	12.98	1.042 6	114.009	4.540	3.046
B	6.375	8/15/27	109-25	5.656	1.049 1	145.999	13.19	1.036 9	110.662	4.540	2.861
B	6.125	11/15/27	106-14	5.654	1.016 3	143.269	13.16	1.037 7	108.840	4.540	2.411
B	5.5	8/15/28	97-30	5.648	0.933 6	136.376	13.82	1.019 9	98.697	4.540	1.627
B	5.25	11/15/28	94-15	5.647	0.899 9	133.305	13.81	1.020 1	96.528	4.540	1.226
B	5.25	2/15/29	94-18	5.639	0.899 6	134.028	14.07	1.013 2	95.288	4.540	0.710
B	6.125	8/15/29	107-02	5.623	1.016 9	148.424	13.75	1.021 6	107.908	4.540	0.210
B	6.25	5/15/30	109-14	5.589	1.033 9	153.141	13.69	1.023 5	111.889	4.430	-2.096
B30	5.375	2/15/31	98-08	5.494	0.914 0	144.027	14.55	1.000 0	98.992	4.450	-8.676

资料来源：JPMorgan.

运用经验法则#1 来计算套保比率，这里用组合 DV01 除以期货 DV01，即

套保比率#1 = 组合 DV01/期货 DV01 = 7 762. 40/60. 76 = 127. 8

需要卖出 128 份 10 年期国债期货合约。

要点

　　顺便指出，这条经验法则就是彭博系统（Bloomberg）在计算套保比率时所采用的规则。如图 5-2 所示，如果在 2002 年 1 月 25 日向彭博系统查询，如何用 2002 年 3 月国债期货合约对 1 000 万美元面值的国债进行套保，该国债票息 7-7/8%、2021 年 2 月到期。那么它会建议卖空 121 份合约。这里最便宜交割的国债是票息 7-7/8%、2021 年 2 月到期的国债，其每 100 美元面值国债的一个基点美元价值是 0. 134 6 美元。把这个 DV01 和其 2002 年 3 月期货合约的转换因子 1. 209 2 结合起来考虑，彭博系统计算出 2002 年 3 月期货合约每 100 美元面值的 DV01 是 0. 111 3 美元（=0. 134 6/1. 209 2），或每份期货合约是 111. 30 美元。由于国债 1 000 万美元头寸的 DV01 是 13 460 美元，彭博系统计算出套保比率是 120. 9(=13 460/111. 30)，四舍五

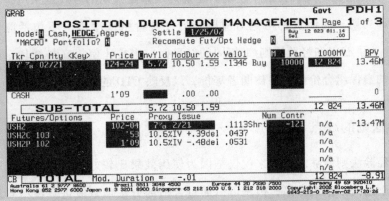

图 5-2　彭博系统使用的套保比率经验法则

资料来源：彭博系统（已得到彭博公司许可）。

> 入为 121。在这个例子中，选择 CTD 作为套保的国债，就可以在同一张
> 图中获得所有的相关信息（2002 年 3 月期货合约的转换因子除外）。因
> 此，此例中的套保比率就是该国债的转换因子。

如果用经验法则#2 计算套保比率，要用组合市场价值与其久期的积去除以等价的期货合约组合价值与其久期的积。包含应计利息的全价是 101.222 美元、面值为 1 000 万美元、票息 5% 的国债市场价值为 10 122 200 美元。如表 5-1 上栏所示，10 年期国债期货价格是 106-8/32（或 106.250）。由于期货合约名义面值是 10 万美元，其期货合约市场价值为 106 250 美元。因此，套保比率是：

套保比率 #2 =（$10 122 200 × 7.67)/（$106 250 × 5.65) = 126.9 [⊖]

这将需要卖空 127 份 10 年期国债期货合约，比经验法则#1 的少一张合约。

为何结果不同　经验法则#2 可能会产生一个较小的套保比率，因为其使用 CTD 修正久期的方法不正确。正确运用修正久期的方式是采用国债全价，而到期日的期货价格是对应国债的转换价格或净价（不包括应计利息）。为了获得和经验法则#1 相同的结果，应当按比例提高与期货合约相对应的套保组合价值，并使两者等价，以反映 CTD 的应计利息。

经验法则的缺点

经验法则能够流传下来仅仅是因为使用效果比较好。尽管这些经验法则有上述两个重大缺陷，但是可以通过合适的方法加以改进。在第 4 章可

⊖　原书数据疑有误。

以知道期货价格和 CTD 价格之间的关系为：

$$期货价格 = \frac{最便宜交割国库券价格 - 持有损益 - 交割期权价值}{最便宜交割国库券转换因子}$$

从中可以清楚地看出，随着收益率升降，经验法则忽略了持有损益和空方交割期权的价值。接下来上述关系式可以重新表述为：

$$期货价格 = \frac{最便宜交割国库券远期价格 - 交割期权价值}{最便宜交割国库券转换因子}$$

因此，可以首先集中分析现货价格和远期价格间的主要利率关系，然后分析交割期权价值的重要性。

国债现货和回购的 DV01

当使用期货来对国债进行套保或构造合成债券时，必须把两种互相独立的利率风险来源完全区分开来，这也是本部分内容的要点。第一种利率风险来源是，给定现货国债收益率变化且对应期限回购利率或融资利率保持不变时，国债远期价格所发生的变化。第二种利率风险来源是，对应期限回购利率变化且当现货国债收益率保持不变时，国债远期价格所发生的变化。由于两者在很大程度上是互相独立的，国债现货的全面套保将包括期货部分（为了弥补回购利率固定时即期收益率的变动）和对应期限的货币市场头寸（为了弥补当前国债收益率固定时回购利率的变动）。

远期价格是以即期收益率和回购利率为变量的函数

习惯上远期价格被认为是现货价格减去持有损益，这里持有损益是指利息收入与回购或融资费用之间的差额。尽管如此，为了把两种关键利率区分开，直接描述出融资利率和票息之间的关系更有用。对于 4 月 5 日交易的 CTD（在 4 月 6 日结算），远期价格可以表述为：

$$F = (S + \text{AI})_{4/6}\left[1 + R\left(\frac{39}{360}\right)\right]\left[1 + R\left(\frac{45}{360}\right)\right] - \left(\frac{C}{2}\right)\left[1 + R\left(\frac{45}{360}\right) + \left(\frac{45}{184}\right)\right]$$

其中，F 是远期价格，S 为现货价格，AI 是应计利息，R 是期限回购利率，C 为年票息。这个例子之所以复杂是由于半年期利息支付正好在 5 月 15 日。图 5-3 解释了国债现货价格和其远期价格的关系。国债的全价从 4 月 5 日的 127.616 0，到 4 月 15 日的 124.431 2，再到 6 月 29 日的 125.137 3。所以，以 4 月 5 日国债现货价格为 124-20/32（或 124.612 5）为出发点，可以得出 6 月 29 日交割的远期价格 124.204 9[= 125.137 3 - (7.625/2) (45/184)]。

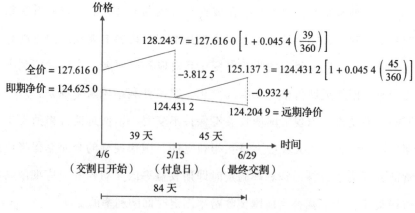

图 5-3　当前现货价格与远期价格的关系图

从这个表达式中可以看出，远期价格和两种利率相关：可以从国债现货价格中导出当期收益率以及对应期限回购利率。国债即期收益率的变化将导致远期价格变化，变动幅度可用下面的等式表述：

$$\frac{\mathrm{d}F}{\mathrm{d}y_s} = \left(\frac{\mathrm{d}F}{\mathrm{d}S}\right)\left(\frac{\mathrm{d}S}{\mathrm{d}y_s}\right) = \left[1 + R\left(\frac{84}{360}\right) + R^2\left(\frac{39}{360}\right)\left(\frac{45}{360}\right)\right]\left(\frac{\mathrm{d}S}{\mathrm{d}y_s}\right)$$

这里 $\mathrm{d}S/\mathrm{d}y_s$ 是每个基点国债现货价格的价值。如果没有利息支付，上面等式可以简化为：

$$\frac{\mathrm{d}F}{\mathrm{d}y_s} = \left[1 + R\left(\frac{84}{360}\right)\right]\left(\frac{\mathrm{d}S}{\mathrm{d}y_s}\right)$$

国债当前收益的增加将伴随着其现货价格的下降。由于融资的放大效应，远期价格的下降幅度要高于现货价格。

对应期限回购利率的变化将导致远期价格的变化，其幅度为：

$$\frac{\mathrm{d}F}{\mathrm{d}R} = (S + \mathrm{AI})\left[\left(\frac{84}{360}\right) + R\left(\frac{39}{360}\right)\left(\frac{45}{360}\right)\right] - \left[(C/2)\left(\frac{45}{360}\right)\right]$$

如果没有利息支付，公式可以简化为：

$$\frac{\mathrm{d}F}{\mathrm{d}R} = (S + \mathrm{AI})\left(\frac{84}{360}\right)$$

（在这两个例子中，如果回购利率的变动单位为 1 个基点，那么把这些值除以 10 就可以得出每 10 万美元面值国债的 DV01）。即期收益率的增加会导致远期价格下降，与此不同的是，对应期限回购利率的上升会导致远期价格上升。因此，如果利率上升，由于现货价格下降远期价格往往也会下降。不过，由于融资成本增加所带来的抵消效应，远期价格下降的幅度要小。对于这些充分考虑持有收益关系的交易者来说，回购利率的增加会增加融资费用并最终降低持有损益。因此，即使现货价格在下降，由于持有损益产生的两种价格之间的差额也在下降，远期价格下降的幅度也应较小。

现货收益率和对应期限回购利率的短期不相关性

对套保者来说，上述两个关系的重要性来自现货收益率变化和对应期限回购利率变化之间大体是相互独立的，特别是在大多数套保交易商关注期间，而且两者的变化都可以直接转换为远期价格的盈亏（在期货合约上产生相应的现金收益和损失）。即使从更广范围的角度来说，回购利率和中长期国债的即期收益常常是一起升降的，在短期内这两种利率也会受到不同因素的影响。对应期限的回购利率受联邦基金市场和对美联储政策极短期预测的影响较大，而即期收益率受到宏观经济因素长期预期的影响较大。

图 5-4 和图 5-5 清楚地解释了这个观点，它们比较了国债收益率和一个月期回购利率的关系。图 5-4 的三个小图展示了从 1998 年 1 月到 2003 年 10 月间，5 年期、10 年期和 30 年期国债的收益率水平与一个月期回购利率的关系。在此期间美联储正在大幅降低利率，其幅度有时甚至会超出市场预期。在大多数情况下，美联储降低利率往往导致中长期国债收益率水平下降。

不过，对于套保者来说，图 5-5 表明每周中长期国债收益率变化与对应期限回购利率变化的关系更为重要。显然，在一周的时间里，中长期国债收益率变化与对应期限回购利率之间并不存在有用的关系。

因此，当套保者用期货进行套保的时候，要面临着两种独立的不同类型利率风险：第一，与即期收益率变化相关的利率风险；第二，与对应期限回购利率变化相关的利率风险。

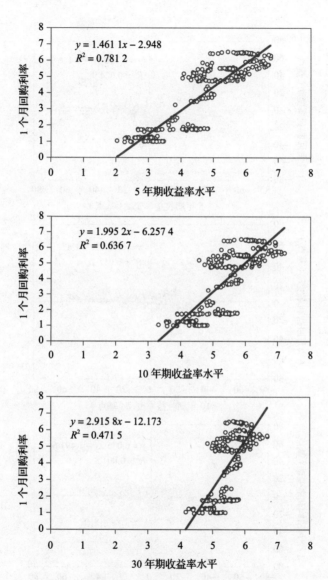

图 5-4 国债收益率水平与一个月期回购利率比较
（1998⊖年 1 月至 2003 年 10 月）

资料来源：彭博资讯。

⊖ 原书为 1988，原书疑有误。——译者注

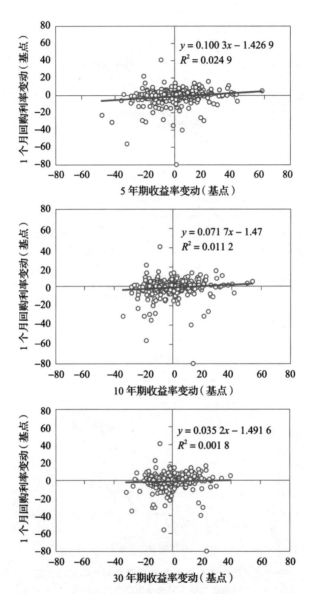

图 5-5　国债收益率的每周变化与一个月期回购利率的关系
（1998 年 1 月至 2003 年 10 月）

资料来源：彭博资讯。

　　为了客观判断两种风险的来源，可以分析它们各自对 6 月 29 日交割的票息 7-5/8%国债远期价格的影响。对应期限回购利率是 0.045 4，即期 DV01 是 145.45，每 10 万美元面值国债即期收益率变化所产生的远期价格 DV01 是：

$$\frac{\mathrm{d}F}{\mathrm{d}y_s} = \left[1 + 0.045\ 4\left(\frac{84}{360}\right) + 0.045\ 4^2\left(\frac{39}{360}\right)\left(\frac{45}{360}\right) \right] \times (-145.45)$$

$$= (1 + 0.010\ 59 + 0.000\ 03) \times (-145.45)$$

$$= 1.010\ 62 \times (-145.45)$$

$$= -146.99$$

这比票息 7-5/8%国债的即期 DV01 略高出一个百分点（或 1.54）。在全价 127.616 下，每 10 万美元面值国债的回购头寸的 DV01 是：

$$\frac{\mathrm{d}F}{\mathrm{d}R} = \frac{127\ 616\left[\left(\frac{84}{360}\right) + 0.045\ 4\left(\frac{39}{360}\right)\left(\frac{45}{360}\right) \right] - \left[\left(\frac{7.625}{2}\right)\left(\frac{45}{360}\right) \right]}{10\ 000}$$

$$= \frac{127\ 616(0.233\ 333 + 0.000\ 143) - (3.812\ 5 \times 0.125)}{10\ 000}$$

$$= \frac{28.839\ 8}{10}$$

$$= 2.883\ 98$$

或者每 10 万美元面值的一个基点价值是 2.88 美元。

　　符号习惯　在传统的中长期国债 DV01 报告中，人们很少甚至根本不注意符号问题，仅仅知道如果收益率上升，价格下降。这种做法意味着，要么对回购 DV01 采用同样的做法并假定人们知道符号是正的；要么一旦当前 DV01 为正时，可以把它表示为一个负数，以此来引起人们对符号差异的注意。

用远期和期货合约来构造合成债券

理解即期收益率变化和短期回购利率变化对远期（同样包括期货）价格影响的一个重要应用，在于正确构造合成债券。现货市场中的真实债券往往具备两个特征：第一，它的价格会随着即期收益率的变动而升降；第二，其可以变现并产生与其全价相等的一组现金流。把一张远期合约和期货合约以及一个对应期限货币市场工具组合起来，就可以具备真实国债的上述两个特征，而且对应期限货币市场工具将在远期或期货交割日到期。

使用远期合约　举例来说，在 4 月 5 日要复制面值 10 万美元、票息 7-5/8% 的国债，可以按 4.54% 的货币市场利率投资 127 616 美元，共 84 天，并与 6 月 29 日交割的面值 10 万美元国债远期头寸组合起来。如果略去票息 7-5/8% 国债在 4 月 5 日至 6 月 29 日间的利息支付，上述运作理解起来会更简单，可以简化为如下关系式：

$$\frac{\mathrm{d}F}{\mathrm{d}y_s} = \left[1 + 0.045\,4 \left(\frac{84}{360} \right) \right] \times (-145.45) = -146.99$$

$$\frac{\mathrm{d}F}{\mathrm{d}R} = \frac{127\,616 \left(\dfrac{84}{360} \right)}{10\,000} = 2.98$$

由于这两种效应对远期价格的影响代表了远期未实现损益，因此必须计算出它们的现值，这样就可以与当前头寸的价值变化进行比较。如果出于贴现目的而采用相同利率，可以很容易得出远期价格效应的现值等于国债的即期 DV01。因此，10 万美元面值的国债远期头寸恰好和相应的现货头寸相匹配。

对应期限回购利率如何变动？如果以 4.54% 的货币市场利率投资 127 616 美元，期限为 84 天，那么该投资的远期价值为 128 967.88 美元 $\{=127\,616\times[1+0.045\,4(84/360)]\}$。该投资的现值将是：

$$\frac{127\,967.88}{1 + R\left(\dfrac{84}{360}\right)}$$

这里 R 为即期货币市场利率。如果货币市场利率上升一个基点，该投资的现值将下降 2.95 美元，这恰好可以抵消掉远期价格变化 2.98 美元的现值，即 $2.98/[1+0.045\,4\times(84/360)]=2.95$ 美元。因此，回购利率上升所导致的远期头寸价值上升正好被货币市场投资价值的下降所抵消。

使用期货合约　使用期货合约与远期合约最大的区别在于头寸大小。即期收益率的变化会引起远期价格的变化，并直接导致期货价格的变化，因此这又直接表现为当前现货盈亏。因此，只需要 0.989 5（= 145.45/146.99）份合约来冲销即期收益率变动对远期价格的影响。

防范回购交易存根风险

可以从套保者的角度来考虑如何解决对应期限回购利率变化对期货价格变动影响所产生的问题。如果对应期限回购利率代表了套保中一种独立的风险来源，那么就应当有适当的工具直接对冲这种风险。所以，要对票息 7-5/8% 的国债现货进行套保的交易者，不仅要卖出适当数目的期货合约，同样也要卖出一个为期 84 天的货币市场工具。最终生成的头寸中，期货空头将会抵消掉即期收益率水平变化的作用，而且 84 天期现货工具的空头部位将抵消对应期限回购利率变化对期货价格的效应。

84 天的回购期限有时被称为"存根"时期，这期间所发生的与对应期限货币市场利率变化相关的风险被称为"存根风险"（stub risk）。套保者如何处理这种风险，取决于所涉风险大小以及对冲风险的成本。在此例中，回购利率 DV01 仅为每基点 3 美元不到，而即期收益率的 DV01 值为每基点 145 美元。如果货币市场稳定，套保者将放任风险存在而不采取任何措施。

但如果套保者决定采取措施，最有效的方式就是进行对应期限回购交易。套保者卖出正确数额的对应期限的现金工具。这种方法的缺点在于交易成本较高。因为在对应期限回购市场中，买卖盘之间的价差相对比较大，解除一个回购交易的成本较高。

对冲这个存根风险可以使用的期货工具包括联邦基金期货、1 个月 LIBOR 期货或 3 个月欧洲美元期货，其中最有效的方法是用联邦基金期货。（参见 *Hedging Stub Risk with Fed Funds Futures*⊖一文）

⊖ Galen Burghardt 和 Susan Kirshner，*Hedging Stub Risk with Fed Funds Futures*，Carr Futures（现在是 Calyon Financial），6 月 27 日，1996 年。这篇文章也可以从 Galen Burghardt 的邮箱 galen. burghardt@ calyonfinancial. com 获得。

期权调整 DV01

改进套保比率的下个步骤包括考虑随着收益率升降变动，空方交割期权价值变动的方式。图 5-6 解释了为何变动方式如此重要，它给出了两种截然相反的可交割国债和一个理论期货价格变动曲线。

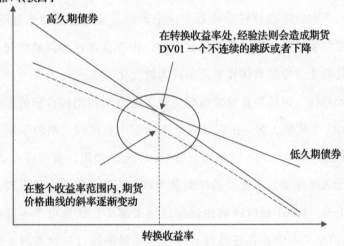

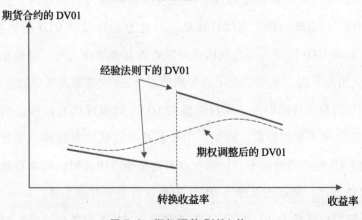

图 5-6　期权调整 DV01 值

首先，当收益率低于转换收益率的时候，理论期货价格曲线的斜率大于低久期国债转换价格曲线的斜率。而根据这些收益率低久期国债应是 CTD。因此，经验法则产生的套保比率过高，因为相应期货合约 DV01 过低。

其次，当收益率高于转换收益率的时候，理论期货价格曲线的斜率小于高久期国债转换价格曲线的斜率，在这些收益率水平上，该高久期国债也是 CTD。因此，经验法则得出的套保比率过低。

因此，套保者要么在收益率低时保值过度，要么在收益率高时保值不足。并且当收益率通过转换收益率这个点时，基点价值调整显得很剧烈。当套保者依赖经验法则计算套保比率时，由于存在这种微妙情况，一个基点的变化可能会导致套保比率产生巨大的变化。

与此相反，理论期货价格曲线反映了空方交割期权价值的变化，因此期货 DV01 值是渐变的。在图 5-6 下方的图中，比较了两种不同方法下期货 DV01 值的变动模式。这里先分析 DV01 经验法则，当市场收益率低时，CTD 是低久期国债，根据经验法则其 DV01 最低。从图中可以看出，随着收益率上升，DV01 经验法则的值变得越来越小，这是由于不可赎回债券价格/收益率关系中存在正凸性。但是当收益率越过转换点时，经验法则下的 DV01 会出现一种非连续性跳跃，一直上升到与新 CTD 的转换 DV01 相等，此时 CTD 则变为高久期国债。随着收益率继续上升，经验法则下的 DV01 又出现下降，从而反映出高久期债券价格/收益率关系中的正凸性。

期货价格曲线的凸性 期权调整的 DV01 的表现比在经验法则下得到的 DV01 要更平滑和稳定。例如，如果收益率过低或者过高，期货价格会体现出 CTD 的正凸性。不过，当收益率在转换点附近时，期货价格反而会表现出负凸性，而这也表现为 DV01 随着收益率上升而上升。

计算期权调整 DV01s 可以把期权调整 DV01 用数值表示。第一步是计算出一系列收益率下的理论期货价格，并制成表格。第二步是简单计算出任意收益率水平下曲线的斜率。

表 5-2 给出了 2001 年 4 月 5 日不同收益率水平下的理论期货价格和期权调整 DV01。为了计算这些 DV01，可以用收益率升降相同幅度时期货价格变动的平均值近似表示为理论期货价格曲线的斜率。举例来说，如果在 4 月 4 日交易结束时收益率下降 10 个基点，那么理论期货价格将从 104.250 美元上升到 105.531 美元，增加 1.281 美元，即每个期货合约增加 1 281 美元。依此推断，一个基点价值将是 128.10 美元。如果收益率上升 10 个基点，理论期货价格将从 104.25 美元下降到 103.00 美元，下降 1.25 美元，即每个合约下降 1 250 美元。据此，一个基点价值将是 125.00 美元。两者的平均值是（不考虑数字背后的四舍五入问题）126.55 [＝（128.10 + 125.00)/2] 美元。这近似地等于期货价格曲线在那个点上的斜率。

表 5-2　计算 2001 年 6 月国债期货合约的期权调整 DV01

新发国债收益率变动（基点）	理论期货价格	每 10 万美元的 DV01
−60	111.844	
−50	110.563	128.13
−50	109.281	128.13
−30	108.000	126.56
−20	106.750	123.44
−10	105.531	125.00
0	104.250	126.56
10	103.000	126.56
20	101.719	126.56
30	100.469	128.13
40	99.156	129.69
50	97.875	131.25
60	96.531	

资料来源：JPMorgan.

有必要多花些时间来评估收益率升降变动时期权调整期货 DV01 值的表现。收益率下降时，起初的 30 个基点 DV01 是减小的，但此后 DV01 再次上升。这种特殊走势首先可以用 CTD 从久期较高国债转换到久期较低国债来解释。尽管如此，一旦低久期国债被确认为是 CTD，理论上期货合约 DV01 的增长反映了低久期国债的正凸性。在收益率上升时，期权调整 DV01 要么平坦要么是大于收益率上升幅度。在这个方向上，可以看到 CTD 从一个低久期国债向高久期国债转移的效果。一旦收益率上升到使高久期国债成为 CTD 时，这种分析模式会遗漏原本预计出现的期权调整 DV01 下降的情况。

收益率贝塔

收益率并不总是平行升降的。相反，随着收益率的上升，收益率曲线倾向于变得平坦；随着收益率的下降，收益率曲线倾向于变得陡峭。这种现象都有很好的理论解释（例如在风险中性的世界中，市场收益率范围之内的预期收益都是相等的）和大量证据支持。因此，较短期限国债的收益率常常要比较长期限国债的收益率上升或下降的幅度大。

如果套保者能很好地把握收益率升降变动过程中曲线平坦或陡峭的程度，就可以相应地调整套保比率。尽管如此，为了在计算套保比率时正确使用收益率贝塔，套保者应密切关注被套保国债与基准国债之间的关系。基准国债用来代表期货合约价格/收益率的表现。一般来说，国债 i 的收益率贝塔套保比率为：

$$收益率贝塔套保比率 = \frac{(DV01_i \times \beta_i)}{(DV01_{期货} \times \beta_{ctd})}$$

$$= \left(\frac{DV01_i}{DV01_{期货}}\right)\left(\frac{\beta_i}{\beta_{ctd}}\right)$$

这里 β_i 表示需要套保国债的收益率贝塔，β_{ctd} 表示 CTD 的收益率贝塔，$DV01_{期货}$ 表示 CTD 收益率一个基点变化所引起的期货价格变化的价值。

要搞明白这在实际中如何应用，可参看表 5-3。它提供了这些国债的 DV01 和收益率贝塔等信息。其中的一个是在 4 月 5 日交割最便宜的国债，另一个是新发行的国债。同样提供的是两个期货 DV01，一个以 CTD 为基准，另一个以新发国债为基准。值得注意的是，以新发国债收益率为基准的期货 DV01（132.92 美元）等于以 CTD 收益率为基准的期货 DV01 与 CTD 贝塔和新发国债贝塔比率之积[= 122.42×（1.085 7/1.000）]。

表 5-3　对国债组合进行套保

国债种类		DV01	收益率贝塔	附注
票息	到期日			
7.5	11/15/16	117.78	1.136 5	
7.625	11/15/22	145.45	1.085 7	CTD 国债
5.375	2/15/31	144.03	1.000 0	新发行国债
期货合约（根据 CTD 收益率计算）		122.42		
期货合约（根据新发行国债收益率计算）		132.92		

在这种情形下，如果以新发国债作为基准国债，要得出票息 7-1/2%、2016 年 11 月 15 日到期国债的期货套保比率，就等于 1.007[=（117.78× 1.136 5）/（132.92×1.000 0）]。如果以 CTD 为基准，套保比率仍然是

1.007[=(117.78×1.136 5)/(122.42×1.085 7)]，这是由于两者计算过程中分子上的值是相同的。

综述

表5-4汇总了使用2001年6月和9月国债期货合约的情况下各种度量风险的方法。出于获取信息上的考虑，这里采用彭博资讯提供的DV01标准经验法则来计算套保比率。需要注意的是这两个季月合约情况稍有不同，因为9月合约的转换因子要比6月合约的转换因子更接近1.000。同样，不同月份合约的CTD可能也是不同的。

表 5-4   期货风险衡量

（截止日：2001-04-04，交易日：2001-04-05，结算日：2001-04-06）

（2001 年 6 月合约）

	2 年期	5 年期	10 年期	长期国债
市场价格	103-04+	105-22	106-08	103-30
理论价格	103-05+	105-21	106-09+	103-25
经验法则 DV01	38.63	42.84	60.76	121.86
期权调整 DV01，根据：				
CTD 收益率	39.06	43.20	66.13	122.42
新发国债收益率	39.07	43.20	69.75	132.92
期权调整久期，根据：				
CTD 收益率	1.89	4.09	6.22	11.80
新发国债收益率	1.89	4.09	6.56	12.81
回购交易的 DV01	−5.06	−2.50	−2.53	−2.46

（2001 年 9 月合约）

	2 年期	5 年期	10 年期	长期国债
市场价格	103-06+	105-08	105-25+	103-14
理论价格	103-06+	105-06+	105-28+	103-08+
经验法则 DV01	43.57	42.82	62.31	121.96

（续）

	2 年期	5 年期	10 年期	长期国债
期权调整 DV01，根据：				
CTD 收益率	45.25	44.23	69.06	124.20
新发国债收益率	44.99	44.23	72.71	134.85
期权调整久期，根据：				
CTD 收益率	2.19	4.20	6.52	12.03
新发国债收益率	2.18	4.20	6.87	13.06
回购交易的 DV01	−10.43	−5.24	−5.27	−5.10

表 5-4 给出了两种基准国债收益率变动时的期权调整 DV01，这两种基准国债分别是 CTD 和新发行国债。两者之间的差异可以用它们各自的收益率贝塔值来表示，CTD 的收益率贝塔是 1.085 7，而新发国债的收益率贝塔是 1.000 0。如果上述结论准确的话，新发行国债收益率增加一个基点将导致 CTD 的收益率增加 1.085 7 个基点。所以，如果 CTD 收益率的 DV01 是 122.42 美元，那么根据新发行国债收益率计算的 DV01 应该是 132.92 美元（=1.085 7×122.42）。

对于这些合约来说，期权调整的 DV01 与简单经验法则得出的 DV01 没有太大差别。不过对于 10 年期国债合约来说，这种差别却很明显。在此例中，CTD 是可交割集合中久期最低的国债。久期更高的长期国债更有吸引力，这也会对 10 年期期货合约价格产生影响，所得出的期权调整 DV01 是 66.13 美元，而不是经验法则的 60.76 美元。根据这种计算方法，经验法则所得出的套保比率比实际值要高 10%。

表 5-4 也给出了期权调整久期，即由等值期货合约组合价值的变化百分比来表示。例如，10 年期期货合约的期权调整久期是 6.22%（=66.13 美元/基点×100 基点/106 250 美元×100%）。按照同样的方式，用其久期

与等值组合的积除以 100 个基点就可以计算出期货合约的期权调整 DV01。

回购交易 DV01 用负号表示，说明国债收益率变化方向与对应期限回购利率所导致期货价格变化的方向不同，也就是说，即期收益率的增加将导致期货价格下降，对应期限回购利率的增加将导致期货价格上升。

或许有关回购交易 DV01 通告中最重要的部分是，对于 5 年期、10 年期和长期期货合约来说，所有回购交易 DV01 在给定合约月份的情况下都是基本相同的。这是因为回购效应与购买 CTD 所涉及的金额密切相关（2 年期期货合约回购交易的 DV01 大概是其他合约 DV01 的两倍，因为 2 年期期货合约的面值是 20 万美元）。尽管不同期限合约基础资产不同，但它们的回购效应在规模上大体相同，套保者会发现合约的期限越短，回购存根风险就相对越大。2001 年 6 月长期国债期货合约的回购 DV01 是 2.46 美元，仅仅是其即期 DV01 值 122.42 美元的 2%。对于 10 年期合约，2.53 美元的回购交易 DV01 只是其即期 DV01 值 66.13 美元的 3.8%。对于两年期合约，其回购交易 DV01 是其即期 DV01 的 13%。所以在实践中，对用短期合约进行套保的交易者来说，回购存根风险更为重要。

计算套保交易损益

债券现货交易的损益主要包含三个部分：价格变化、利息收入和融资费用。如果投资者实际持有某种国债，随着国债价格上升或下降会产生损益，而且随着时间的推移，国债持有人所拥有的票息收入也会不断增加。如果是通过借入资金购买国债，那么还要在这两者之和中扣除融资购买国债的融资成本。或者，如果直接购买国债，则要扣除这些资金如果没有用于购买国债会产生的收益。无论采用何种方式，债券所有收益都应反映这三个方面。

而期货合约的损益只有一个部分：价格变化。持有一份期货合约就像通过杠杆交易持有国债头寸，既没有任何利息收入，也没有任何融资成本。

因此，对于想了解其套保交易表现情况的交易者来说，套保头寸的净损益应该反映出四个要素：国债现货和期货的价格变化，票息收入和融资费用。尤其重要的是随着时间推移，国债现货和期货价格的收敛常常会给现货多头和期货空头带来损失。这些收敛的部分仅是持有损益，而且一旦套保损益中不包含持有损益，套保效果要比实际表现更差。

评估套保业绩

以下可以用于向每个套保者解释为什么套保操作没有按照计划运行。当套保头寸表现得名副其实时，很少会出现这种情况。相反，当套保头寸出现造成损失，领导想要知道原因的时候，常常要求评估套保业绩。下面是套保者需要的，可以用来解释期货套保操作表现的工具。评估套保业绩的关键在于：

- 期货空方交割期权价值的变化。
- 不同国债之间收益率利差的变化。
- 存根回购率的变化（可能需要）。

以下依次进行分析。

交割期权的价值　如图 5-7 所示，如果 DV01 中性命题为真，套保者持有的中长期国债多头和期货空头的组合，就类似一个跨式期权的多头。通过卖出期货，套保者放弃扣除持有损益净基差（BNOC）来换取期货凸性，该凸性比其套保国债的凸性要小。用期权术语来说，套保者看多收益率波动性，其收益表现好坏取决于收益率变化高于或低于市场预期。单纯的时间流逝也会耗费套保者的资金。随着期货价格收敛于 CTD 的转换价格，卖出期货所支付的 BNOC 会慢慢减少。尽管如此，如果收益率升降幅度足够大，CTD 真实或预期变动所带来的收益可能会超过价格收敛的成本。

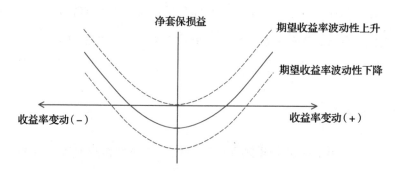

图 5-7　期货套保就像一个跨式期权的多头

同样，由于市场对收益率波动性的预期也在上下变动，交割期权价值也可能出现增减变化。所以，无论出于收益率升降而选择进行套保还是不套保，由收益率波动预期改变带来的损益都可以简单地加入交割期权价值或从中扣除。

收益率利差的变化　如果套保者持有的债券不是 CTD，那么未预期到的收益率利差变化可能产生盈亏。尤其是，如果进行套保国债的收益率相对 CTD 的收益率下降，或者下降幅度比最便宜国债的收益率贝塔计算出的要大，那么在国债上的收益比预期要更多，或者在期货交易中的损失要更少。

存根回购利率的变化　从前面的论述中可以知道，对应期限回购利率将导致期货价格发生变动，这种变动与即期收益率变化并不相关。对套保者来说这是否是个问题，取决于是否单独对回购存根头寸进行套保。如果不这样做——套保者仅仅是买入国债，并没有对存根回购暴露采取措施——对应期限回购利率的变化将成为套保头寸损益的额外来源。对应期限回购利率上升常常给期货空头带来损失，而其下降则会有利于期货空头。

久期方法

根据麦考利（Macaulay）的定义，久期就是各种剩余现金流的时间加权平均，权重是这些现金流的相对现值，即

$$麦考利久期 = \sum \frac{tP_tC_t}{P} \quad （t \text{ 从 } 1 \text{ 到国债到期日）}$$

t 是当前与下一个现金流之间的时间（以年为单位）。$P_t = 1/(1+r)^t$ 是从现在开始第 t 期到期的 1 美元零息国债的价格。C_t 是现在开始第 t 年所支付或收到的现金额，P 是国债的全价。用这种方法，久期的单位是年。例如，一个 10 年期国债的久期可能是 7 年。

对人们来说，用年来度量的麦考利久期没有什么特别的用途。尽管如此，久期公式变形后却有一些有用的性质，包括：

- 作为一种风险衡量方式。

- 可加性。

- 在计算套保比率中的用途。

久期在国债组合管理中得到了广泛的应用。

风险衡量　久期是衡量国债价格对收益率变化敏感性的一种有用方法，以下定义修正久期为：

$$修正久期 = 麦考利久期 \left/ \left[1 + \left(\frac{r}{f} \right) \right] \right.$$

这里 r 是该工具的年收益率，f 是支付频率（如 $f = 2$，美国财政部的债务工具每半年支付一次利息）。久期用这种形式把收益率变化和价格变化联系起来。具体是：

$$价格变化的百分比 = - 修正久期 \times 收益率变化$$

这里收益率变化以百分比形式表示。因此，修正久期表明国债收益率变化一个百分点（100 个基点）所导致的国债价格变化百分比。

例如，在 2001 年 4 月 5 日，票息 7-5/8%、2022 年 11 月 15 日到期国债，其修正久期为 11.40。在下午 2 点（芝加哥时间），价格为 124-20/32（或 124.625），到期收益率为 6.39%，包含应计利息的全价是 127.616。修正久期为 11.40，意味着国债收益率增加一个百分点将导致国债全价下降 11.40%，或 14.55 美元［= 0.114 0×127.616］。如果收益率增加 10 个基点到 6.49%，该国债的修正久期意味着该国债价格将下降 1.455，或者稍微低于 47/32。

可加性　第二个有用的性质是，债券现货组合的久期是其组成债券久期的简单加权平均，权重是组合中相应债券的份额（以市场价格表示）。

例如在一个债券组合中，如果其中一种国债久期为 10，价值 50 亿美元，另一种国债久期为 6，价值 100 亿美元，那么组合的久期为：

$$7.3 = \frac{50 \times 10 + 100 \times 6}{50 + 100}$$

套保比率 由于中长期国债与其基点美元价值之间存在联系，可以用久期来快速而方便地计算套保比率。如果套保目的是抵消组合的价格风险，那么套保者持有期货合约数量乘以单位期货合约价值的变化，应该等于被套保组合价值变化的负值。如果满足这个条件，那么套保者在期货头寸上的收益就等于在组合上的损失，或者期货头寸上的损失等于组合上的收益。

如图 5-1 所示，无论哪种方法，对组合部位为净多头的交易者来说，利率上升都会带来损失。对于给定收益率变化，只要把组合价值变动除以期货合约价值变动，就可以得出需要卖出期货的近似数量。这可以由以下两种方法实现：

一种方法是直接计算套保比率，用债券组合的 DV01 除以一份期货合约的 DV01。另一种方法是使用组合和期货合约的久期，以及它们的市场价值或市场等价价值。这样做的原理在于，一种国债或组合的 DV01 与其久期与市场价值的积除以 100 存在比例关系，可以用下式表示：

$$DV01 = 久期 \times 市场价值 / 100$$

这里用除以 100 反映了所谓的久期转换惯例，从而转换为收益率每 100 个基点变化所导致的价值变化百分比。例如，包含应计利息的国债全价为 128.936 1，修正久期为 10.25%，面值 100 万美元、票息 9-7/8%、2015 年

11 月 15 日到期国债 DV01 为：

$$DV01 = \frac{久期 \times 市场价值}{100}$$

$$= \frac{0.102\,5 \times 1.289\,361 \times 1\,000\,000}{100}$$

$$= \frac{1\,321.60\,美元}{每基点}$$

或者说每 100 个基点会引起 132 160 美元的变动。

根据这种关系，用组合久期与其市场价值之积除以期货合约久期与其市场等价物的积，同样也可以得出相同的套保比率。或者，如果用其他债券现货对某种债券现货进行套保，可以用套保工具的久期与其市场价值之积的方法。用久期为 10 的对冲债券工具对市场价值 1 亿美元、久期为 5 的国债进行套保，应该卖出百万单位的套保工具数量是：

$$卖出的数量 = \frac{5 \times 1\,亿美元}{10 \times 100\,万美元} = \frac{500}{10} = 50$$

即套保者必须卖出价值 5 000 万美元的套保工具来冲销资产组合的利率风险，这可以通过计算套保过的组合久期来进行检验，即：

$$套保过的组合久期 = \frac{50 \times 100 + 10 \times (-50)}{100 - 50} = 0$$

期货合约的久期

把国债期货纳入前述套保框架中要面临两大挑战，而且这两个挑战都来自国债期货既没有定期的现金支付，也没有到期收益率这样一个事实。

这就说明国债期货不存在市场价值的概念，而中长期国债是有市场价值概念的。同样，这也意味着不能像计算国债现货的久期那样计算期货合约的久期。

为了应对第一个挑战，从度量价格风险的角度看，可以简单地认为中长期国债期货合约相当于 10 万美元面值的等值中长期国债组合（对于 2 年期中期国债期货合约来说就是 200 000 美元）。所以如果期货价格是 105 美元，那么等值的期货合约组合就是 105 000 美元。也就是说，期货合约的价格风险与久期相同且市场价值同为 105 000 美元的一支中长期国债的价格风险相同。不过，在计算含有中长期国债期货的组合久期时，仍需保持谨慎。正如在本章最后所阐述的那样，中长期国债期货会增加组合的价格风险但却不会改变市场价值。因此，它们的等值组合将出现在久期计算的分子中，但不会出现在分母中。参见下文给出的例子。

如果把期货合约的价格敏感性和某个标的国债的收益率变动联系起来，就可以解决在久期上面临的挑战。特别是，一旦建立起期货合约的价格与标的国债收益率的关系，就可以把期货价格变动直接和标的国债收益率变动联系起来。所以，期货价格的百分比变动除以标的国债收益率的变动就直接可以得出期货合约的久期。

例子：衡量包含期货合约的债券组合久期

为了计算价格风险，可以认为一份期货合约相当于面值 10 万美元的等值债券组合。因此，期货价格为 93 美元，则意味着该期货合约等价组合的市场价值为 93 000 美元。如果期货合约的久期为 8，那么标的国债收益率每上涨 100 个基点，将导致期货价格下降 8 个百分点，或 7.44 美元 [= 93 × 0.08]。根据期货合约的条款，将给买方造成 7 440 美元的损失，并通过结算机构以变动保证金的形式支付给卖方。

尽管如此，在计算组合久期的时候，必须考虑期货合约没有任何现金支付或净清算价值的特点。即建立期货合约的多头或空头并不会引起资金的变化，结清或冲销期货头寸的时候也不需要资金或者释放资金。实际上，这意味着包含长期国债（或中期国债）组合的久期可以计算如下：

国债久期 × 国债市场价值

加上

期货久期 × 期货市场等值合约

两者之和除以

国债市场价值

换句话说，计算久期时分母是期货头寸的理论市场价值，它可以用来计算价格风险。不过，分子上只有组合的实际净结算价值或变现价值。

例如，一个组合包括 1 亿美元市值的国债和 200 份期货卖空头寸，市场价格为 90 美元。为了计算收益率变化的暴露，认为期货合约的市场价值为 1 800 万美元[＝200×90 000 美元]。如果现货中长期国债的久期为 5，期货的久期为 8，那么这个特定组合的久期为：

$$组合久期 = [(100 \times 5) + (-18 \times 8)]/100$$
$$= (500 - 144)/100$$
$$= 3.56$$

基差交易

鉴于前面对国债期货的定价以及期现货价格关系已经有了深入的阐述，下面开始探讨基差交易的相关内容。本书第 1 章中已经阐述了基差交易的基本机制，本章将分类探讨不同种类的基差交易，它们主要包括：

- 卖出高价基差。
- 买入低价基差。
- 买卖"热门"债券的基差。
- 跨期价差交易。
- 特定债券回购交易效应。
- CTD 供给不足情形下的基差交易。

本章最后一节还将讨论实际基差交易操作中的注意事项，包括短期融资同隔夜融资的区别、逼空操作、将基差交易头寸带入交割月份以及在交割前持有债券的重要性。

卖出高价基差

20 世纪 80 年代的几年间国债期货价格长期处于低位，投资者可以通过不断卖出国债基差赚取丰厚利润。在这段时期，资产组合管理者只需将资产组合中的国债卖出，并换之以风险等价的国债期货，就可以让资产组合的收益率提高数百个基点。然而，到了 20 世纪 80 年代末，随着国债期货交易价格日趋合理，这种简单的卖出基差策略已变得无利可图。

尽管国债期货价格再也没有出现长期处于被低估状态的情形，但是投资者依然可以通过卖出 10 年期国债期货基差获益。由于抵押债券投资者和资产组合管理者通常将 10 年期国债期货用作对冲工具，因而导致它的价格常常处于被低估状态。这一现象在回购市场中的新发 10 年期国债上表现得尤为明显，此时套保者发现可以通过做空价格过高的 10 年期国债现货获利。

在卖出基差时，既可以选择卖空最便宜可交割国债，也可以选择卖空非最便宜可交割国债。只要基差足够大，就可以通过任意一种交易方式获利。话虽如此，但两种交易方式有着各自的风险和收益特点，需要分别研究。

卖出 CTD 基差

卖出 CTD 对应的基差与卖出虚值策略交割期权相类似。如果在合约到期之前该国债始终都是最便宜可交割国债，那么相应的期权组合到期时仍将是虚值期权，不存在任何价值。此时，基差将逐渐收敛至零，而收益取决于当初卖出的基差水平与持有损益之间的差额。换言之，卖出 CTD 基差仅仅需要承受净基差变化产生的风险。

如果卖出基差对应的国债不再是 CTD，即隐含在卖出基差中的策略交割期权变为了实值期权。出现这种情况既可能源自收益率总体水平的变动，也可能源自可交割国债间收益率利差的变动。此时不管哪种情况都将导致基差增大并将引起亏损，而且相关损失可能无限扩大。

因此，卖出 CTD 基差的损益特征与卖出虚值期权的损益特征非常相似。卖出虚值期权的最大收益就是期权权利金，而这部分收益将随着到期日的临近而逐步获取。在卖出 CTD 基差交易中类似的期权权利金就是扣除 BNOC，而且该收益也是随着期货合同到期日的临近，在基差收敛至零的过程中缓慢实现的。同时，潜在损失也可能是无限的。

扣除持有损益净基差　通过长期跟踪 CTD 的 BNOC 可以得出基差市场上期货合约中交割期权的大致费用。图 6-1 中的上图记录了 2000 年 1 月到 2002 年 3 月期间 5 年期国债期货合约的 BNOC 波动情况。中间的图和下图分别描述了同一时期 10 年期和长期国债期货合约对应 CTD 的净基差波动情况。在三幅图中，纵坐标均代表 BNOC，单位是最小价格变动幅度即 1/32。从三张图中可以看出，基差周期性收敛至零的趋势与国债期货合约季度性周期完全对应。

图 6-1 中三幅图所描述的卖出基差交易比实际情况更为乐观，这是因为图中并没有考虑 CTD 的变动，而且图中仅考虑每个交易日当天 CTD 对应的 BNOC。但实际上，如果期货合约对应的 CTD 发生变化，那将会导致基差交易者损失部分 BNOC。

因此，卖出 CTD 基差的交易能否获利取决于该国债能否始终保持 CTD 地位。如果这一假设能够实现，那么期货空方将持有该债券直到交割日，并获得全部 BNOC；如果不能，空方将失去部分或全部 BNOC，甚至损失会大过 BNOC 本身。

实际交易　表 6-1 给出了更为真实的卖出 CTD 基差交易的盈亏情况。该表描述了 1998 年 6 月至 2004 年 6 月卖出 10 年期国债基差交易的盈亏表现。

5 年期国债期货

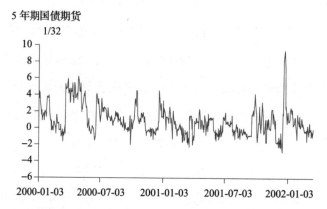

10 年期国债期货

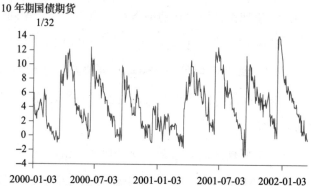

长期国债期货

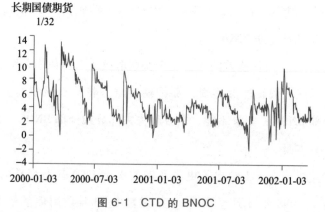

图 6-1　CTD 的 BNOC

资料来源：JPMorgan.

表 6-1 中的前三列反映了距期货合约到期前 3 个月对应 CTD 的基本信息。例如，对 1998 年 6 月到期的期货合约来说，票息 7-1/2%、2005 年 2 月到期的国债是 10 年期国债期货合约对应的 CTD。该合约到期前 3 个月对应 CTD 基差为 13.4/32，持有损益为 11.2/32，那么，其 BNOC 就等于 2.1/32（13.4/32−11.2/32）。在该合约到期时，基差变为 1.3/32，持有收益也是 1.3/32，因此，BNOC 就为 0。

表 6-1　10 年期期货 CTD 基差

（1998 年 6 月至 2004 年 6 月；单位：1/32）

| CTD | | | 到期前 3 个月 | | | 到期时 | | | BNOC |
合约	票息	到期日	基差	持有损益	BNOC	基差	持有损益	BNOC	变动
1998-06	7.5	2005-02	13.4	11.2	2.1	1.3	1.3	0.0	−2.1
1998-09	6.5	2005-05	11.0	4.1	6.9	−0.7	0.2	−0.9	−7.8
1998-12	6.5	2005-08	7.0	3.8	3.2	2.2	0.8	1.4	−1.8
1999-03	5.875	2005-11	6.2	6.3	−0.1	2.2	0.7	1.5	1.6
1999-06	6.875	2006-05	18.4	13.0	5.3	2.5	1.5	1.0	−4.3
1999-09	6.875	2006-05	17.1	12.9	4.2	0.4	1.1	−0.7	−4.9
1999-12	7	2006-07	14.1	13.0	1.0	0.4	0.9	−0.6	−1.6
2000-03	4.75	2008-11	7.9	0.6	7.4	−0.2	−0.2	0.0	−7.3
2000-06	4.75	2008-11	5.3	−4.0	9.3	3.0	−0.8	3.8	−5.5
2000-09	4.75	2008-11	2.0	−9.0	11.0	−0.5	−0.9	0.4	−10.6
2000-12	5.5	2008-02	1.9	−7.0	9.0	7.7	−0.9	8.7	−0.3
2001-03	5.5	2008-02	−2.5	−6.6	4.1	−1.3	0.4	−1.7	−5.8
2001-06	5.5	2008-02	10.8	6.9	3.8	8.5	1.5	7.0	3.2
2001-09	6	2009-08	32.3	20.4	11.9	5.3	1.9	3.5	−8.5
2001-12	6.5	2010-02	46.9	36.8	10.1	4.7	5.0	−0.3	−10.4
2002-03	6.5	2010-02	45.8	27.4	18.4	15.7	2.7	13.0	−5.4
2002-06	5.75	2010-08	47.4	35.7	11.7	5.9	3.2	2.7	−9.0
2002-09	6.5	2010-02	51.0	41.4	9.7	8.9	4.4	4.5	−5.2
2002-12	6	2009-08	40.0	36.5	3.5	7.0	4.9	2.1	−1.5
2003-03	6.5	2010-02	49.6	44.9	4.7	4.6	4.9	−0.3	−5.0
2003-06	6.5	2010-02	50.1	44.8	5.3	4.2	5.1	−0.8	−6.1
2003-09	5.75	2010-08	44.7	42.4	2.2	4.9	4.9	0.1	−2.2
2003-12	5.75	2010-08	56.2	42.8	13.4	5.1	5.6	−0.5	−13.9
2004-03	5	2011-02	43.1	36.7	6.4	3.0	3.2	−0.2	−6.6
2004-06	5	2011-02	39.2	35.5	3.7	4.8	3.2	1.6	−2.1

总而言之，通过在期货合约到期前 3 个月卖出票息 7-1/2%、2005 年 2 月到期国债对应的基差，交易员可以获取 2.1/32 的净收益。总体来看，投资者在基差变动上收获 12.1/32（＝13.4/32−1.3/32），在持有损益端损失 10/32。值得注意的是，基差交易者卖出 CTD 基差的净收益与 BNOC 的变动完全一致：当 BNOC 变动为负时，卖出者获利；而当变动为正时，卖出者亏损。

表 6-1 中最右边一栏显示了卖出 10 年期国债期货合约对应 CTD 基差交易的最终盈亏情况。在图示的 25 个样本中，有 23 个样本的 BNOC 变动量为负。就算把另外两种 BNOC 上升的情况考虑在内，从期货合约到期前三个月开始至合约到期，CTD 的 BNOC 也平均下降 4.9/32。

如果将最初的 BNOC 同到期时的 BNOC 进行比较，就会发现 10 年期国债期货合约 BNOC 的卖出均值为 6.7/32，卖出基差交易者平均可以截留其中的 4.9/32。

为何交易会成功　大多数时候，出售虚值期权都能赚钱。因此，高损益比（收益次数/总次数）本身并不足以说明期权价格被高估，即不能说明期货价格被低估而现货价格被高估。要判断基差价格是被高估还是低估，就必须要能够运用某种方法找出基差的内在价值。

例如，票息 6-1/2%、2010 年 2 月 15 日到期的国债是 12 月到期 10 年期国债期货合约对应的 CTD 券。该国债的现价是 112-12+/32，而 2001 年 12 月到期国债期货的价格是 107-17+/32，则基差为 46.9/32。已知该债券的持有到期损益为 36.8/32，那么 BNOC 就为 10.1/32。

然而，投资者能获得 10.1/32 BNOC 中的多少呢？答案取决于票息 6-1/2%、2010 年 2 月到期国债交割价格升高的可能性。如果其价格上升，结果还将依赖于其对应基差的变化。粗略研究可以发现卖出基差交易的风险相对于它的高收益来说相对较低。

　　例如，收益率曲线的平移对上述交易的影响很小或几乎没有。如图 6-2 所示，无论收益率曲线向哪个方向平移 30 个基点，票息 6-1/2%、2010 年 2 月到期国债仍旧能保持其 CTD 地位。另外，不管收益率向哪个方向平移 60 个基点，该国债的预期到期基差均小于或等于 6/32。

预计净基差；单位：1/32

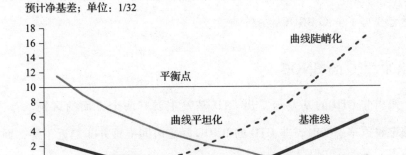

图 6-2　票息 6-1/2%、2010 年 2 月到期国债在 2001 年 12 月期货合约到期时的预计基差（相关预计结果在 2001 年 9 月 20 日做出）

　　注：曲线陡峭化假定 7 年/10 年曲线变陡峭 1.5 个标准差；曲线平坦化假定 7 年/10 年曲线变平坦 1.5 个标准差。

　　收益率曲线的非平行移动或不同可交割债券间的收益率利差变化都会给交易带来一定的风险。从理论上来说，收益率曲线变陡会使久期较长的债券变成 CTD；收益率曲线变平坦会使久期较短的债券变成 CTD。然而，在实际操作中，票息 6-1/2%、2010 年 2 月到期国债很可能在相当宽的收益率曲线范围内仍保持其 CTD 地位。

　　基差交易的最大风险源自国债甩卖导致的收益率曲线陡峭化。例如，当收益率上升 60 个基点，且 7 年/10 年期国债即期收益率曲线变陡 1.5 个标准差时，票息 6-1/2%、2010 年 2 月到期国债的预计基差将变为 17/32。

由于在价格反弹时收益率曲线通常会同时变陡，所以上述情况发生的概率相对较小。一旦真的出现上述情况，对于尚处于虚值阶段和那些虽然已变为实值期权但收益仍较低的交割期权来说，10.1/32 的 BNOC 价格有点过高。换句话说就是策略性交割期权被高估了，也就是期货价格被低估而基差被高估了。

巧合的是，这里票息 6-1/2% 的国债始终是 CTD，而卖出该国债基差的交易者获得了全部 BNOC。

卖出非 CTD 的 BNOC

卖出非 CTD 的基差与卖出 CTD 基差主要有两个方面的区别。首先，在假定收益率不变时，非 CTD 的 BNOC 随着时间推移并非趋近于零，而是趋近于一个正值。其次，非 CTD 的基差大小更多地取决于它自身的收益率与 CTD 收益率之间的差额。

在期货价格较便宜时，导致交易者倾向于卖出非 CTD 的长期国债基差而非卖出 CTD 基差的因素是多方面的。首先，通过卖出一揽子可交割债券而非单一卖出当前的 CTD 券，投资者可以有效分散风险，同时还可以降低头寸关于收益率曲线平坦化或陡峭化的风险敞口。其次，通过卖出非 CTD 而不是 CTD，交易者还可以获取国债收益率曲线定价偏误带来的收益。通过卖出收益率曲线上被高估国债的基差，交易者既可以获利于期货合约被低估带来的收益，也可以获益于个别债券相对于 CTD 过高的定价。

买入低价基差

买入基差交易的风险特征类似于期权多头，其损失仅限于 BNOC，而收益则可能无穷大。如同第 2 章所描述的那样，收益率变动和收益率曲线斜率的变动都可能增加隐含在基差多头中的期权的价值。任何希望买入国债的看涨、看跌或者跨式期权的投资者，都可以在基差市场上将这些交易组合起来操作。同样地，任何希望买入 CTD 收益率曲线斜率的看涨、看跌或者跨式期权的投资者，也都可以在基差市场上将这些交易组合起来进行操作。

与中期国债期货市场价格通常被低估不同，在过去几年里，长期国债期货市场价格通常被高估（见图 6-3）。这也意味着，长期国债期货隐含期权的价值一直处于被低估的状态。总体看来，从 2000 年 1 月到 2002 年 1 月，到期前 2 个月的国债期货价格平均被高估 2/32。

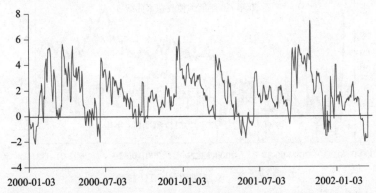

图 6-3　长期国债期货定价错误（期货价格—公允价值；单位：1/32）
资料来源：JPMorgan.

这一时期长期国债期货价格被高估主要有两个原因。首先，芝加哥期货交易所（CBOT）将 2000 年 3 月以后到期的国债期货的名义票息从 8% 下调到 6%。这次调整使得名义票息更接近国债的实际收益率，同时也加大了 CTD 券的不确定性，进而大大提高了国债期货隐含交割期权的价值。但是，至今国债期货市场还未能完全反映这部分更高的交割期权价值。

其次，从 1999 年年末开始，长期国债供给的减少增加了其国债收益率曲线长端的不稳定性，从而导致 CTD 频繁更换（见图 6-4）。例如，2000 年年初，美国财政部宣布国债回购计划，并减少 30 年期国债的发行量，致使 10 年/30 年国债即期收益率曲线变得非常平坦。同样地，在 2001 年 10 月，美国财政部又突然宣布暂停发行 30 年期国债，这使得收益率曲线变得更加平坦，并导致收益率曲线远端可交割国债的基差大幅扩大。

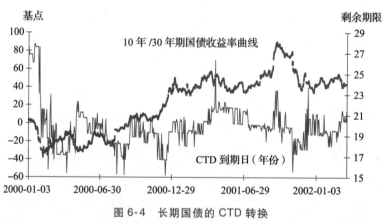

图 6-4　长期国债的 CTD 转换

资料来源：JPMorgan.

如果国债收益率曲线远端的波动增加，此时无论某只长期国债是否能成为 CTD，位于可交割国债收益率曲线一侧的基差交易都会特别具有吸引力。如图 6-5 所示，当美国财政部在 2001 年 10 月宣布暂停发行 30 年期国债后，票息 6%、2026 年 2 月到期的 CTD 基差从 9/32 扩大到 50/32。同时，这一消息还导致 10 年/30 年国债的即期收益率曲线变得非常平坦。这一现象也证实了当收益率曲线变平坦时，久期较长债券的基差就是价内期权。

图 6-5　收益率曲线平坦化时高久期债券基差扩大

资料来源：JPMorgan.

　　长期国债期货价格的高估给期权和基差交易者带来了投资机会。例如，由于基差市场中的收益率变动期权比实际交易价格更低，所以希望做多利率波动率的期权交易者就可以在基差市场上获得更好的机会。反过来，对于那些不愿单纯在基差市场上做多波动率的投资者来说，他们可以选择在波动率被低估的基差市场和波动率被高估的长期国债期权市场之间套利。在这种交易方式中，交易者通过买入国债基差来实现对国债期货隐含期权的买入，同时卖出与该多头相对应的真实的或实际期权。如果操作正确，该套利交易将从逐步变小的隐含波动率价差中获利。

新国债的基差交易

　　基差交易者通常会交易"新发行"（on-the-run，简称 OTR）或者"热门"（hot-run）国债的基差，这些国债往往是最近一期拍卖发行的基准利率国债，交投最活跃，而且常常以高于先前发行债券的价格流通。基差交易者持有 OTR 国债有两大优势：一方面，OTR 国债的基差交易市场流动性很强，通常高于最便宜可交割债券的基差交易市场；另一方面，OTR 国债具有新发行效应，即长期国债在新发行时会被高估，而在被下一批发行的 OTR 国债所替代后又会被低估。

　　图 6-6 描述了从 2000 年到 2002 年的四个半年拍卖周期里 5 年期中期国债的新发行效应。在此期间，5 年期中期国债每 6 个月进行一次拍卖，每次拍卖分别在 5 月和 11 月进行，并在 2 月和 8 月进行增发。如图所示，5 年期新发国债与 5 年期旧国债之间的利差在拍卖发行后逐渐变小，这也意味着，新发行债券被高估，而被高估的原因之一就是交易者通常把它们作为对冲工具使用。随着对冲交易在 1/4 个发行周期的早期逐渐增加，该债券在回购市场上变得稀缺，从而导致其被高估。所以，与其他处于边缘地位的国债相比，新国债的收益率较低。

5 年期国债收益率—5 年期旧国债收益率；2000 年 5 月~ 2002 年 5 月；单位：基点

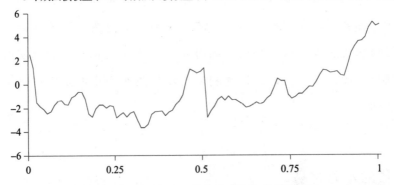

图 6-6　5 年期国债拍卖前后收益率利差图形

资料来源：JPMorgan.

通常随着时间往后推移，新发国债价格走势会逐步反转以迎接下一次新发行国债的上市。从四个周期的平均情况来看，在下一次新国债拍卖前 1-1/2 个月，5 年期新国债收益率相对于旧国债被低估了大约 5 个基点。

由于 5 年期国债期货对应的 CTD 券一般是旧的 5 年期债券，因此新国债的基差交易是改变 5 年期新国债与旧国债间利差的一种更具流动性的方案。在 1/4 周期的前期，当新发行债券趋于高估时，基差交易者可通过买入 5 年期新发国债基差获利，这一多头头寸将在新旧 5 年期国债收益率利差缩小时获利。在 1/4 周期的后期，当新发行债券趋于低估时，基差交易者可通过卖出 5 年期新发国债基差获利，相关空头头寸将在新旧 5 年期国债收益率利差扩大时获利。

当然，这些交易并非没有风险。一方面，新国债同旧国债之间的收益率利差变动会造成基差头寸损益的大幅波动。另一方面，一些收益率利差的预期变化，特别是对新国债在接近 1/4 周期末期时价格将会被低估的预期，通常会反映在国债市场的远期价格上。这是因为新国债通常作为回购市场上的特定债券，这就意味着，新国债的逆回购率远远低于旧国债的回购率。因此，由于卖出新国债基差意味着该笔交易的持有损益为负，而要从中获利，收益率利差变动就需要足够大，从而抵消负持有损益。

CTD 短缺时的基差交易

在大多数市场环境中，国债期货交易一揽子可交割国债制度与规模庞大且流动性良好的国债市场联合起来就形成了运行良好的美国国债期货交割体系。然而，在极少数情况下，CTD 国债的短缺会引发逼空现象，这将导致国债期货价格相对于现货价格产生扭曲。当然，这些价格扭曲在给基差交易者带来风险的同时，也给他们提供了盈利的机会。

在整个 2005 年中，对于 5 年期尤其是 10 年期国债期货合约来说，CTD 短缺的风险成为市场日益关注的焦点。这次引发逼空风险的 CTD 短缺状态其实只是以下两件事情的副产品：第一，国债期货市场的规模飞速扩张。到 2005 年 5 月，10 年期国债期货合约的持仓量达到了 210 万张，比 2004 年 5 月增长了 50%。这种扩张部分反映了交易电子化程度的提高帮助降低了国债期货交易成本。第二，国债收益率曲线出现长期的牛市平坦化，也造成了 CTD 短缺的情况。联邦储备局提高短期利率水平，同时降低中期利率水平，这使得可交割债券的收益率曲线平坦化，同时也牢牢确立了 CTD 券作为可交割国债中期限最短国债的地位。

可交割债券收益率曲线变平坦的一个关键性结果是使非 CTD 相对于 CTD 价格更高，进而导致使用非 CTD 进行交割的成本过大。例如，在本书写作时（2005 年 5 月），2005 年 6 月到期的 10 年期国债期货合约对应 CTD（票息4-7/8%、2012 年 2 月到期国债）基差比次便宜可交割国债（票息4-3/8%、2012 年 8 月到期国债）的基差整整低了一个基点。非 CTD 国债过高的价格有效减少了可交割债券的供给量，因而当仅有一种国债符合 CTD 条件时，无论怎样，可交割债券的供给数量均下降至当前 CTD 券的流通数量，而且，交易者如果无法获得票息 4-7/8%、2012 年 2 月到期的 CTD 现货用于期货合约交割，将会面临交易所收取滞后交割罚款（往往很严厉），或者被迫交割次便宜可交割、票息 4-3/8%、2012 年 8 月到期的国债。此时，卖空者将损失票息 4-3/8%、2012 年 8 月到期国债对应的净基差或者大约整整 1 个基点。

许多异常情况结合在一起共同增加了 2005 年交割失败的风险，同时也极大地扭曲了可交割长期国债基差交易的行为。在大多数交割日中，5 年期及 10 年期国债期货 2005 年 6 月合约对应 CTD 的净基差均以负值交易。例如，在 2005 年 5 月的前两周中，6 月到期的 10 年期国债期货对应 CTD 的平均净基差为-2/32。虽然这种情况看起来违背了期货套利的基本条件，但实际上这一数值却反映出交割失败的潜在成本。如果任何套利者以低于持有损益的价格（负的净基差）来做多 CTD，只要能使用 CTD 进行交割，就可以锁定其无风险收益，如果无法使用 CTD 国债进行交割，就必须交割次便宜可交割国债，此时就需要承受等于该国债净基差大小的损失。在 CTD 短缺无法满足全部交割需要时，上述分析可以给出计算 CTD 净基差公允价值的公式。

交割时，

$$公允价值（CTD 的 BNOC）= 交割失败的概率 \times （CTD 的 BNOC$$
$$- 次 CTD 的 BNOC）$$

其中，交割失败表示空头无法交割 CTD，只能交割次便宜可交割国债。

例如，假设现有 CTD 只能满足市场 90% 的交割需求，CTD 与次 CTD 的 BNOC 之间相差一个基点，那么，CTD 净基差的公允价值就为-3.2/32，或者：

$$- 3.2/32 = 0.1 \times 32/32$$

值得注意的是，一旦 CTD 的净基差（BNOC）变为负值，可以用此公式计算暗含的交割失败概率。即当 CTD 净基差（BNOC）为负值时，

$$隐含交割失败概率 = CTD 的 BNOC/(CTD 的 BNOC$$

$$- 次 CTD 的 BNOC)$$

对基差交易者来说，可交割债券短缺以及负的 CTD 净基差不仅是风险，还是机会。通常对于避险交易者来说，有三种方法可以规避 CTD 短缺的风险：卖出某只高价可交割长期国债的基差；买入 CTD 券或买入针对非可交割国债、互换（资产与债券互换）的期货合约；进行跨期价差套利。三种方法都利用了如下分析：随着交割日的临近，预计 CTD 及其期货合约相对于其他国债和衍生产品会被市场高估。在第一种方法下，高估 CTD 会带动其期货合约价格上升，从而导致非 CTD 的基差减小，于是就可以从中获利。非 CTD 基差的减小可以有效地增加可交割国债的供给。这是因为随着非 CTD 的基差向零不断靠近，届时通过交割次 CTD，交割失败的机会成本逐渐降低。

通常情况下，如果近期月份 CTD 的实际供给量低于预期的交割量，长期国债的跨期价差将会扩大。此时，那些不愿交割的空头将做多近期月份期货并卖出远期月份期货来滚动头寸，这将导致跨期价差变大。换句话说，随着交割失败成本的上升（可能是由于交割失败概率的上升，也可能是由于次 CTD 对应 BNOC 的扩大），空头愿意接受的移仓成本也将相应增加。

当 CTD 供给不足时，有一个值得价差交易者特别注意的重要提示。那就是，交易规则明确禁止市场操控，包括那些旨在引起可交割债券供给不足或导致逼空的交易行为。一旦被交易所认定违反该交易规则，投资者将会面临非常严厉的惩罚。所以基差交易者应该充分了解该交易规则，同时不要参与故意引起 CTD 供给不足的交易。

跨期价差套利

一旦确定了基差在每个合约月内的公允价值，据此可以轻易地计算出国债期货跨期价差的公允价值，而这也为市场上的交易员和套保者提供了更多的投资机会。国债期货合约公允价值的计算公式可以根据标准基差公式变形得到：

期货合约的公允价值 = (CTD 券价格 - CTD 基差公允价值)/CTD 转换因子

据此计算 5 年期和 10 年期国债期货以长期国债期货公允价值的例子请参见表 6-2。例如，2001 年 4 月 5 日，5 年期国债期货合约对应的 CTD 是票息 5-3/4%、2005 年 11 月到期的国债，已知它的价格是 105-2.5/32，6 月期货合约的理论基差为 13.8/32，据此我们可以得出 6 月期货合约的公允价值为 105-21.2/32[= (105-2.5/32-13.8/32)/0.990 4]。

如表 6-2 所示，6 月的 5 年期国债期货合约交易价格高于它的公允价值约 0.8/32，基本和公允定价一致，9 月的 5 年期国债期货合约同样也基本实现了公允定价。

然而，6 月的长期和 10 年期国债期货合约的交易价格分别比理论上的公允价格高出 2/32 和 3/32。而且，9 月的长期国债和 10 年期国债期货合约之间的价格偏差更大，达到了近 5/32。

值得注意的是，期货定价偏差的大小几乎等于期权调整的基差。然而，它们的符号却恰恰相反。中长期国债期权调整的基差是国债基差的实际或市场价值与其理论价值之间的差值。而"某中长期国债的期货合约价格被低估"只是"某中长期国债的基差被高估"的另一种表达形式罢了。

表 6-2 基差和期货定价偏差
（2001 年 4 月 4 日收盘价）

期货合约	CTD	价格①	转换因子	基差②	持有收益②	理论期权价值②	理论基差②	期权调整后基差②	理论期货价格②	实际期货价格②	期货定价偏差②
(1)	(2)	(3)	(4)	(5)=(3)-(4×11)	(6)	(7)	(8)=(6+7)	(9)=(5-8)	(10)=(3-8)/(4)	(11)	(12)=(11-10)
6 月份合约											
5 年期	2005 年 11 月到期、票息 5-3/4% 的国债	105-02+	0.990 4	13.0	13.7	0.1	13.8	-0.8	105-21.2	105-22	0.8
10 年期	2008 年 2 月到期、票息 5-1/2% 的国债	103-27	0.973 4	13.4	6.0	9.5	15.5	-2.1	106-05.9	106-08	2.1
长期国债	2022 年 11 月到期、票息 7-5/8% 的国债	124-20	1.193 6	18.1	13.6	8.2	21.7	-3.7	103-26.9	103-30	3.1
9 月份合约											
5 年期	2005 年 11 月到期、票息 5-3/4% 的国债	105-02+	0.990 8	25.5	26.9	0.5	27.4	-1.9	105-06.1	105-08	1.9
10 年期	2008 年 5 月到期、票息 5-5/8% 的国债	104-15+	0.980 1	25.4	15.1	14.7	29.8	-4.4	105-21.1	106-25+	4.5
长期国债	2022 年 11 月到期、票息 7-5/8% 的国债	124-20	1.192 6	40.5	31.9	14.2	46.1	-5.6	103-09.3	103-14	4.7

① 价格用价格点与 1/32 表示。
② 单位为 1/32。
资料来源：JPMorgan.

中期国债期货合约跨期价差的公允价值

只要能够得到任意两个月期货合约的公允价值，就可以利用它们之间的差值来确定这两个期货合约之间的跨期价差。如表 6-3 所示，以下分析2001 年 4 月 4 日，6 月和 9 月期货合约跨期价差的理论值和实际值。已知10 年期国债期货合约的收盘价，可得出 6 月和 9 月期货合约之间的实际价差为 14.5/32。再通过计算得出理论上的公允价差应该为 16.9/32。

表 6-3 跨期价差定价偏差
（2001 年 4 月 4 日收盘价）

期货合约	实际值			理论值			价差偏差
	6 月期货合约价格	9 月期货合约价格	价差	6 月期货合约价格	9 月期货合约价格	价差	
(1)	(2)	(3)	(4)=(2-3)	(5)	(6)	(7)=(5-6)	(8)=(4-7)
5 年期	105-22	105-08	14	105-212	105-061	15.1	-1.1
10 年期	106-08	105-25+	14.5	106-059	105-211	16.9	-2.4
长期国债	103-30	103-14	16	103-269	103-093	17.7	-1.7

换而言之，10 年期国债期货合约的 6 月/9 月跨期价差被低估了约2.4/32，长期国债期货合约的跨期价差被低估了 2/32。同样地，5 年期债期货合约的跨期价差大约被低估了 1/32。

利用跨期价差定价偏差获利

跨期价差的定价偏差对跨期套利者、基差交易者以及套期保值者都有重要意义。

1. 跨期套利交易

直接进行跨期套利是第一种也是最显而易见的一种利用中期国债期货

跨期价差定价偏差进行的交易。例如，在 4 月 4 日，投资者买入 6 月合约的同时卖出 9 月的 10 年期国债期货合约，通过上述交易组合而成的跨期价差的获取成本比其公允价值低 2.4/32。然而，该组合承受的风险可能远大于其预期的收益所值得的风险。一方面，跨期价差交易面临着相当大的收益率曲线风险，这是由于跨期价差很容易受其他非定价偏差因素的影响而剧烈波动。另一方面，与基差不同，随着到期日的临近，跨期价差不存在任何强制其收敛至公允价值的约束。

2. 增强的基差交易

第二种利用跨期价差定价偏差，也是更有潜在盈利能力的一种交易方式，是利用跨期价差偏差建立价格更具优势的远月国债期货合约基差。例如，当跨期价差被高估时，基差交易者可以卖出价差（即卖出主力合约同时买入远期交割月合约），并在主力合约到期时进行交割。如果这样，交易者将持有中期国债的空头头寸和远月合约的多头头寸。相较于一开始就卖空国债同时买入国债期货远月合约，通过上述方法做空基差可以额外获取跨期价差定价偏差回归所带来的收益。当然，如果跨期价差被低估，通过买入跨期价差并在主力或近月合约到期时进行交割的方式，基差交易者可以建立一个价格更便宜的远月合约基差。例如，根据表 6-2 和表 6-3 所示的跨期价差定价偏差，做多实际成交价低于其公允价值 4/32 的 9 月 10 年期国债期货合约的 CTD 基差，显得非常具有吸引力。通过做多 6 月/9 月 10 年期国债期货价差来做多 9 月的 10 年期国债基差，可以使该头寸的预期收益提高 2/32 到 3/32。

3. 低成本套期保值

第三种利用跨期价差定价偏差的交易就是对期货头寸进行展期。对于那些希望展期期货头寸的套期保值者来说，这种交易非常有用。在该交易中，展期的时间选择对套期保值的成本有十分重要的影响。如果跨期价差被低估，如表 6-3 所示，做多跨期价差就是一种将近期月份的空头展期到远期月份的好方法。相反，如果跨期价差被高估，做空跨期价差则是一种将近期月份的多头头寸展期到远期月份的有效方法。

跨期价差的形式

除了分析跨期价差的公允价值外，我们发现研究跨期价差的历史表现对套保和价差交易者也很有帮助。图 6-7 给出了 1997 年 6 月到 2001 年 3 月，长期国债期货合约跨期价差的平均水平。总的来看，价差的平均值会随着首次通知日的临近而下降。这一形式或许反映了那部分不愿意承受交割风险的合约多头的展期行为，这部分交易者为了避免交割风险通常会在第一个通知日来临之前完成头寸展期。这种做法的结果是，那些需要将近月合约空头头寸展期到下一个合约月份的机构，必须在第一个通知日（即

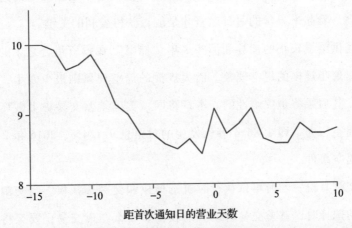

图 6-7　长期国债平均跨期价差

交割月前一个月的最后一个交易日）之前买入跨期价差。而那些需要将近
月合约多头头寸展期到下一个合约月份的机构，就要在第一通知日前尽早
卖出跨期价差。

实际基差交易操作中的注意事项

基差交易者在实际操作中将会遇到许多问题，在前面的讲述中已经提
到或详细分析过一些，但还会经常碰到以下四个重点问题：

- 特定债券回购。
- 短期融资与隔夜融资。
- 逼空操作。
- 交割月份。

特定债券回购与短期融资和隔夜融资主要涉及为长期国债多头融资的
成本问题，以及通过卖出债券回笼资金的回报问题。基差交易的边际利润
率并不高，看起来寻常的每日融资才是能否获得盈利的关键。

市场供给量较小的债券和那些多年"储藏"在投资组合之中的债券相
比容易出现小规模的逼空现象。而大规模的逼空现象则极少发生，不过一
旦出现，其后果将是灾难性的。本章将回顾美国基差交易史上破坏力最大
的一次逼空行为，即 1986 年春天发生的对票息 9-1/4%、2016 年 2 月到期
国债的逼空事件。

在交割月份，随时可以执行时机选择权和交割选择权。当交割成为一
种现实的选择时，基差交易者就必须权衡，要么结束交易，要么将头寸展
期，或者履行交割。

特定债券回购

在第 1 章卖出票息 7-5/8%、2025 年 2 月到期国债的基差的例子中，可以看出卖出基差交易的收益对卖空长期国债现货所得资金的再投资收益率较为敏感。例如，当逆回购率为 4.50% 时，基差交易的收益为 3 630.90 美元；然而，当逆回购率为 1% 时，基差交易会亏损 13 622.04 美元。

在实际交易中，融资利率的不确定性在带来风险的同时也带来了盈利机会。而这种融资利率的不确定性又部分来自长期国债在回购市场中的地位。因此，为了更好地理解回购市场，有必要明确一般抵押回购和特定债券回购的区别。

一般抵押回购　一般抵押回购，也叫"存货"，包括所有随时可以借贷的国债，它们的借贷利率一般略低于当天联邦基金利率。

特定债券回购　特定债券回购是借贷某种特定债券的要求[⊖]。特殊债券的交易利率可以远低于一般抵押回购的利率。如果某个国债的逆回购利率低于一般抵押债券的回购利率，该国债就被称为"特定国债"。

在卖出某种长期国债的期货合约时，可以通过"购回"被卖出的国债达到"一石二鸟"的效果。一方面，获得可以弥补空头持仓的债券；另一方面，可以把售出债券而回笼的资金投资出去获利。

在逆回购交易中，买入债券时需要签署一项协议，该协议允许在未来某天以确定的价格将其卖出，该笔交易的收益率就是逆回购率。如果无法

[⊖] 这里所谓"特定债券回购"在英美市场中往往指基于可交割债券，尤其是最便宜可交割国债的回购交易。——译者注

立刻获得所需要的某种特定债券，那么该债券的逆回购率就可能比一般抵押债券的逆回购率低几个百分点。有时候，根本无法从市场上获得相应债券，这时债券空头将无法交割。如果这样的话，空头就必须支付所做空债券的票面利息，同时也无法获得任何回购利息。

从形式上看，只要在逆回购交易中对具体的国债做出要求，就可以把该笔交易认定为特定债券回购交易。尽管如此，实际交易中只把逆回购率低于一般抵押回购率的债券称为特定债券。

特定债券回购实例　债券是否为"特定国债"对新发行"热门"国债的基差表现有重要影响（参见前面分析"热门"债券基差交易的部分）。例如，考虑 2005 年 5 月至 6 月期间（5 月 16 日至 6 月 20 日）新 5 年期国债（票息 6-3/4%、2005 年 5 月到期国债）和旧 5 年期国债（票息 5-7/8%、2004 年 11 月到期国债）对应基差的具体表现。5 月中旬，上述两种债券的隔夜回购利率都在 5.40%左右，这一利率与一般抵押回购利率较为接近。然而，随着时间的推移，票息 6-3/4%、2005 年 5 月到期国债在回购市场上更多地开始转向特定债券回购交易，而票息 5-7/8%、2004 年 11 月到期国债的回购利率继续和一般抵押债券回购利率保持一致。平均来看，在这一时期，票息 6-3/4%、2005 年 5 月到期国债的逆回购利率息为 5.48%，而同期票息 5-7/8%、2004 年 11 月到期国债的平均逆回购利率为 6%。

票息 6-3/4%、2005 年 5 月到期国债在回购市场上的特殊表现使其基差从 6.3/32 扩大到 7.4/32。而在同一时期，票息 5-7/8%、2004 年 11 月到期国债的基差从 4.4/32 下降到 0/32，而卖空票息 6-3/4%、2005 年 5 月到期国债的交易者承担了更多的负持有损益。分别卖出上述两种国债基差的损益情况概括如下：

卖出 1 000 万美元票息 5-7/8%、2004 年 11 月到期国债的基差

票面利息支出	−55 876 美元
逆回购利息收入	56 340 美元
现货/期货损益	13 750 美元
总计	14 214 美元

卖出 1 000 万美元票息 6-3/4%、2005 年 5 月到期国债的基差

票面利息支出	−64 198 美元
逆回购利息收入	53 360 美元
现货/期货损益	−3 438 美元
总计	−14 276 美元

由此可见，交易者卖空票息 5-7/8%、2004 年 11 月到期国债的基差会盈利，而卖出票息 6-3/4%、2005 年 5 月到期国债的基差会亏本。在后者亏损的 14 276 美元中，有近 11 000 美元是由于其更低的逆回购利率所致。

风险来源　在实际交易中，随着市场条件的变化，一种债券会不断在一般债券和特定债券之间转变。因此，对基差交易者来说，长期国债在回购市场上地位的不确定性就成了一种交易风险的来源，并且该类风险也值得投资者给予足够的重视。例如，做多"特定"债券基差的投资者面临着该债券重新变回一般抵押债券的可能，如果发生这种情况，该债券的回购利率将上升，而它的基差也就相应减少。相反，卖出一般抵押债券基差的投资者面临着该债券变为"特定"债券的可能，如果发生这种情况，该债券的逆回购利率将下降，而它的基差也将相应增加。

因此，无论怎样，基差交易者都必须仔细地跟踪研究债券的可得性、可借入量以及其交易活跃程度。

交易机会　债券在回购市场中的地位同样也会给投资者带来交易机

会。例如，某国债在短期回购市场中是特殊债券，但在隔夜回购市场中却是一般抵押债券。在这种情况下，该债券的基差将主要反映较高的短期回购利率，那么，基差交易者就可以通过卖出该基差，并以隔夜逆回购利率为该空头部位融资的方式获利。

特定债券回购和CTD　成为特定债券的潜在可能性使得寻找CTD的过程变得更加复杂。如果所有的债券都被储藏起来或者是成为一般抵押债券，那么隐含回购利率最高的债券就是CTD。更准确地说，在寻找CTD时，投资者需要比较某种债券的隐含回购利率和它的实际回购利率。隐含回购利率与其逆回购利率之间差额最大的债券就是CTD。

短期融资和隔夜融资

对基差交易来说，现货市场的融资既可以来自短期回购协议，也可以来自一系列隔夜回购协议。隔夜市场融资有两个优势：首先，当收益率曲线斜率为正时，一系列隔夜回购协议的融资成本将低于短期回购协议的融资成本；其次，隔夜回购协议融资的头寸比短期回购协议融资的头寸容易结清。

但是使用隔夜回购融资最大的缺点在于它使投资者完全暴露于收益率曲线斜率变动的风险之中。对于基差多头而言，隔夜回购利率上升就会增加持有成本，引起交易收益下降；对于基差空头而言，隔夜回购利率的下降将会引起逆回购利率下降，从而减少交易收益。

逼空操作

由于债券卖空交易的收益必须投资到逆回购市场，而且投资的债券必须被逆回购，所以，基差交易的空头（卖出现货，做多期货）必须考虑一些风险。

- 对可获得的抵押债券而言，其逆回购利率通常比回购利率低 10~25 个基点。如果投资者无法在市场中获得该债券进行逆回购，那么就只能获得"特定"逆回购利率。
- "特定"利率在理论上并不存在下限，在极端情况下，它甚至可能为负值。

例如，2005 年 5 月底，票息 4-7/8%、2012 年 2 月到期国债是 2005 年 6 月 10 年期国债期货合约的 CTD，当时该国债的隔夜回购利率为 -15%。尽管该债券的隔夜回购利率为负值，但由于它在市场中极其紧缺，所以投资者还是愿意实际持有它以满足期货合约交割。

- 现货国债卖空者必须支付票面利息，直到轧平头寸。在大多数情况下，该项成本高于该国债在逆回购市场上的利息收益。如果这样的话，卖空者的持有损益将为负值，此时面临的风险就是逆回购利率的下降将造成负持有损益继续下探，最终导致做空基差交易无利可图。
- 由于卖空者最终有义务买回他所卖出的债券，一旦相关债券流动性差或者出现"逼空"情况，卖空者就会面临困境。

当卖空者平仓所需的债券数量超过了市场上该证券的可得数量时，就会出现逼空现象。那些对卖出基差而言最有吸引力的债券就是最可能受到逼空威胁的债券，这是因为大家都会针对该债券进行基差交易，从而造成了需求飞涨，供给不足。

1986 年的逼空事件

虽然已经过去了很多年，但 1986 年 5 月发生的对票息 9-1/4%、2016年 2 月 15 日到期国债的逼空事件依然是美国基差交易史上最为严重的灾难。当年 4 月，票息 9-1/4%、2016 年 2 月 15 日到期的国债以低于票息12%、2013 年 8 月 15 日到期国债收益率 25～40 个基点的水平在市场上交易，后者曾是一揽子 CTD 券之一。同年 5 月，收益率利差扩大到超过 100个基点，这就导致两者对应的基差差值达到了 6 点，也就是说，每 100 万美元就有 6 万美元的价差。同时，那些具有较高票息和较短期限的国债（例如票息 12%、2013 年 8 月 15 日到期美国国债）基差却继续缩小并互相收敛。图 6-8 比较了这时期票息 9-1/4% 与票息 12% 两只国债各自的基差变化情况。

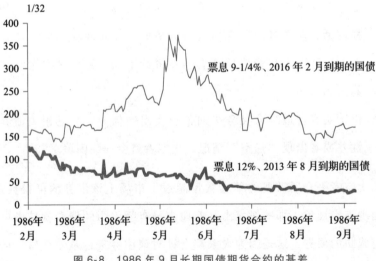

图 6-8　1986 年 9 月长期国债期货合约的基差

逼空的原因 这次大规模逼空事件是由下述因素引起：

- 显然投资者在市场中进行基差交易，他们卖空当前的长期国债现货（票息 9-1/4% 的国债），同时通过做多即将发行的长期国债、长期国债期货或者 10 年期国债期货进行对冲。在较早的几个循环周期中，新发行的长期国债现货成交价格一直高于其他债券，而在新债券发行上市之后，它的价格就会回到平均水平。价差套利者预期未来还会继续出现这种状况，于是就对票息 9-1/4% 的国债建起巨额的空头头寸。

- 大量 9-1/4% 国债由日本机构投资者持有，这部分国债很难通过回购市场借入。理论上这并不是什么问题，但问题是日本机构投资者对回购交易并不熟悉，也不愿意做没有先例的事。可想而知，其效果将会有多么惊人。这一度导致该国债的逆回购利率接近于 0，而最终的结果是投资者无法通过市场借入该国债。同期，流言盛传部分小的交易者竟以负逆回购利率交易该国债，这意味着这些交易者给借款人支付一部分利息以希望交易对手能将 9-1/4% 国债作为逆回购协议的抵押品。

- 由于收益率下降，旧国债的价格达到历史高位，许多基金乘机大量卖出持有的旧券，这就使问题更加复杂化，而且这些旧国债中大部分都是适于交割的债券，投资者将它们从投资组合中卖出又进一步扩大了票息 9-1/4% 国债的基差。

由此可见，票息 9-1/4% 国债的逼空是一系列罕见事件同时作用的结果，当时市场处于超乎想象的无序状态，情况似乎已经坏到不能再坏的地步。此后，很多基差交易者对卖出基差交易都谈虎色变。

控制逼空风险　为了最大限度地控制卖出基差交易的逼空风险，交易者应该选择一种既便于卖出又便于买回的债券来对冲卖空操作。同时，投资者也要核查隔夜和短期逆回购利率水平，判断债券的发行规模以及没有交易限制的国债数量。不仅如此，投资者还需要密切关注那些可能引发逼空事件的征兆。通常情况下，发生逼空事件之前有三种预兆：定向回购利率下降、对单只债券的巨量卖出以及相似债券之间的收益率利差变动。最后，投资者可以考虑使用止损点交易来控制最大风险承受水平。从理论上来看，当所卖出的债券发生逼空事件时，潜在损失可能是无限大的。

卖空基差和从投资组合中卖出基差的比较　从理论上讲，无论投资者是通过卖空国债来卖出基差，还是通过将该国债从投资组合中卖出来卖出基差，两者面临的逼空风险是一样的。然而，在第一种情况下，逼空损失表现为实实在在的现金损失形式，是实际损失；在第二种情况下，损失表现为丧失的资本收益，是机会损失。虽然两种损失都是真实损失，但是，现金支出形式的损失比长期投资回报减少形式的机会损失更为惨烈。

令资产组合管理者感到安慰的是他们无须兑现账面损失。当需要解除基差交易并将对应国债纳入投资组合时，组合管理者可以购买其他债券，而不必非要买回之前卖出的国债。例如在 1986 年春季，投资者可以很容易地从市场上买入与票息 9-1/4% 国债具有相同期限和票息的国债来代替票息 9-1/4% 国债，唯一的区别在于用作替代品的国债有着更高的收益率。当时很多积极的组合管理者都乘机换出了票息 9-1/4%、2016 年 2 月 15 日到期国债。

好消息是，卖出基差所得的收益至少可以在一定程度上抵消逼空事件对组合管理者业绩评价带来的负面影响。事实上，对于那些在 20 世纪 80 年代中期经常利用多样化的长期国债组合来进行卖出基差交易的组合管理者而言，即使经历了 1986 年的重大逼空事件，他们的业绩也依旧好于现货资产组合的表现。

交割月份的基差交易

随着交割月的临近，履行交割还是接受交割将成为现实的选择。首次通知日是进入交割月前的第二个营业日。

有些基差交易者会比别的交易者更适合履行交割。但是，对于那些认为交割过于昂贵的交易者来说，还有另外两种主要选择：

- 进行对冲解除基差交易。
- 将基差交易的期货头寸展期到下一个月份的合约。

对于那些卖出基差的投资者来说，这里还有第三种选择："更新"期货多头部位，也就是买卖相同到期月份的期货合约。虽然这种操作看起来有点奇怪，但是这可以处理掉旧的多头头寸，同时置入新的多头头寸。一般来说，最早建立的多头部位会被最先选中参与交割，而这样做使得交易者可以提前预防长期国债期货多头部位交割，就算不能预防交割的发生，至少也可以把交割拖延到最后一个交易日。当然，在最后一个交易日后，所有的未平仓多头头寸都必须交割[⊖]。

随着最后交易日的临近，即使交割成本并不是特别高的投资者也必须考虑交割问题。此时，CTD 基差的价值反映了剩余持有损益和月末期权的总价值。如果交易者认为月末期权出现了定价偏差，那么最有吸引力的替代方法就是建立交割部位，即卖出或买入期货合约以确保每 10 万美元面值

⊖ 交割时选择买方与持仓时间有关。——译者注

的长期国债现货头寸都有一张期货合约与之相对应。

除"更新"多头部位这一方法外，投资者还有其他三种主要选择，分别是：轧平头寸、期货合约展期以及建立交割头寸。

轧平头寸　轧平头寸涉及在现货市场和期货市场共同进行平仓操作。在第1章就已经分别举例说明了轧平基差多头和空头头寸的具体操作。

期货合约展期　期货展期就是用下月期货合约替代基差头寸中的当月期货合约。例如，如果投资者在做多基差，即在期货端做空国债期货，期货合约展期意味着买入当月或主力期货合约并卖出随后月份的期货合约。这个交易的效果也可以通过买入跨期价差套利实现，也就是在卖出当月基差的同时买入下个月的基差。

如果投资者在做空基差，期货展期就需要卖出近月合约，同时买入随后月份的合约。此时，期货合约展期就意味着买入近月合约基差的同时卖出随后月份的基差。

因此，对期货合约展期后就消除了投资者有关交割当月合约的担忧。例如，如果是卖出基差，就不必再担心"百搭牌"交割，但同时将持有递延月份的基差空头头寸。因此，展期是否合理很大程度上取决对期货合约跨期价差的预期。

大多数情况下，期货合约在近月和远月合约之间的跨期价差变化很小。然而，当市场开始大量进行展期交易时，期货合约的跨期价差就会发生变化，此时通过期货展期来实现基差展期就显得很有意义。

在实际操作中，展期交易就是买卖期货跨期价差。做多期货合约的跨期价差意味着买入近月期货合约，同时卖出远月合约。而做空期货合约的跨期价差则刚好相反。基差多头展期需要买入期货跨期价差，而基差空头展期则需要卖出期货跨期价差。

回想一下，债券转换因子就是面值 1 美元的可交割债券自到期月份首个交割日起，用 6% 的到期收益率所折算的一个近似价格。然而，由于各个合约月份的转换因子并不相同，这就使原本简单的交易变得复杂。例如，对长期国债来说，由于下个合约月首个交易日相对于当前合约而言剩余期限缩短了 3 个月，因此转换因子更接近于 1。

然而，从实践上看，这种差别并不是很大，通常只对大宗交易（1 亿美元以上）有影响。例如，票息 8-1/8%、2021 年 8 月到期国债对应的 2002 年 6 月合约的转换因子为 1.239 0，而 2002 年 9 月合约对应的数值为 1.237 1。在关于该国债的一笔面值 1 000 万美元的基差交易中，两个合约月的期货持仓都为 124 份。在对该国债的一桩面值 1 亿美元的基差交易中，基于 9 月份的基差需要 1 239 份期货合约，而 12 月则需要 1 237 份合约⊖。单笔交易差别虽然很小，但随着交易数量和展期次数的增加，差别就会不断增大。

建立交割头寸　通过交割完成交易，简单来说就是指基差空头接受交割而基差多头履行交割。

建立交割头寸最关键的就是补足余数。每手期货合约都要求用面值 10 万美元的可交割国债进行交割。对于一笔正确构建的基差交易来说，其期现货比值应该正好等于其转换因子。以票息 8-1/8%、2021 年 8 月到期国债为例，如果它是 CTD，那么其期现货比值就应该约为 1.24，即如果该国债是对应期货合约的 CTD，那么每 10 万美元面值的国债需要对应 1.24 手期货合约，也就是面值 1 000 万美元的国债应对应 124 手期货合约。

如果是对基差多头履行交割，而且该国债的转换因子大于 1，就需要

⊖　原文如此，但根据上下文应该前面为 6 月合约，后面为 9 月合约。——译者注

买入额外的国债或买回多余的期货合约以补足余数。如果没有补足余数，同时还需要轧平基差空头中所有的期货头寸，投资者就需要接受交割比做空数量更多的国债。

一旦即将到期的期货合约在最后一个交易日停止交易后，对于一个准确无误的头寸来说，期现货比率应该为1。在上述票息 8-1/8%、2021 年 8 月到期国债的例子中，多出的 24 份期货合约代表着不必要的风险。例如，如果持有 1 000 万美元的上述国债现货头寸和 100 份期货空头头寸，投资者就做到了完全对冲，同时还知道每份售出国债的发票价格。

如果投资者在期货合约交易到期后还持有 24 份额外的期货空头部位，就要面临国债价格上涨的风险。由于必须履行这 24 份合约的交割，因此如果国债价格上升，就会损失期货转换价格同更高的国债现货价格之间的价差，而前者价格在交易到期后就不再变动。

再次强调下，如果转换因子大于 1，投资者可以通过减少期货空头或增加现货持仓来补足余数。无论选择哪种方法，补足余数的技巧都是尽可能地在接近期货到期日时操作。任何时间错配都会使投资者暴露在价格风险中。由于收盘最后时刻的交易十分混乱，而且成交价格也不唯一。因此，基差交易中补足余数的最好时机是交易即将结束之前，此时出现时间错配不会造成严重后果，而且通常此时市场的流动性还较好。

The Treasury Bond Basis

第 7 章

美国长期国债期货基差交易的九个阶段

本章回顾了作者对国债期货以下几个方面认识的有趣发展：长期国债期货习性的变化、价格决定因素以及运用期货合约的方法。1994 年的旧版本中将长期国债基差分成了七个"阶段"。新版中又额外加入两个阶段："11-1/4％国债对应的期货交易低迷时期"（1995 年到 1999 年）和"6％票息率下的转换因子和债券基差交易的重生"（2000 年至今）。本章还简要讨论了一般交易和套期保值交易的主要工具从长期国债期货合约转变为 10 年期中期国债期货合约的过程。

长期国债期货市场的形成和发展

直到国债期货上市交易的那天，人们都还没有完全理解究竟是什么影响着国债期货以及隐含在合约期限中的期权。因此，在 1977 年国债期货合约面市之时，人们都认为它过于复杂，对于它能否取得成功的怀疑声也不绝于耳。以"可交割品篮子"的接受过程为例，"可交割品篮子"在传统商品期货市场上早就存在，但对于金融期货市场来说却是个新概念，市场花了很长一段时间才接受它。

结果证明在 1977 年之后的几年中，人们对期货合约的复杂细节的认识取得了格外丰富的成果。国债市场在过去 15 年中发展速度惊人，并且获得了很大的市场空间。其收益率也经历了 70 年代的较低水平、80 年代早期显著高水平，再回到 90 年代早期较低水平的变动过程。收益率曲线的斜率也经历了从开始的正值，变成负值，再回到正值的变动。收益率的波动情况也从最开始的稳定，变为剧烈波动，再到相对稳定，然后到相对波动，最后再回到相对稳定。

每次利率环境的剧烈变化，无论是收益率变化，还是收益率曲线斜率的变化，或是收益率的总体波动，都会揭示出国债期货和现货市场之间新层次的关系。

1977 年以来的收益率波动

保罗·沃尔克开始掌管联邦储备局时，美国的通货膨胀已经失去了控制。到 1979 年秋天，情况已经变得令人难以忍受，沃尔克领导的美联储在这段时间采取了特别的紧缩货币政策。图 7-1 的三幅图刻画了这些政策的影响及其结果。最上方的图反映了收益率的变化，图中主要用 30 年期国债的收益率来刻画相关情况。沃尔克上任伊始，长期利率在 8% 左右，不久便上升到 14% 左右，这一利率水平也成了以后利率上下波动的中心。

第二幅图给出了收益率曲线斜率的变化情况，图中用 30 年期国债与 2 年期国债收益率之间的利差来刻画这一指标。紧缩政策的最初影响使短期收益率高于长期收益率，紧接其后是 1980 年春天短期利率的"自由下落"，然后又出现了一次短暂的利率倒挂，1981 年后期以后收益率曲线斜率就再未出现负值。

图 7-1　长期国债收益率，收益率曲线斜率和长期国债收益率波动性
资料来源：JPMorgan.

最下面一幅图显示了长期国债收益率的三个月历史波动率。如图 7-1

所示，20 世纪 70 年代末货币政策机制的改变导致收益波动性快速上升。从此，长期国债收益率虽然没有沃尔克时代早期波动得那么厉害，但其波动率一直高于 70 年代的平均水平，这种情况在 1984 年稍微有所好转。

九个交易阶段

随着收益率曲线的剧烈变动，长期国债期货的表现也经历了较为明显的九个阶段：

- 第一阶段：现货持有策略（1977 年到 1978 年）。

- 第二阶段：反向收益率曲线（1979 年到 1981 年）。

- 第三阶段：正向收益率曲线（1982 年到 1984 年）。

- 第四阶段：提高收益的黄金年代（1985 年到 1989 年）。

- 第五阶段：波动性套利（1990 年到 1991 年）。

- 第六阶段：伽马（GAMMA）策略的消亡（1991 年 6 月到 1993 年 6 月）。

- 第七阶段：可赎回债券最后的狂欢（1993 年 7 月到 1994 年）。

- 第八阶段：11-1/4% 国债对应的期货交易低迷时期（1995 年到 1999 年）。

- 第九阶段：6% 票息下的转换因子和债券基差交易的重生（2000 年至今）。

通过跟踪芝加哥期货交易所长期国债的实际交割记录，并将其视作长期国债期货表现的指引，下文将借此依次讨论这九个阶段的不同特征。

第一阶段：现货持有策略（1977 年和 1978 年）

这个阶段可能是需要研究的六个阶段中最为简单的一个。在这一阶段，收益率水平较低而且波动较小，收益率曲线斜率为正。同时，这一阶段也是长期国债期货起步期，该时期长期国债期货同其他交易所挂牌期货合约（例如：小麦、玉米和大豆）非常相似。如果融资买入长期国债的成本低于国债现货和期货之间的价差，交易者会在现货市场上买入国债，然后在期货市场上卖出国债期货。一切看起来就是这么简单。

在收益率曲线斜率为正时，投资者会买入国债现货，并用它们来交割国债期货，而且尽可能把交割放到最后。图 7-2 以指数的形式证实了这点，该指数是可交割债券的平均交割日期，它是以如下方法构造的：如果某只债券在交割月的第一天交割，指数就为 1；如果在最后一天交割，指数就为 30 或 31。对大多数时期而言，交割指数都接近于最大值，这就意味着所有或几乎所有的债券都是在尽可能靠后的交割日交割的。

图 7-2　可交割长期国债的平均交割日

在 1978 年年底，交割往往会尽早完成。也正是在这个时期，长期国债期货合约的特点开始发生改变，一些期货合约价格偏高的特点开始引起投资者的注意。

第二阶段：反向收益率曲线（1979 年到 1981 年）

该阶段恰逢保罗·沃尔克正进行货币主义试验，该项试验对利率的影响具体可以参见图 7-1。这一时期收益率从 8-1/2% 上升到 14-1/2%，收益率曲线的斜率也在正负之间来回变动，有时短期利率甚至会超过长期利率 200 个基点。这一时期的另一个特点就是收益波动率的大幅度上升，年化收益率波动率由平缓的 4% 飞增到 16%。

上述利率环境对国债期货合约的影响值得我们好好欣赏。收益率曲线斜率为负引起的最明显后果就是投资者需要为长期持有国债买单。因此，投资者都希望尽早交割国债。图 7-2 证实了这点，图形显示大多数交割都在交割月的第一周内完成，或至少是在首个交割周期内完成。

随后发生的事情就有些奇怪——虽然收益率曲线变得更为反向倾斜，但交割日期却并没有进一步提前，反而变得越来越靠后。

对于这种奇怪的交割行为，只能用"百搭牌"期权来解释。所谓"百搭牌"期权是指，有权在当天期货交易结束后，如果现货价格发生剧烈变动时，期权购买方仍然有权以最终结算价交割国债。从"百搭牌"期权的定义可以看出，要利用它至少要具备以下三个条件：

- 持有国债期货的空头头寸。
- 被交割国债的转换因子大幅度偏离 1。
- 债券市场波动率很大，以至于从期货合约交易结束到最后交割期限这段时间，国债价格可能出现大幅变动。

新利率机制的引入满足了上述三个条件中的后两个。一方面，高利率水平使长期国债的票息上升，进而引起转换因子变大，这就使得"百搭牌"期权变得更有价值。另一方面，收益率的大幅波动，特别是在午后稍晚公布的货币供给量数据会引起收益率的大幅波动，进而导致国债价格的大幅波动，这就满足了第三个条件。

当满足上述三个条件时，"百搭牌"期权就有了价值。图 7-2 反映了"百搭牌"期权对交割时机选择的影响。因此，就算持有损益在多数时间为负，他们还是会保持其期货合约的空头头寸以伺机通过"百搭牌"期权获利。与实际结果相同，投资者在合约交割月的交割时间倾向于拖得越久越好。

1981 年年初，美联储开始要求主要的国债交易商上报他们的现货头寸和期货市场头寸。如图 7-3 所示，在此时期，交易商持有国债现货的同时卖空数量大致相同的期货合约。也就是说，他们在"做多基差"。

现货面值和期货合约名义价值

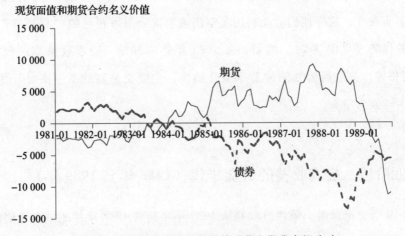

图 7-3　国债交易商在长期国债现货和期货市场头寸
资料来源：美国联邦储备委员会（Federal Reserve Board）。

第三阶段：正向持有操作（1982 年到 1984 年）

从 1982 年起，收益率开始下降，同时收益率曲线回到正常状态，即斜率为正。波动率也从 1980 年年初的高点有所下降，并在 1984 年回到了早期的水平。

由于持有成本变成正值，提早交割国债的成本激励就不复存在了。相反，此时的激励变为鼓励投资者在交割月越晚交割越好。如图 7-2 所示，在 1981 年之后，大多数国债都在接近到期期限时才参与交割。

这一规律在 1982 年下半年和 1983 年第一季度出现了例外，当时的平均交割指数接近 20 天，主要是由于"百搭牌"期权在这里发挥了作用。然而，在这个例子中，由于持有损益为正，"百搭牌效应"加快了交割而非延迟交割。

从实际交易记录看出，直到这一时期的中段，交易商还一直保持基差的多头头寸，这样他们就能利用卖空国债期货而附带获得的"百搭牌"期权的优势（见图 7-2）。然而，从 1983 年年中开始，随着收益率的稳定，"百搭牌"期权所需要的波动率条件消失，主要交易商的基差头寸开始由多头转换为空头。

第四阶段：提高收益的黄金年代（1985 年到 1989 年）

从历史记录看，第四阶段是从 1985 年年初到 1988 年年底。在此期间，收益率总体呈下降态势，收益率曲线相对比较平坦，但其斜率仍为正，同时收益率的波动也较为合理（见图 7-1）。

总体来看，该阶段与上个阶段相比并没有太大变化。如图 7-2 所示，大多数交割发生在合约交割月月末。从图表中还能看到，投资者曾在 1986 年初使用过"百搭牌"期权，而在 1987 年下半年执行过潜在的转换期权。

虽然如此，但还是可以从主要国债交易商持有的头寸变化看出，情况与之前相比已经发生了变化。其中最为明显的是，交易商在持有损益为正的情况下，依然坚持做空基差。

虽然投资者的行为变化并不能完全由收益率曲线的变化所解释，但是收益率曲线远端斜率的变化却可以立即引起投资者基差头寸的改变。

在 1985 年前后，下列事件共同导致了对长期国债的大量需求：

- 国债市场的牛市增加了对长期零息国债的需求。
- 为适应市场需求，美国财政部停止发行可赎回国债和 20 年期国债，集中力量发行 30 年期固定利率国债。
- 日本大量的外汇盈余投向美国长期国债市场。

图 7-4 刻画了这一时期 30 年期国债和 20 年期国债的平均收益率利差，这一差别很清楚地反映了前述一系列事件的影响。如图所示，收益率曲线远端的斜率迅速转变为负值。到 1985 年中期，期限最长的可交割国债比期限最短的收益率少了 30 个基点，这就使得长期国债价格过高，于是交易商卖空国债现货，同时通过买入期货合约进行对冲。

虽然相对高估的长期国债价格已经大幅下降，但在整个 1988 年里，主要交易商的基差空头部位还是继续增加。这是什么原因呢？

较为合理的解释是：交易商在进行长期国债收益率曲线配置时碰巧发现了可以通过做空基差实现盈利。可以确信交易商发现了国债基差溢价过

收益率利差；单位：基点

图 7-4　30 年期与 20 年期国债的平均收益率利差

资料来源：JPMorgan.

高的情况，即国债期货空头的隐含期权被高估。因此，尽管 1986 年"逼空事件"导致做空基差交易一度中断，但该策略由于有着不错的回报因而被交易商继续采用。

这一阶段还出现了月末期权，它在期货合约到期后一周内或交割月的剩余时间起作用。如同第 3 章所述，月末期权想要有价值必须具备以下基本要素：

- 有两只或两只以上的国债来竞争 CTD 地位。
- 有足够大的收益率波动使交易者无法确定哪只国债会最终成为 CTD。

由于当时的收益率已经超过 9% 的水平，因此第一个条件就得到了满足，而且，当年有多个时期收益率剧烈波动，这就满足了第二条不确定性条件。因此，在一些期货合约到期时，月末期权对国债基差会产生重大影响。然而，这对交割指标的影响却并不明显，主要因为即使执行了月末期权也不会促进交割。

第五阶段：波动性套利（1990 年到 1991 年）

1989 年中期，提升收益的黄金时代结束了。1989 年上半年，收益率下降，收益率曲线变平坦，同时收益率波动率大幅下降。如图 7-5 所示，长期国债期货价格同样也发生了剧烈变化。1989 年之前，国债期货合约的期权调整基差（OAB）为正，这表示当时的期货价格被低估。然而，到 1989 年的前几个月，OAB 一路跌破了 0，并且至少有三次明显地变为负值。这期间期货价格被高估了近 10 点。随后直至 1990 年年初，OAB 才在 0 附近稳定下来，国债期货合约的价格也变得更为公允。

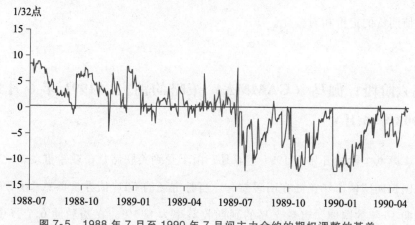

图 7-5 1988 年 7 月至 1990 年 7 月间主力合约的期权调整的基差
资料来源：JPMorgan.

从国债期货合约价格被低估到被高估，最后再到定价合理，主要政府证券承销商在此期间的操作策略可以有效反映这一过程：承销商们在提升收益的黄金时期持有大量基差空头，随后便从中逐步撤出。到 1989 年年中，主要交易商所持有的国债期货头寸总体来看已经几乎降为零。

很明显，这一阶段已经出现了新情况。投资者无法再简单地通过卖出长期国债将收入投资于货币市场工具，并买入同等风险且价格低廉的国债期货等一系列操作，来提高资产组合的收益率。相反，对于任何有兴趣利用国债期货定价偏差赚取收益的投资者来说，必须要知道如何对国债期货隐含期权估价，并知道如何设计交易利用债券基差市场波动率和长期国债期货期权市场波动率之间差异进行套利。实际上我们就是这些波动性套利交易者中的一员，而且早在1990年1月就已针对该问题发表文章。在1990年和1991年，我们把过去一系列成功的记录汇总在一起，该策略每年交易5至6次。

如果市场上能够做的波动性套利交易数量相对较少，这就意味着当时国债期货的定价相对公允。

第六阶段：伽马（GAMMA）策略的消亡（1991年6月到1993年6月）

第六个阶段开始于1991年6月，由于受到美联储货币政策推动，此时美国长期国债市场正处在回暖前夕。当时市场的CTD债券是票息7-1/2%、久期16年的国债，市场交易的到期收益率为8.5%。在随后的6个月中，长期国债收益率下降了大约100个基点，到1991年年末，票息7-1/2%、久期16年国债的市场收益率正好低于7.5%。

按常理来看，收益率如此大幅度地下降会造成CTD债券从票息7-1/2%的国债变为久期较短的可赎回国债，如票息10-3/8%、久期为12年7个月的国债。然而，事实并非如此，CTD依然是票息7-1/2%的国债，这令人百思不得其解。其实原因就在于可交割长期国债之间的收益率利差的变化。

　　对于大多数靠基差交易为生的投资者来说，1991 年债市回暖中收益率利差的变化就如同一场百年一遇的洪灾。如图 7-6 所示，票息 10-3/8%、久期 12 年 7 个月国债同票息 7-1/2%、久期 16 年国债之间的收益率利差多年来均徘徊在 15 个基点左右，尽管其间有升有降，但始终保持在 15 个基点左右。然而，1991 年债市回暖的到来使收益率曲线急剧变陡，上述两只国债间的收益率利差由 15 个基点跌落到负的 20 个基点。其结果就是使票息 10-3/8% 的国债在繁荣市场中被持续高估。

图 7-6　长期国债收益率利差

资料来源：JPMorgan.

　　这一时期收益率利差也变得非常有规律，只要国债价格上升就会伴随着收益率曲线变陡，只要国债价格下降就会伴随着收益率曲线变平。图 7-7 展示了国债价格与收益率利差之间这种极其有规律的关系，图中反映的收益率利差为票息 7-1/2%、2016 年 11 月到期的国债同票息 12%、2008 年 8

月 13 日到期国债收益率之间的差值。平均来看，国债收益率每下降 10 个基点收益率利差将扩大 3 个基点。

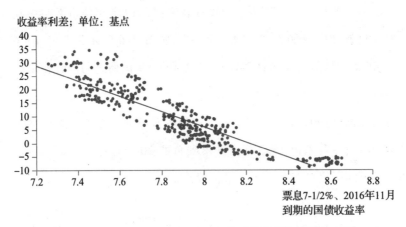

图 7-7　票息 7-1/2%、2016 年 11 月到期的国债同票息 12%、2008 年 8 月 13 日到期国债之间的收益率利差

资料来源：JPMorgan.

上述收益率利差同收益率水平之间的关系对国债基差交易有着重要意义。随着收益率下降，因为其收益率与其他久期较短的国债收益率之间的利差扩大，票息 7-1/2%、2016 年到期国债不但没有成为交割成本高的债券，反而继续保持 CTD 地位。如表 7-1 所示，虽然收益率从 1991 年 6 月底的 8.53% 下降到 1992 年 9 月底的 7.41%，但票息 7-1/2%、久期为 16 年的国债在每个交割月都是交割最多的长期国债。只有在 1992 年 12 月，当收益率曲线稍微变平时，票息 7-1/2%、久期 16 年国债的 CTD 地位才被票息 9-1/4%、久期 16 年的国债代替。

表 7-1　1991 年 6 月至 1993 年 6 月的交割情况

合约月份	交割量最大的国债	最后交割日的收益率（%）
1991 年 6 月	票息 7-1/2%、久期 16 年国债	8.53
1991 年 9 月	票息 7-1/2%、久期 16 年国债	7.91

（续）

合约月份	交割量最大的国债	最后交割日的收益率（%）
1991 年 12 月	票息 7-1/2%、久期 16 年国债	7.48
1992 年 3 月	票息 7-1/2%、久期 16 年国债	8.02
1992 年 6 月	票息 7-1/2%、久期 16 年国债	7.84
1992 年 9 月	票息 7-1/2%、久期 16 年国债	7.41
1992 年 12 月	票息 9-1/4%、久期 16 年国债	7.44
1993 年 3 月	票息 9-1/4%、久期 16 年国债	7.01
1993 年 6 月	票息 9-1/4%、久期 16 年国债	6.65

资料来源：JPMorgan.

　　由于国债期货隐含策略交割期权的价值大多来自转换期权，所以类似这一时期收益率利差的变动使基差对应的期权价值被大量侵蚀。例如，这一效应对票息 7-1/2%国债基差的影响，就好比提高执行价格对看涨期权的影响。如图 7-8 所示，票息 7-1/2%国债同票息 10-3/8%到期国债之间的收益率利差上升将会降低转换收益率。如右上角的插图所示，转换收益率下降引起票息 7-1/2%国债的基差跟其期货价格之间的关系延曲线向右移动。

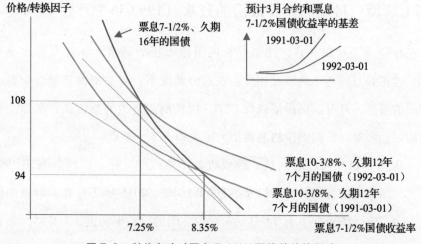

图 7-8　利差变动对票息 7-1/2%国债基差的影响

这好比隐含期权的内在执行价格上升，而头寸中的 Gamma 值也无法达到。因此，票息 7-1/2%国债的基差并没有随收益率跌破 8%而扩大，这使部分基差交易者非常失望。图 7-9 显示了这种失望情绪对国债基差期权溢价产生的影响。

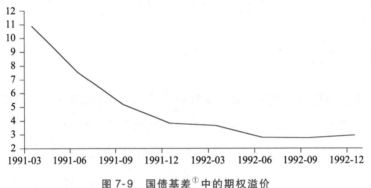

图 7-9　国债基差[①]中的期权溢价

①　到期日前三个月时 CTD 债券的平均 BNOC。

资料来源：JPMorgan.

第七阶段：可赎回债券最后的狂欢（1993 年 7 月到 1994 年）

1993 年 7 月和 8 月，伴随着长期国债市场的回暖，收益率曲线变平坦，这正好与前两年的情况相反。在这种情况下，可交割国债集合中尚未赎回的最后一只可赎回国债成为 CTD，国债期货合约的期权调整久期大幅度缩短。同时，长期国债的基差扩大了大约 1.5 个基点。

从图 7-10 中可以看到这一阶段收益率曲线的变化。该图刻画了 1993 年 9 月国债期货合约的价格以及票息 11-1/4%、2015 年 2 月到期国债同票息 12-1/2%、2009 年 8 月 14 日到期国债之间的收益率利差。7 月初，票息 11-1/4%、2015 年 2 月到期国债是不可赎回国债中的 CTD，而票息

12-1/2%、2009 年 8 月 14 日到期国债是三只未赎回的可赎回债中的 CTD。

这一时期，由于国债市场不断回暖，国债期货价格由 114 美元上升至 122

美元。而上述两只国债收益率利差的缩小，也反映了 7 月初到 8 月中旬收

益率曲线变平这一事实。

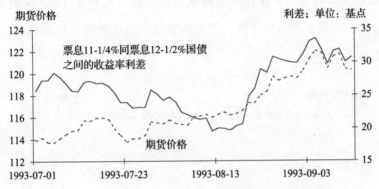

图 7-10　1993 年 9 月期货合约和长期国债收益率利差

资料来源：JPMorgan.

图 7-11 通过刻画两只国债扣除持有损益净基差（BNOC）之差来显示

两只国债相对价格的高低。7 月初，票息 11-1/4% 国债的 BNOC 比票息 12-1/

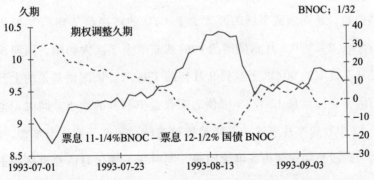

图 7-11　1993 年 9 月期货合约久期和 CTD 转换

资料来源：JPMorgan.

2%国债的 BNOC 少了 1/32 到 20/32，到 7 月末，两者的净基差几乎持平，而到 8 月 12 日，后者的 BNOC 比前者少了 35/32。尽管 8 月末不可赎回国债似乎发生了逼空，但票息 12-1/2%国债依旧是 CTD。

如同预料的那样，这一时期期货合约的实际有效久期受到了严重影响。如图 7-12 所示，9 月合约的期权调整久期从略高于 10 下降到 9。相反，由于整体收益率水平下降，可交割国债集合中所有长期国债的久期都有所增加。

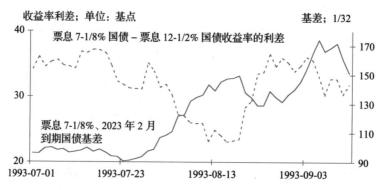

图 7-12　票息 7-1/8%、2023 年 2 月到期国债基差

资料来源：JPMorgan.

类似地，长期国债市场的回暖加上 CTD 的转换给"热门"国债（票息 7-1/8%、2023 年 2 月到期国债）的基差带来了巨大影响，同期该国债的基差从 7 月末的 90/32 上升到 9 月初的 170/32。该国债基差的上升大部分应归因于它同票息 12-1/2%国债之间收益率利差的缩小。同时，也可以从图 7-12 中看到 8 月末这一下降趋势被逆转，利差开始逐渐增加。然而，由于这一阶段长期国债市场继续回暖，同时这一变化对债券价格的正向效应足以抵消同期利差上升对价格的负向效应，因此后期 7-1/8%国债对应的基差继续增加。

第八阶段：11-1/4%国债对应的期货交易低迷时期（1995 年到 1999 年）

随着 1994 年 12 月可交割集合中最后一只可赎回国债的退出，由于长期国债收益率远远低于 CTD 切换的正常水平，可交割集合中久期最短的一只国债（票息 11-1/4%、2016 年到期国债）牢牢地树立了自己的 CTD 地位，并从 1995 年年初一直保持至 1999 年 12 月合约到期。在此期间，由于该合约价格未表现出任何特殊的期权价值，所以可以把它看作是一份票息 11-1/4%国债的远期合约。

可以把这个时期看成是一个长时间的 CTD 国债短缺时期。如图 7-13 所示，在 1995 年之前 CTD 的剩余期限都大幅波动，但在票息 11-1/4%的国债牢牢占据 CTD 地位之后，CTD 剩余期限慢慢地从 1995 年的略高于 19 年逐步下降到 1999 年年底的 15 年。在同一时期，国债期货中隐含的期权

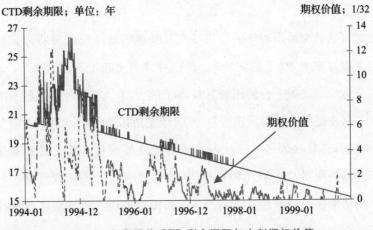

图 7-13　长期国债 CTD 剩余期限与交割期权价值

资料来源：JPMorgan.

罕见地仅以略高于 2/32 的价格交易。

从长期国债期货合约有效剩余期限缩短这一事实，可以很自然地得出如下结论：对于那些围绕收益率曲线远端进行交易的投资者来说，长期国债期货合约的对冲工具作用明显下降。到 1999 年年底，投资者用于对冲 30 年期收益率风险敞口的长期国债期货合约的对应久期仅有 15 年。

票息 11-1/4%、2016 年到期国债独霸 CTD 地位的另一个结果就是，由于市场上缺乏期权价值让基差投资者维持生计，所以他们终日无所事事，并逐渐离开这一市场。当时市场上留下的只有进行低收益持有交易的投资者，而这部分交易需要巨额资金才能发挥价值。因此，在这几年几乎没人再专做国债期货基差交易。

第九阶段：6%票息下的转换因子和基差交易重生（2000 年至今）

芝加哥期货交易所对于前述市场交易低迷的最终反应是将计算转换因子的名义收益率由 8% 下调到 6%。1999 年 4 月上市交易的 2000 年 3 月到期的期货合约，是第一份使用新转换因子的合约。这次名义票息率的变化对 CBOT 而言是革命性的，该所自 1977 年上市国债期货以来，之前一直采用 8% 票息计算转换因子，这次变革的直接结果就是基差交易的重生。转换因子的调整使得 CTD 在不同债券间转换变为现实，而不仅仅是一种理论假设。与前期仅仅反映票息 11-1/4% 国债价格不同，此时期货合约价格反映一系列剩余期限在 20 年左右的可交割国债的整体价格。由于这些国债范围广、数量大，所以合约对逼空并不敏感，同时合约受部分对特定可交割国债有明显效果事件的影响减弱。由于这部分债券更多地集中在可交割债券剩余期限范围的中间区域，这样国债合约就可以反映更广范围的收益率曲线的变动。

图 7-14 和图 7-15 形象地反映了这次调整对国债期货合约的影响。例如，图 7-14 不仅反映了引入新转换因子后 CTD 剩余期限的变化情况，还反映了同期交割期权价值的增加情况。图 7-15 显示了 1999 年 12 月 13 日 1999 年 12 月到期合约对应可交割债券集合净基差（BNOC）以及 2002 年 12 月 12 日 2002 年 12 月到期合约和 2003 年 3 月合约的可交割债券集合 BNOC。如图所示，在 1999 年 12 月中，BNOC 是剩余期限的增函数。到期日最短国债对应的 BNOC 为 0，而其他国债相对而言交割成本较高。2002 年 12 月合约情况正好相反，很多不同到期日国债都是便宜可交割国债，对应的交割成本几乎相同。

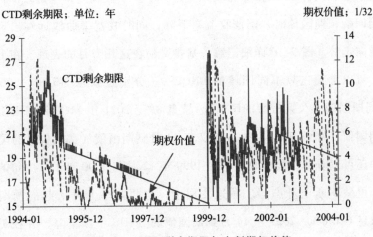

图 7-14　CTD 剩余期限与交割期权价值

资料来源：JPMorgan.

2000 年上半年的一系列市场表现可以看出基差交易有多么的赚钱。单

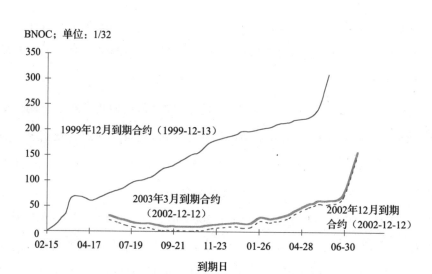

图 7-15 可交割债券净基差

资料来源：JPMorgan.

是第一季度，就有 22 只债券轮流充当过 CTD。不仅如此，当财政部宣布它将开始回购长期国债时，国债收益率下降，同时收益率曲线远端出现了明显的逆向走势。图 7-16 详细记载了基差交易在这几个月的表现。在上方的图中，可以看到三只不同国债的 BNOC——分别是票息 9-7/8%、2015 年11 月到期国债（久期较短的国债）、票息 8%、2021 年 11 月到期国债（中等久期国债）和票息 6-1/8%、2027 年 11 月到期国债（久期较长的国债）。从图中还可以看到，国债收益率在 1999 年 12 月到 2000 年 1 月中旬的大多数时间里呈不断上升态势。在这几周中，与收益率上升引起的预期相一致，票息 6-1/8%、2027 年 11 月到期国债的 BNOC 不断下降，并在 1 月初成为 CTD。而在同一时期，票息 9-7/8%、2015 年 11 月到期国债和票息8%、2021 年 11 月到期国债的 BNOC 都有所上升，且前者（久期较低的国债）的升幅更大。

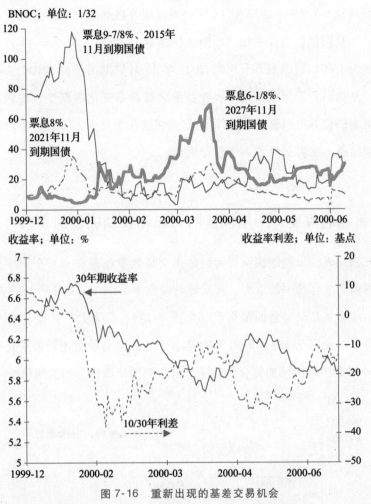

图 7-16　重新出现的基差交易机会

资料来源：JPMorgan.

不久财政部公布了国债回购计划。随后就是国债收益率下降，并伴随着收益率曲线斜率的剧烈反向变动，10 年/30 年即期利率利差也由 1 月初的 0 附近降到接近 -40 基点。下述事件同时出现的概率非常罕见——收益率下降以及可交割国债收益率曲线"平坦化"——两者共同导致票息 9-7/8%、2015 年 11 月到期国债和票息 8%、2021 年 11 月到期国债价格不断下降，而票息 6-1/8%、2027 年 11 月到期国债价格继续升高。其间有一小段时间，三只国债估值几乎相同，但很快票息 9-7/8%、2015 年 11 月到期国债就成为 CTD，而票息 6-1/8%、2027 年 11 月到期国债的 BNOC 开始大幅上升。从那以后，国债收益率和收益率曲线斜率变化逐渐步入正轨，这也导致更多的债券可以来竞争 CTD 地位。在这几个月中，三只国债价格的剧烈波动给基差交易提供了大量投资机会。

安全机制的改变：中期国债的兴起和长期国债的衰落

直到最近，长期国债期货无论是在交易数量还是在未平仓头寸数量上都是国债期货合约中的主力。其巅峰时期位于 1997 年 10 月到 1998 年 6 月中间，前者是其交易量的最高点（见图 7-17），后者是其未平仓头寸数量的最高点（见图 7-18）。但到 2002 年，无论是交易数量还是未平仓头寸数量，10 年期中期国债期货合约几乎都是长期国债期货合约的两倍。

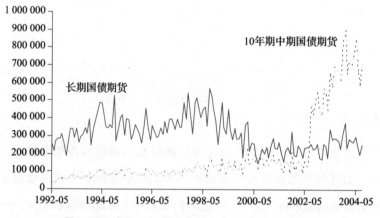

图 7-17 中期和长期国债期货合约的日均交易量

资料来源：JPMorgan.

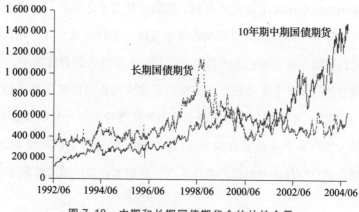

图 7-18　中期和长期国债期货合约的持仓量
资料来源：JPMorgan.

　　这很可能是国债期货市场需求的一次永久性变动。一方面，从世界范围来看，很少有国家的 30 年期国债市场会像美国这样繁盛如此之久，而且，目前还无法明确它是否对美国资本市场效率提高起了很大的作用；另一方面，现在流通中的现金只有很少一部分来源于过去 10 年里长期国债的定期利息支付。不仅如此，美国财政部还减少了长期国债的发行量。2000 年 1 月，美国财政部宣布了回购国债的意向，并计划在 2000 年 3 月开始实施。2001 年 10 月财政部又停止发行 30 年期国债。虽然财政部在近期（2005 年 5 月）表示将在 2006 年恢复长期国债发行，但其发行量相对于中期国债而言很小。

　　相反，10 年期国债市场日益兴盛起来。在欧洲和日本市场上，10 年期政府债券更为普遍，而且 10 年期也是跨境利差交易的焦点。不仅如此，这一期限的国债期货还是美国抵押债券套期保值者的重点投资对象。由于美国抵押债券市场是世界上最大的债券市场之一，而且市场参与者也在积极管理相关的利率风险，所以这部分套期保值交易大大增加了 10 年期国债期货的交易量。

如果国债期货市场主力由长期向中期的转移是永久性的，这或许会给国债期货市场带来长期好处。10 年期国债期货的一个特征就是，它比长期国债期货表现得更像一种套期保值者使用的合约。在期货合约存续期中，10 年期国债期货合约的未平仓头寸数量与交易数量比率比长期国债期货合约高了近 2.5 倍。换言之，中期国债的未平仓头寸周转所需的时间比长期国债要长 2.5 倍。这些大量的未平仓头寸提高了 10 年期国债期货市场的深度和流动性，因此交易者和套期保值者都把它看作是有效且成本较低的风险管理工具。

何去何从

从这段历史纪录中得出的主要经验就是，每位国债期货投资者都应该有灵活的交易策略，并且最好还要保持谦逊。从过去 25 年市场的变化中可以清楚地看到灵活交易的必要性，而投资者需保持谦逊精神，毕竟在新的利率环境下预测如何更好地运用国债期货合约是十分困难的。例如，在国债期货交易初期，没有人会预计到交易商可以在收益率曲线斜率为负时通过卖空基差获利。然而，由于短期和长期可交割国债之间存在相对定价偏差，却使其变成了事实。

今后，长期国债之间相对价格以及长期国债与其期货之间相对价格都可能会出现无法预期的变动，这必将改变长期国债期货的最优使用方式。可以肯定的是，虽然已经掌握了大量长期国债期货的交易模式，但人们并不能因此就武断地说已经了解并掌握了相关全部内容。随时都有新手和老手进入国债市场参与交易，何况当前的经济情况和政策背景也与前几年大不相同，所以可以预言，在这 10 年中长期国债期货合约依旧会拥有令人琢磨不透的表现方式。

The Treasury Bond Basis

| 第 8 章 |

非美元的国债期货市场[⊖]

从全球范围来看，国债期货的出现在很大程度上改变了全球利率产品的交易方式。20 世纪 80 年代初期，长期国债期货在美国取得的成功，促使世界各国的交易所纷纷上市本国的（或别国的）国债期货产品。早些时候，期货合约是唯一可以用来做空某国国债的金融工具，例如德国长期国债（Bund）期货合约就是在伦敦国际金融期货交易所（London International-al Financial Futures Exchange，以下简称 LIFFE）首次上市[⊖]。国债期货交易极大地增强了相关国债市场的流动性，同时又大大推动了债券回购交易市场的诞生和发展。同时，对外国投资者来说，期货交易还大大减少了交易壁垒，它不需要交割和保管机构，同时还大大降低了预扣税。

目前为止，交易最活跃的非美元国债期货合约是德国国债期货。如果以合约交易数量为标准，德国长期欧元国债（Eurobund）、5 年期欧元国债

⊖ 为遵循前文和实际惯例，本章将 "Government bond" 译为国债，而非字面意义的 "政府债券"。——译者注

⊖ LIFFE 于 1982 年 9 月正式开业，是欧洲地区最早交易且最活跃的金融期货交易所，2001 年 10 月宣布被泛欧交易所（Euronext）收购。2007 年 3 月底，纽约证券交易所（NYSE）与 Euronext 合并组成纽约—泛欧交易所集团（NYSE Euronext）。2013 年 11 月，洲际交易所（Intercontinetal Exchange，简称 ICE）成功收购 NYSE Euronext，LIFFE 成为该集团下属的 23 个交易所之一（截至 2015 年底）。——译者注

（Eurobobl）和 2 年期欧元国债（Euroschatz）期货合约总交易量将独占鳌头。伴随着欧洲货币联盟的成立，德国国债期货合约或多或少地将其他欧洲国家，包括法国、意大利和西班牙等国的国债期货合约挤出了市场。但如果以资产组合的等价价值为标准，那么东京证券交易所的长期日本国债期货合约位列第二。当然，澳大利亚、加拿大、韩国和英国的国债期货市场虽然交易规模较小，却非常活跃。剩下就是一些规模更小的国债期货市场，包括瑞士国债期货合约。

本章旨在简单介绍部分主要的非美元国债期货的情况——包括市场结构、与各自现货市场的关系以及在欧洲市场上的主要交易策略。具体来说，本章关注以下内容：

- 活跃的非美元国债期货的市场份额。
- 主要合约条款。
- 现货/期货的关系。
- 期权特性和定价偏差的历史。
- 欧洲市场的交易策略。

活跃的非美元中长期国债期货交易

当国债期货在美国被证明成功后，全球其他交易所也纷纷上市自己的国债期货合约。伦敦的期货交易市场 LIFFE，在 1982 年首次上市了英国国债期货合约。东京证券交易所（Tokyo Securities Exchange，简称 TSE）在 1985 年开始日本国债期货合约交易。LIFFE 在 1988 年首次上市了德国长期国债期货合约，现在该合约已经转移到了位于法兰克福的欧洲期货交易所

（Eurex）上市交易。

在撰写本书时（2005 年），如果以期货合约交易数量作为衡量标准，全世界严格意义上来说只有两个交易活跃的国债期货市场：德国国债期货市场和美国国债期货市场。如表 8-1 所示，截至 2002 年 9 月 30 日，德国 Eurobund、Eurobobl 和 Euroschatz 加起来的交易量占到了全球国债期货交易总量的 61%，美国国债期货以 31% 的份额名列第二，剩余 8% 的交易量则由澳大利亚、日本、韩国和英国的国债期货共享。

表 8-1　全球债券期货交易（截至 2002 年 9 月 30 日）

国家	合约	市场份额（%）	
		成交量	持仓量
澳大利亚	3 年期合约	3	7
	10 年期合约	1	3
加拿大	10 年期合约	可以忽略不计	2
德国	2 年期合约	16	12 ⎫ 德国占成交量
	5 年期合约	17	13 ⎬ 的 61% 以及持仓
	10 年期合约	28	15 ⎭ 量的 40%
日本	JGB 合约	1	1
韩国	3 年期合约	2	2
英国	长期金边国债合约（U. K. Gilts）	1	2
美国	5 年期合约	8	13 ⎫ 美国占成交量
	10 年期合约	14	20 ⎬ 的 31% 以及持仓
	长期国债合约	9	10 ⎭ 量的 43%

如果以未平仓合约数量为标准，德国国债期货的市场份额则略有下降。截至 2002 年 9 月底，德国国债期货的未平仓合约数量占全球总量的 40%，美国国债期货约占 43%，而剩余的 17% 由其他国家的国债期货分享。

图 8-1 给出了全部美国国债期货和全部德国国债期货之间的比较。从图中可以看出，德国市场飞快地赶上并超过了美国市场。德国国债期货最

早于 1988 年在伦敦国际金融期货交易所上市交易，并成为全球首个非美元国债期货合约。20 世纪 90 年代后期，通过电子交易平台的密集营销计划，Eurex 成功地让德国国债期货主流交易回归法兰克福。如今，Eurobund、Eurobobl 和 Euroschatz 的产品组合已经发展成为世界上最大的国债期货交易市场，这一成功部分归功于电子交易带来的较低的交易费用，另一部分归功于德国债券市场已经成为欧洲利率产品交易的主要场所。

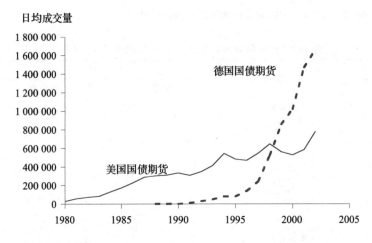

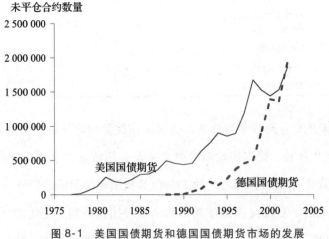

图 8-1　美国国债期货和德国国债期货市场的发展

转向电子交易系统

Eurobund、Eurobobl 和 Euroschatz 这类产品的巨大成功，表明了电子交易系统在期货交易中起着越来越重要的作用。美国以外的交易所率先进行了期货交易电子化，而日本的金融期货市场从一开始就使用电子交易系统。

但是，电子交易系统在期货交易市场上第一次真正显示其强大力量是在 1998 年。当时，Eurex（也就是以前的 DTB [⊖]）在经历了几年的试验后，最终占据了德国联邦政府长期期货的大部分市场份额。在此之前，德国联邦政府长期期货合约所有的交易和流通都在伦敦的 LIFFE，该交易所于 10 年前首次上市德国联邦政府长期国债期货，并且采用公开喊价交易方式。这次事件给 LIFFE 带来了沉重的教训，最终促使 LIFFE 关闭交易大厅，并致力于建立高效率的电子交易平台以缓解 Eurex 带来的竞争压力。

比较 Eurex 的 Eurobund、Eurobobl 和 Euroschatz 合约与 CBOT 的美国国债期货的交易量，也可以看出电子交易的重要性。虽然美国国债市场比德国国债市场大得多，但是到 2002 年 9 月底，就未平仓合约数量而言，Eurex 交易的德国国债期货合约已经与 CBOT 美国国债期货相差无几，而就合约交易量而言，Eurex 大约是 CBOT 的两倍。具体而言，两家交易所大约均占全球国债期货未平仓合约数量的 40%，但是 Eurex 占全球国债期货交易量的 61%，而 CBOT 只占 31%（见表 8-1）。

有理由相信将来 CBOT 会汲取在欧洲市场上获得的教训，并将大多数（即便不是全部国债期货交易）改用电子交易系统进行。

⊖ DTB 是德国期货交易所（Deutsche Borse AG）的简称。1997 年 DTB 和瑞士期货期权交易所（SOFFEX）合并形成欧洲期货交易所（Eurex）。——译者注

合约组合等价价值

交易量只是评价市场规模的一种指标。从交易者的角度而言，合约数量的大小差异会很大。表 8-2 将合约的交易量和未平仓合约量转换成对应的美元价值，其中，合约价格和汇率都使用 2002 年 9 月 30 日的收盘价。例如，悉尼的澳大利亚国债（联邦政府债券，Commonwealth Government Bond，简称CGB）期货合约价值不到 60 000 美元，LIFFE 的英国长期国债期货合约价值接近 190 000 美元，而东京的日本国债期货合约价值超过 100 万美元。因此，如果按等价价值来计算，日本国债期货合约日均交易量将达到 297 亿美元，这与 Eurobund、Eurobobl 和 Euroschatz 的市场规模处于同等级别。

表 8-2 非美元国债期货合约交易情况

期货合约	交易所	合约价值		组合价值（10 亿美元）	
		当地货币	美元	交易金额	未平仓合约价值
3 年期澳大利亚国债	悉尼期货交易所（澳大利亚）	102 838.11	55 799.30	3.7	19.9
10 年期澳大利亚国债	悉尼期货交易所（澳大利亚）	105 379.69	57 178.35	1.2	7.9
欧元 Bund	Eurex（德国）	112 750.00	114 235.06	86.49	82.27
欧元 Bobl	Eurex（德国）	109 950.00	111 398.18	50.07	67.99
欧元 Schatz	Eurex（德国）	105 180.00	106 656.35	46.04	61.27
10 年期日本国债	东京证券交易所（日本）	140 400 000.00	1 152 614.73	29.73	55.43
3 年期韩国国债	韩国证券交易所（韩国）	106 990 000.00	87 517.38	5.08	6.51
10 年期加拿大国债	蒙特利尔交易所（加拿大）	107 330.00	68 900.49	0.50	5.15
英国长期金边国债	泛欧交易所/Liffe（英国）	120 810.00	189 476.16	5.78	17.21
	合计			228.58	323.73[⊖]

⊖ 原文如此，应为 323.63。——译者注

合约条款

表 8-3 给出了大多数活跃的非美元国债期货合约的简略条款。所有这些合约的设计都部分参考了 CBOT 设计国债期货合约的经验。虽然其中有两个市场使用现金结算而非实物交割，但是所有市场都有一个共同点，即用一个名义息票率来将市场价格或收益转换成标准合约价值。采取实物交割的市场所使用的转换因子也与 CBOT 相类似。而且，由于多种力量的共同作用导致假想息票率的变化空间被大大压缩，大部分市场将息票率定为 6%。但也有例外，比如英国长期国债期货市场将名义息票率定为 7%，而在韩国国债期货市场则为 8%。

标的期限、交割方式和最后交易日

期货合约之间的主要差别在于合约标的期限，而标的期限又规定了国债期货合约对应的可交割国债、最后交割日以及交割或结算方式。例如，各国的 10 年期国债市场的流动性都很好，但是，以收益率曲线上这一期限为标的期货合约可交割国债范围选择却大不相同。例如 Eurobund 包括了剩余期限从 8.5 年到 10.5 年的债券，而英国长期国债期货合约包括了从 8.75 年到 13 年的债券。与美国国债期货相同，英国国债期货和加拿大国债期货都允许在合约到期月的任何一天进行交割。而其他国家的国债期货合约都只能在某个规定的交割日或结算日进行交割。

表 8-3　主要期货合约条款（截至 2004 年 9 月 1 日）

期货合约	交易场所	合约大小	名义票息	合约标的	最后交易日	交割方式	交割/结算日
3 年期澳大利亚国债	悉尼期货交易所（澳大利亚）	10 万澳元	6%	交易所公布的可用于规定合约月份使用的 3 年期联邦政府债券	合约到期月的第 15 日	现金交割：基于随机选择的 10 个交易商报价的平均值	最后交易日的最后一个工作日
10 年期澳大利亚国债	悉尼期货交易所（澳大利亚）	10 万澳元	6%	交易所公布的可用于规定合约月份使用的 10 年期联邦政府债券	合约到期月的第 15 日	现金交割：基于随机选择的 10 个交易商报价的平均值	最后交易日的最后一个工作日
欧元 Bund	Eurex（德国）	10 万欧元	6%	到交割时剩余期限在 8.5～10.5 年的德国联邦债券	在当月合约交割前 2 个交易日	实物交割	对应交割月份的第 10 个日历日
欧元 Bobl	Eurex（德国）	10 万欧元	6%	到交割时剩余期限在 4.5～5.5 年的德国联邦债券和长期国债券	在当月合约交割前 2 个交易日	实物交割	对应交割月份的第 10 个日历日
欧元 Schatz	Eurex（德国）	10 万欧元	6%	到交割时剩余期限在 1.75～2.25 年的德国联邦短期、中期、长期国债券以及政府完全担保的在交易所所托集团债务凭证	在当月合约交割前 2 个交易日	实物交割	对应交割月份的第 10 个日历日

（续）

期货合约	交易场所	合约大小	名义票息	合约标的	最后交易日	交割方式	交割/结算日
10 年期日本国债	东京证券交易所（日本）	1 亿日元	6%	剩余期限在 7~11 年间的日本国债	在交割日前第 7 个工作日	实物交割	每个交易月份的第 20 日
3 年期韩国国债	韩国证券交易所（韩国）	1 亿韩元	8%	在交易开始第一天由交易所指定的 3 年期韩国国债	在合约到期月第 3 个星期二之前的第一个交易日	现金交割	合约到期月的第 3 个星期三
10 年期加拿大国债	蒙特利尔交易所（加拿大）	10 万加元	6%	在到期日合约交割日第一天剩余余期限在 8~10.5 年的加大国债	在合约到期月最后一个工作日之前的第 7 个工作日	实物交割	合约到期月的任意工作日（由空方选择）
英国长期金边国债	泛欧交易所/Liffe（英国）	10 万英镑	7%	在合约交割日第一天剩余余期限在 8.75~13 年的长期金边国债	在合约到期月最后一个工作日之前的第 2 个工作日	实物交割	合约到期月的任意工作日（由空方选择）

悉尼期货交易所澳大利亚债券期货合约的现金交割

虽然几乎所有国家的国债期货合约都参考芝加哥期货交易所采用实物交割的方式，但是也有一些期货合约采用了现金结算，最典型的是澳大利亚的国债期货合约。由于悉尼期货交易所（SFE）对 3 年期和 10 年期国债期货合约采用现金结算的方式，这就给合约报价（100 减去收益率）和合约定价之间带来了有趣的联系。下面将考察悉尼期货交易所 10 年期澳大利亚国债期货合约定价的方法。根据定义，10 年期合约的盯市价值为：

$$
合约价值 = 1\,000\left\{\frac{\dfrac{C}{2}\left[1-\left(1+\dfrac{R}{200}\right)^{-20}\right]}{\dfrac{R}{200}} + 100\left(1+\dfrac{R}{200}\right)^{-20}\right\}
$$

其中，C 代表 6% 的名义票息率，而 R 代表期货收益率。到期前，R 等于 100 减去期货合约价格。在到期日，R 等于可交割集合中澳大利亚国债的平均收益率，而每只债券的收益率是来自多家交易商的报价。对 3 年期期货合约来说，可以将指数由 -20 改为 -6，以反映 3 年期债券剩余期限中的 6 个半年复利周期。

例如，假设期货合约价格为 95，它隐含着期货合约收益率为 5%（=100.00-95.00），用它代入上式中的 R 就得出期货价值为 107 795.58 澳元。如果期货价格增加至 95.01，则期货合约隐含收益率变为 4.99%，而期货价值会增加到 107 876.25 澳元，净增加 81.67 澳元。如果期货价格下降至 94.99，此时期货合约隐含收益率为 5.01%，而期货价值就会下降到 107 712.99 澳元，净减少 81.59 澳元。两次变化的均值为 81.63 澳元，你可以将它作为单位基点对应的期货合约价值，至少可以看作是可交割债券远期收益率变动一个基点对合约价值的影响。

这种定价方法的一个后果就是，每点的价值会随着期货合约收益率水平及其变动方向而发生变化。在这个简单的例子中，期货多头将因期货合约价格上升 0.01 而获利 81.67 澳元，因期货合约价格下降 0.01 而损失 81.59 澳元。另一方面，如果初始期货合约收益率为 6%，期货多头将会因期货合约价格上升 0.01 而获利 74.42 澳元，因期货合约价格下降 0.01 而损失 74.35 澳元。表 8-4 显示了在 5 种不同的期货合约收益率水平下，标的期货合约价格每变动一个基点所引起的价值变动。

表 8-4　澳大利亚 10 年期国债期货收益率每基点变动对应的合约价值变动

收益率水平	收益率变动		平均
	0.01	-0.01	
4.00	-89.60	89.69	89.65
5.00	-81.59	81.67	81.63
6.00	-74.35	74.42	74.39
7.00	-67.82	67.88	67.85
8.00	-61.91	61.96	61.93

最新资料

交易所通过不断地修改其合约条款来适应市场环境的改变。其中，最常见的修改就是对名义票息率选择的改变。而其他修改可能涉及可交割债券范围或交割过程及交割时间。交易者可以询问自己的账户管理者以便第一时间了解相关合约变动信息。如果无法直接询问账户管理者，交易者可以登录交易所的网页进行查询，交易所会把相关信息放到自己的网站上（网址详见表 8-5）。

表 8-5 各交易所期货合约条款网址

悉尼期货交易所	www. sfe. com. au/site/html/trading/products/con_specs/con-specs. pdf
Eurex	www. eurexchange. com/index2. html？mp&1&l&marketplace/products_specification_en. html
东京证券交易所	www. tse. or. jp/english/option/jgbf/jgbf4. html
韩国期货交易所（KOFEX）	www. kofex. com/english/pro/pro_ktb. asp?sm = 1_0
蒙特利尔交易所	www. me. org/produits_en/produits_d_inter_long_en. php
西班牙金融期货交易所	www. meff. com/ing/productos/bonoe10. html
Eurex	www. gammafutures. com/news/eurex/conf. html
泛欧交易所/Liffe	www. liffe. com/products/bonds/specs/longgilt. htm

现货和期货市场的关系

虽然其他国家国债期货定价的主要原理与美国大致相同，但是各国之间还有很多重要的细节差异。而且这些差异对持有损益和套利策略之间的关系，以及可交割债券集合的深度和广度都有重要影响。

现货市场的关键特征

要彻底了解国债期货价格同其现货价格之间关系，就需要对现货市场的惯例了解透彻。这些惯例包括：

- 价格和收益率报价方式。
- 结算时滞。
- 应计利息和计息日计算惯例。

- 利息支付惯例。

- 回购市场流动性和计息日计算惯例。

- 税收。

- 交割失败的惩罚。

表 8-6 展示了德国、日本和英国在实际交易中存在的一些主要区别。例如，票息在德国是每年支付一次，但在日本和英国却是每半年支付一次。由于英国金边国债（U. K. Gilts）的票息是在其票息支付日的七天前支付，所以金边国债就可以除息交易，因此这七天的应计利息就为负值。德国和英国使用实际天数/实际天数的方式来计算非整年（或半年）天数，而日本则使用实际天数/365 天。同样，结算惯例也有差别。在德国，结算在交易完成后第二个工作日进行（如果结算发生在德国境外则是第三个工作日），而在英国和日本，结算在交易完成后第三个工作日进行。

表 8-6 债券市场特点

	德国	日本	英国
计息方式			
付息周期（天数）	每年	每半年（20 次）	每半年
除息期（天数）	无	无	有（7 天）
计息基准	实际天数	实际天数	实际天数
年数基准	实际天数	365	实际天数
结算时间窗口			
国内	T+2	T+3	T+3
国际	T+3	无	无

（续）

	德国	日本	英国
交易基准			
报价方式	价格	简单收益率	价格
最小变动价位	小数点后两位	基点	小数点后两位
税收（非居民）	0	0	0
价格/收益率的方式	ISMA	简式	DMO
回购交易			
计息基准	实际天数	实际天数	实际天数
年数基准	360		365

资料来源：JPMorgan.

在大多数时候，对这些细节的关注是为了更加精确地计算持有成本。不过，现货交易的惯例对期货合约的定价偶尔也会有巨大影响。例如在交割月，一只可交割的金边国债可能在交割月进行付息。交易规则不允许此类金边国债进行交割。在这个特殊的例子中，该金边国债在特别除息之前一直是CTD，因此直到该金边国债作为可交割债券的最后一天，期货合约都以它来定价，而之后一天起才以第二便宜可交割债券进行定价。在这种情况下，对空头来说，唯一理性的选择就是平仓或是尽可能在可交割期限的最后一天交割原先的CTD。原则上讲，所有的未平仓头寸当天也都应该平仓。然而，可交割国债的不连续性会引起国债期货价格的非连续跳动，严重时还会出现暂时性的对初始CTD的逼空。不仅如此，这种价格的非连续性波动还会使无意中保持空头或多头头寸的投资者意外获利或受损。

滚动拍卖发行和可交割债券集合

与美国国债市场相同，政府融资行为提供了可交割债券，这决定了可交割国债集合的规模和复杂程度。同时，这也会对期货合约的准确定价产生影响，特别是当有新发行债券进入可交割债券集合时。虽然不同时期的发行习惯不同，但是人们还是可以通过比较德国、日本以及英国国债的发行惯例，得出各国政府融资行为的差异。

德国财政部在每季度的最后 10 天公布其发行计划，包括计划发行的债券（包含票息率、到期日以及该债券是否增发）和计划发行规模，但是不包括具体的发行日期。Schatz 通常在 3、6、9、12 月按季度滚动发行。而 Bobl 通常在 2、5、8、11 月按季度滚动拍卖。最后是 Bund，虽然它的发行日程有时会变动，但还是趋于在 1、4、7、10 月滚动发行。

日本财政部每月都会发行日本国债，具体发行规模会在拍卖前一周公布，而票息率却在拍卖当天公布。由于票息是以标准的 3 月/9 月或 6 月/12 月的半年周期来支付，所以每月发行的惯例就产生了首次付息差异。

英国财政部在每年 3 月公布该财政年度的发行计划。在此之后的每个季度末，它还会公布下个季度将要发行的国债及具体发行日期。通常来说，拍卖发行会安排在每个月的最后一个星期三举行。

德国、日本和英国的基差参考表

表 8-7 到表 8-9 结合不同市场期货合约的具体情形，详细列出了各市场中可交割债券的参考基差。

表 8-7 基差参考表；德国 Bund，Bobl 和 Schatz 期货

3 月份合约（定价日：2003 年 1 月 3 日；最后交易日：2003 年 1 月 3 日，59 天；结算日：3 月 6 日，59 天；交割日：3 月 10 日，63 天）

期货合约	价格	公允价值	收益率变动	期权调整后的久期 Ⅱ	期权调整后的久期 调整后的基差	期权调整后的基点价值 价格	期权调整后的基点价值 Ⅱ	期权调整后的基点价值 调整后的基差	基差价值	期权价值
Bund	112.54	112.55	-1	7.28	7.33	81.94		82.48	9.29	5.45
Bobl	110.59	110.6	-1	4.42	4.26	48.83		47.08	N/A	3.63
Schatz	105.54	105.54	0	1.85	1.85	19.54		19.54	N/A	1.39

债券代码	票面利率	到期日	3月合约基差	转换因子	6月合约基差	转换因子	价格	收益率	基点价值	麦考利久期
用于 Bund 期货合约交割的债券：										
DBR	5	2012年7月	49	0.929 856	105	0.931 516	105.14	4.324	790	7.33
DBR	5	2012年1月	35	0.932 8	95	0.934 13	105.33	4.273	758	7.19
用于 Bobl 期货合约交割的债券：										
DBR	4 1/8	2008年7月	78	0.916 472	121	0.920 051	102.13	3.685	495	4.75
DBR	4 3/4	2008年7月	83	0.944 188	141	0.946 664	105.25	3.671	505	4.69
DBR	5 1/4	2008年1月	42	0.969 159	116	0.970 404	107.6	3.559	471	4.38
用于 Schatz 期货合约交割的债券：										
OB136	5	2005年8月	181	0.979 791	257	0.982 085	105.05	2.4	233	2.16
OB135	5	2005年5月	142	0.979 765	134	0.982 085	104.82	2.851	238	2.1
DBR	6 7/8	2005年5月	151	1.017 053	187	1.015 297	108.85	2.894		
WI-BKO①	2 3/4	2005年3月		0.968 682		0.946 764		-3.0*		
OB134	4 1/4	2005年2月	75				102.98	2.773	207	1.94
DBR	7 3/8	2005年1月	83	1.022 733			108.77	2.769	203	1.87
BKO	3	2004年12月		0.951 276			100.45	2.754	185	1.84

6 月份合约（最后交易日：6 月 5 日，150 天；交割日：6 月 10 日，155 天）

债券代码 / 期货合约	票面利率	到期日	价格	公允价值 / 3 月合约隐含回购利率	收益率变动 / 持有收益	BNOC	期权调整后的久期 //	期权调整后的久期 调整后的基差	期权调整后的BNOC	期权调整后的基点价值 // / 回购利率	期权调整后的基点价值 调整后的基差 / 远期收益率	6 月合约隐含回购利率	持有收益	BNOC	期权调整的BNOC	回购利率	远期收益率
Bund			111.74	111.72	2		7.39	7.44		82.55	83.14						
Bobl			109.69	109.77	−8		4.49	4.32		49.24	47.34						
Schatz			105.37	105.43	−6		2.11	2.11		22.28	22.28						
用于 Bund 期货合约交割的债券：																	
DBR	5	2012 年 7 月	111.74	1.83	33	16			1	2.73	4.358	2.26	89	17	−2	2.63	4.419
DBR	5	2012 年 1 月		2.67	34				1	2.74	4.306	2.54	97	−1	−2	2.51	4.375
用于 Bobl 期货合约交割的债券：																	
DBR	4 1/8	2008 年 7 月		−0.57	19	58			1	2.79	3.714	1.15	52	68	8	2.71	3.77
DBR	4 3/4	2008 年 7 月		−0.29	29	54			1	2.74	3.701	1.25	75	66	8	2.71	3.756
DBR	5 1/4	2008 年 1 月		2.46	41	1			1	2.52	3.597	2.27	108	7	7	2.43	3.669
用于 Schatz 期货合约交割的债券：																	
OB136	5	2005 年 8 月		−3.3	32	110			1	2.79	2.85	0.6	86	95	7	2.71	2.99
OB135	5	2005 年 5 月		−2.01	60	91			0	2.79	2.897	1.64	85	49	6	2.71	2.869
DBR	6 7/8	2005 年 5 月				158			0	2.67	2.776	2.1	158	29	6	2.71	2.923
WI-BKO[1]	2 3/4	2005 年 3 月												5	5		2.856
OB134	4 1/4	2005 年 2 月		−0.27	23					2.56	2.782						
DBR	7 3/8	2005 年 1 月		2.1	75					2.64	2.759						
BKO	3	2004 年 12 月		2.63													

[1] 即将发行的债券品种；收益率用最后交割日市场基准和相关资产互换的利差代替。

资料来源：JPMorgan.

表 8-8　基差参考表：日本国债期货

（定价日：2003 年 1 月 6 日；结算日：2003 年 1 月 10 日）

3 月份合约（最后交易日：3 月 6 日，59 天；交割日：3 月 10 日，63 天）

债券代码	期货合约	价格 142.06	公允价值 142.043	收益率变动 2	期权调整后的久期 6.8	调整后的久期 5.93	期权调整后的基点价值 96 648	调整后的基点价值 84 250	基差价值 N/A
	JGB 票面利率	到期日	3 月合约基差	转换因子	6 月合约基差	转换因子	价格	收益率	基差价值
#244	1	2012 年 12 月	1 067	0.634 914	1 017	0.641 905	100.867	0.909	9.53
#243	1.1	2012 年 9 月	980	0.649 066	933	0.655 98	102.011	0.883	9.37
#242	1.2	2012 年 9 月	973	0.656 228	928	0.662 999	102.951	0.882	9.41
#241	1.3	2012 年 9 月	965	0.663 39	922	0.670 018	103.891	0.881	9.46
#240	1.3	2012 年 6 月	884	0.670 018	840	0.676 792	104.025	0.856	9.25
#239	1.4	2012 年 6 月	877	0.677 036	835	0.683 669	104.946	0.854	9.29
#238	1.4	2012 年 3 月	797	0.683 669	755	0.690 348	105.092	0.824	9.08
#237	1.5	2012 年 3 月	789	0.690 545	750	0.697 077	105.994	0.822	9.12
#236	1.5	2011 年 12 月	708	0.697 077	667	0.703 762	106.109	0.791	8.9
#235	1.4	2011 年 12 月	716	0.690 348	672	0.697 179	105.228	0.793	8.86
#234	1.4	2011 年 9 月	631	0.697 179	587	0.704 059	105.349	0.763	8.63
#233	1.4	2011 年 6 月	544	0.704 059	498	0.711 094	105.455	0.733	8.41
#232	1.2	2011 年 6 月	559	0.691 197	508	0.698 533	103.779	0.738	8.34
#231	1.3	2011 年 6 月	551	0.697 628	503	0.704 814	104.617	0.735	8.37
#230	1.1	2011 年 3 月	480	0.692 253	426	0.699 81	103.14	0.705	8.08
#229	1.4	2011 年 3 月	453	0.711 094	408	0.718 182	105.548	0.703	8.19
#228	1.5	2011 年 3 月	445	0.717 375	403	0.724 306	106.365	0.7	8.22
#227	1.6	2011 年 3 月	438	0.723 655	398	0.730 43	107.183	0.697	8.26
#226	1.8	2010 年 12 月	327	0.742 678	290	0.749 303	108.77	0.665	8.09
#225	1.9	2010 年 12 月	319	0.748 802	286	0.755 272	109.568	0.662	8.12
#224	1.8	2010 年 9 月	230	0.749 303	194	0.755 959	108.747	0.634	7.85
#223	1.7	2010 年 6 月	237	0.743 334	198	0.750 152	107.973	0.637	7.82
#222	1.8	2010 年 6 月	132	0.755 959	94	0.762 782	108.709	0.602	7.61
#221	1.9	2010 年 6 月	124	0.761 767	89	0.768 43	109.462	0.599	7.64
#220	1.7	2010 年 3 月	40	0.757 134			107.962	0.57	7.34
#219	1.8	2010 年 3 月	33	0.762 782			108.692	0.566	7.37

6 月份合约（最后交易日：6 月 5 日，150 天；交割日：6 月 10 日，155 天）

价格	公允价值	收益率变动	期权调整后的久期		期权调整后的基点价值	调整后的基点价值			
141.29	141.393	-10	*II* 7.04	6.06	*II* 99.478	85 567			
3 月合约隐含回购利率	持有收益	BNOC	期权调整后的 BNOC	回购利率	6 月合约隐含回购利率	持有收益	BNOC	期权调整后的 BNOC	回购利率
-54.19	19	1 049	12	0.02	-21.56	42	976	29	0.06
-48.9	21	960	11	0.02	-19.8	46	887	27	0.06
-47.95	23	950	10	0.02	-19.39	51	877	27	0.06
-47.02	25	940	10	0.02	-19	55	867	27	0.06
-43.08	24	860	9	0.02	-16.81	55	785	25	0.06
-42.23	26	851	9	0.02	-16.46	59	776	25	0.06
-38.07	27	770	8	0.02	-14.99	60	696	23	0.06
-37.27	29	761	8	0.02	-14.65	64	686	22	0.06
-33.4	28	680	7	0.02	-12.66	64	604	21	0.06
-34.15	26	690	7	0.02	-12.96	59	613	21	0.06
-29.78	27	604	6	0.02	-11.28	59	528	19	0.06
-25.57	26	518	5	0.02	-9.25	59	439	18	0.06
-26.93	22	537	5	0.02	-9.8	50	458	18	0.06
-26.24	24	527	5	0.02	-9.52	55	449	17	0.06
-23.12	21	459	4	0.02	-8.26	46	380	16	0.06
-20.97	27	426	4	0.02	-7.37	59	348	16	0.06
-20.34	29	417	4	0.02	-7.12	64	339	16	0.06
-19.73	30	408	4	0.02	-6.87	68	330	16	0.06
-14.02	34	293	2	0.02	-4.32	77	213	13	0.06
-13.48	35	284	2	0.02	-4.11	81	204	13	0.06
-9.33	34	196	1	0.02	-2.34	77	117	10	0.06
-9.84	32	205	1	0.02	-2.55	73	126	10	0.06
-4.68	34	98	-1	0.02	-0.29	77	17	8	0.06
-4.22	35	89	-1	0.02	-0.1	81	8	8	0.06
-0.36	32	8	-1	0.02					
0.08	34	-1	-1	0.02					

资料来源：JPMorgan.

表 8-9 基差参考表：英国金边国债期货

（定价日：2003 年 1 月 3 日；结算日：2003 年 1 月 9 日）

3 月份合约（最后交易日：3 月 27 日，80 天；交割日：3 月 31 日，84 天）

期货合约	价格	公允价值	收益率变动	//	调整后的久期	//	调整后的基点价值	基差价值	期权价值
Gilt	119.38	119.4	-2	7.42	7.42	88.6	88.61	13.75	6.61

债券代码	票面利率	到期日	3 月合约基差	转换因子	6 月合约基差	转换因子	价格	收益率	基点价值	麦考利久期
UKT	8	2015 年 12 月	418	1.083 346 1	512	1.082 499 4	133.51	4.542	1 169	8.71
UKT	5	2014 年 9 月	362	0.843 662 9	403	0.845 788 1	104.34	4.517	923	8.7
UKT	8	2013 年 9 月	150	1.073 746 8	248	1.072 470 6	129.68	4.481	995	7.54
UKT	5	2012 年 3 月	26	0.867 942 5	64	0.870 489 4	103.88	4.479	762	7.22

6 月份合约（最后交易日：6 月 26 日，171 天；交割日：6 月 10 日，175 天）

价格	公允价值	收益率变动	//	调整后的久期	//	调整后的基点价值	基差价值	期权价值
118.6	118.7	-10	7.54	7.53	89.44	89.33	14.14	6.51

3 月合约隐含回购利率	BNOC	期权调整后的 BNOC	持有收益	远期收益率	回购利率	6 月合约隐含回购利率	BNOC	期权调整后的 BNOC	持有收益	回购利率	远期收益率
-7.71	351	2	67	3.79	3.83	-2.04	375	11	138	3.83	4.582
-10.41	340	3	22	3.83	3.83	-3.33	356	10	46	3.83	4.553
1.12	79	2	71	3.75	3.75	2.14	100	11	148	3.75	4.527
3.69	2	2	24	3.78	3.7	3.5	10	9	54	3.7	4.53

资料来源：JPMorgan.

例如，日本国债（JGBs）的可交割券集合包含的债券数量较多，与之相反，Bund 合约的可交割券集合中只有一两只或三只债券，这都属于正常情况。

期权特性和期货定价偏差

套期保值者、投机者以及基差交易者都希望了解一些隐含交割期权价值以及其定价偏差的情况。图 8-2 中的上图描绘了德国长期、中期和短期国债期货合约中隐含交割期权价值的历史表现，下图则给出了同一时间长

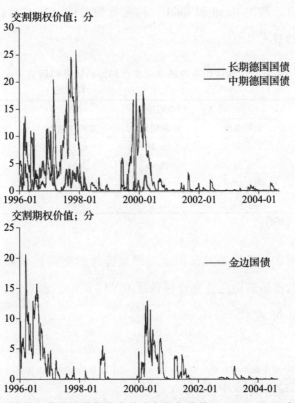

图 8-2　德国和英国国债期货合约交割期权价值（1997~2003 年 6 月）

资料来源：JPMorgan.

期金边国债期货合约隐含交割期权价值的历史表现。从这两张图中可以清楚地看到，隐含期权价值在不同时期存在明显差异。在德国市场上，交割期权的价值在 1997 年、1999 年末以及 2000 年初市场价值较高，而其他时间交割期权价值几乎为 0。在英国市场上，长期金边国债合约交割期权的价值在 2000 年初市场价值很高，而其他时间几乎为 0。

表 8-10 给出了德国和英国国债期货合约价格的历史表现。平均来看，德国国债期货合约定价较为公允。如果以市场价格与公允价格之间的价差来衡量定价偏差，德国国债期货合约历史平均定价偏差小于 1 点 （0.01）。就标准差而言，德国 Bund 和 Bobl 合约定价偏差的标准差都在 0.07 左右，而 Schatz 合约只有 0.03。

表 8-10　德国和英国国债期货合约定价偏差的历史情况

（1999 年 6 月 15 日～2003 年 6 月 13 日）　　　　（单位：%）

	德国			英国
	长期国债	中期国债	短期国债	长期金边国债
均值	0.85	-0.31	0.52	-3.65
标准差	6.59	7.94	3.08	5.95
最小值	-21.97	-28.16	-15.93	-34.19
最大值	23.63	21.51	17.31	11.18

资料来源：JPMorgan.

相比较而言，平均来看长期金边国债合约的交易价格倾向于被低估。平均来看，其市场价格比公允价格低了 0.03～0.04，而且合约定价偏差的标准差也在 0.06 左右。

欧洲市场基差交易策略

虽然欧洲市场的基差交易与美国市场的基差交易有很多相似之处，但是德国政府债券市场和美国国债市场之间存在的差异决定了欧洲市场基差交易机会与美国有着很大的不同。以下三种基差交易在欧洲市场要比在美国市场更常见，它们分别是：

- 通过逼空最便宜可交割债券获利。
- 持有不再是可交割债券的头寸。
- 交易新发行债券。

以下将依次进行介绍。

逼空最便宜可交割债券

与美国市场相比，欧洲市场的国债基差更容易受可交割债券短缺和逼空最便宜可交割债券（CTD）风险的冲击。之所以出现这种情况，部分是由于未平仓合约数量与可交割债券供给量之比过高，部分源自市场结构因素，导致德国国债回购市场交割失败的可能性远大于美国市场。

欧洲市场上最近一次著名的逼空事件发生在 2001 年 3 月德国 Bobl 合约上，该事件引起了期货合约和最便宜可交割债券价格的严重扭曲。以下几个因素共同造成了此次的价格扭曲：

- 最便宜可交割债券（票息 6.5%、2005 年 10 月到期的 DBR）是一只流动性较差的老券，流通数量相对较低。
- 最便宜可交割债券和次便宜可交割国债净基差之间的差异很大，导致该合约有效可交割债券供给不足。
- 2001 年 3 月德国 Bobl 期货合约的持仓量临近到期日时仍保持在较高水平，在到期日前两周甚至还达到 570 亿欧元的最高值。

随着 3 月德国 Bobl 期货合约到期日的日益临近，CTD 供给的不足引起了现货和期货市场价格的极度扭曲。例如，当时最便宜可交割债券净基差（BNOC）的市场价格小于 0，并在 2001 年 3 月早期达到了极端的 -0.70。这种情况明显违背了套利条件，反映出 3 月份期货合约存在无法交割的风险。买入负基差，即买入 CTD 并卖空对应期货合约的套利者，会暴露在现货市场交割失败的风险之中。如果现货市场交割失败，就意味着套利者无法及时从现货市场获得 CTD 用于其期货合约交割，那么任何来自基差收敛带来的潜在的获利都会因交易所对延迟交割的惩罚而被抵消。由于这些惩罚数额巨大（比现货市场交割失败的惩罚高出许多），因此短缺的 CTD 就可能以负的基差进行交易，而且事实也大多如此。

由于票息 6.5%、2005 年 10 月到期的 DBR 债券发生逼空事件，投资者被迫将 3 月的合约展期到 6 月，这就引起了 3~6 月跨期价差的飞速扩大（见图 8-3）。尽管 3 月期货合约和 3~6 月的跨期价差被严重高估，但合约空头仍不愿意冒险在 3 月进行交割。

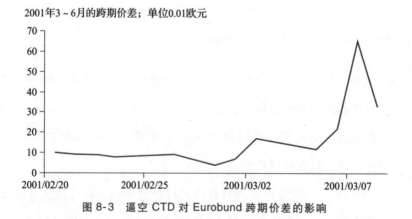

图 8-3　逼空 CTD 对 Eurobund 跨期价差的影响

退出可交割篮子债券的交易

与美国中期国债期货相类似，德国 Bund、Bobl 和 Schatz 合约偶尔也存在以下交易机会：即通过交易那些准备退出可交割篮子的 CTD 债券获利。只要前一期货合约的 CTD 在可交割篮子中久期最短，且不能用于后一期货合约的交割，就会出现上述交易机会。通常情况下，CTD 债券一旦退出可交割篮子，就会失去作为 CTD 债券时享有的流动性溢价，而且价格会降到非可交割债券的水平。交易者能从预期出现的 CTD 失去其最便宜交割地位的情况中获利。具体来说，他们可以做多次便宜可交割债券的基差，也可以在前一期货合约接近到期时卖空跨期价差。

图 8-4 显示了 CTD 债券退出交割篮子对 1998 年 12 月德国 Bund 期货合约的影响。对 1998 年 12 月的期货合约来说，2007 年 7 月到期、票息 6％的国债是 1998 年 12 月合约的 CTD，但是它对 1999 年 3 月合约来说是不可交割债券，2008 年 1 月到期、票息 5.25％的国债才是 1999 年 3 月期

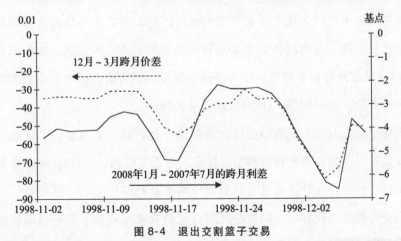

图 8-4　退出交割篮子交易

资料来源：JPMorgan.

货合约的 CTD。随着 12 月合约到期日的临近，与 CTD 地位相对应的流动性溢价开始由 2007 年 7 月到期国债转移到 2008 年 1 月到期国债。这就使 2008 年 1 月到期国债与 2007 年 7 月到期国债之间的收益率利差缩小，并导致近月合约的表现差于远月合约。

新发行债券

通常出现在欧洲债券市场上的第三类基差交易与新发行债券有关。这种基差交易通常发生在德国联邦政府短期国债期货合约上；也经常发生在法国期货交易所（MATIF）长期名义法国国债期货合约（Notionel futures）上[⊖]，尤其是 20 世纪 90 年代合约交易很活跃的时候。

只要基差交易者预期新发行债券会成为某个合约的 CTD，他们就会期望能从中牟利。然而，在这类情况下要决定债券期货的公允价值非常困难。因为在这些债券发行之前，都不知道它们的价格和收益率，那么交易者肯定难以得出基于这些信息之上的期货合约的价值。如果新发行的 CTD 国债在收益率曲线上比市场预期更加便宜，那么期货合约价格将会在该债券发行后下降，并引起非 CTD 对应国债基差的扩大。类似地，如果新发行的 CTD 国债在收益率曲线上比市场预期更贵，那么期货价格将会在该债券发行后上升，并引起非 CTD 对应国债基差缩小。

投资者在对 Schatz 合约的跨期价差进行套利时，非常有必要仔细估算新发债券对期货合约价格的影响。这是因为远月合约的 CTD 债券常常是尚未发行的债券，在计算远月合约期货价格以及跨期价差时，就需要估计预计新发行债券与现有可交割债券之间可能的收益率利差。那些预期新发行

⊖ MATIF 后来并入泛欧交易所（Euronext）。——译者注

债券数量较多且中标利率较低（引起远月合约在新债券发行后降价）的交易者可以通过做多跨期价差获利，而那些预期新发行债券数量较少且中标利率较高的交易者可以通过卖空跨期价差获利。

忠告

正确利用中长期国债及其期货合约需要特别注重细节。虽然在美国之外交易的大多数政府债券期货合约看起来跟 CBOT 交易的美国国债期货很相似，但各国的期现货债券市场之间还是存在着很多重大差异。以交割和结算过程为例，不仅国与国之间有差异，即使在同一国之内也有本国参与者和外国参与者之分。又例如，各国回购市场在完善程度和使用难易程度上也有很大差别，各国市场的收益率报价惯例和时间计算惯例也不尽相同。同样，应计利息的计算方法也有天壤之别，逼空发生的概率也各不相同。当然，不同的地方还有国内外交易者在税后收益上的差异。

简单地讲，要想在这些市场上获得成功，事前的大量学习研究工作必不可少。

| 第 9 章 |

组合管理者对国债期货的应用

由于中长期国债期货可以用来构建与现货自身表现非常相似的资产头寸，因此，期货对于资产组合管理者而言是一个强大的工具，应用范围也十分广泛。期货通常被广泛应用于套期保值和资产组合的构建中。本章将会讨论这两方面的实例，尤其是如何将期货应用于：

- 管理久期和收益率曲线风险敞口。
- 提高债券组合收益。

前者关注如何使用期货合约替代其他种类的即期和远期债券交易，进行套期保值和资产配置的问题。后者主要考察能否用期货合约构建合成资产，从而增加债券组合收益的可能性。

套期保值和资产配置

前面已经讨论过如何利用国债期货进行套期保值的问题（参见第 5 章）。而本节将重点讨论为什么资产组合管理者要使用期货作为一种管理资产组合的工具。我们还将研究如何利用期货合约来管理资产组合的久期以及如何在特定情况下利用期货来管理收益率曲线风险。

运用期货进行套期保值和资产配置的优势

由于降低资产组合中某只债券风险最有效的方法就是将其卖给其他投资者，同时考虑到期货合约并不是中长期国债现货的完美替代品，所以投资者肯定有很好的理由才会使用期货合约进行风险对冲。上述原因包括：交易成本更低、实际债券组合效率增加、融资方便、信用风险比远期交易更低、规避汇率风险的效率更高（交易外国债券时）等。此外，如果用期货来构建合成资产并不会收取托管费用，而这对于海外投资而言可能是笔很大的支出。

1. 低交易成本

除了新发行和刚刚发行的中长期国债之外，期货的交易成本都要低于现货的交易成本。表 9-1 反映了多个市场上政府债券现货和 10 年期国债期货的标准买卖价差。所有四个主要市场上期货合约的买卖价差均不高于 0.02%，且都低于现货市场的价差。

表 9-1　各个政府债券市场的买卖价差　　　　　　　　（%）

市场	现货		期货
	新发行债券	其他	
美国国债	0.031	0.047	0.016
美国机构债	0.150	—	
英国金边国债	0.130	0.130	0.020
德国长期国债	0.060	0.060	0.010
日本政府债券	0.160	—	0.010

注：与其他国家不同，英国 10 年期国债的剩余期限是 12 年。

资料来源：东方汇理金融期货公司（Calyon Financial），2003 年 10 月。

另外，期货交易中不存在与回购相关的隐含成本，市场当前列示的买卖价差就是实际交易的买卖价差。但是在现货交易中，回购和逆回购之间的买卖价差通常不低于 20 个基点。对于买卖 3 个月期债券现货的投资者而言，为了这 20 个基点的回购价差，他需要多支付大约 1.6 个价位 [= (100 000 × 0.0020$^\ominus$ × 90)/360/31.25 美元] 的金额。

2. 保持核心资产组合不变

人们可能因为某些原因不愿立即卖出一份债券：可能因为是承销商需要负责新发行债券的分销；可能是由于税务方面的原因而不愿卖出债券；可能是因为现货市场流动性不强（与期货市场相比）；可能是由于为找到资产组合中的中长期债券而进行了大量的研究。在这些情况下，人们只需要卖出期货，就能在保持核心资产组合不变的同时，更细致地管理流动性，提高交易效率。

3. 内生融资

由于期货相当于经过期权价值修正的远期协议，因此融资不会有问题。人们可以根据中长期债券价格的变化来增减头寸，而不必担心消除头寸可能面临的回购、逆回购以及交易成本的问题。

4. 信用风险更低

虽然部分国家的债券市场拥有十分完善的远期交易机制，但即便这样，期货交易的信用风险还是要低于远期交易。清算机构所提供的一整套复杂的金融担保，要比场外市场在最好情况下都更为可靠。

5. 内生外汇保值

虽然期货的内生外汇保值功能只适用于外国资产组合，但它的确有

$\ominus$　英文原稿中为 0.0030，但此处应该是作者笔误。——译者注

用。如果人们为一份欧洲或英国债券组合套期保值而卖出欧元债券期货或长期金边国债期货，或者为日本债券组合套期保值而卖出日本国债期货，此时这些期货本身并不产生外汇风险。欧元、英镑或日元与美元的汇价变化，不会导致外国债券期货头寸损益发生变化。这样，投资者可以利用外国政府债券期货构建合成债券组合，此时该组合的美元收益仅取决于债券在当地的收益，而与外汇损益无关。同理，当用外国债券期货来规避外国债券组合价格风险时，也不会影响整体外汇头寸风险。

用期货管理资产组合的久期

正如第 5 章所讨论的那样，一份中期或长期期货合约即使没有票息率、本金、收益和资产价值，也能计算其对应的久期。上述做法背后的逻辑链条是：收益率的变化引起中长期债券现货价格的变化，进而引起相关期货合约价格的变化。那么，期货合约的有效久期就可以简单地表示为债券现货收益率变化 100 个基点而引起的期货价格变化的百分比。这样定义的期货有效久期类似于债券现货的修正久期——度量的是价格对潜在收益率变化的相对敏感程度。

计算含有期货合约的组合的久期

只要能计算出期货合约的有效久期，就可以很容易地计算含有期货的资产组合的久期。需要记住的是，期货只用于考虑资产组合的价格风险敞口，但对资产组合的净市值没有影响。

例如，假设一个资产组合含有长期国债，中期国债和现金，则其修正久期（modified duration）的标准定义如下：

$$\text{MD}_{(\text{组合，初始})} = \frac{\text{MD}_{(\substack{\text{长期}\\\text{国债}})} \times \text{MV}_{(\substack{\text{长期}\\\text{国债}})} + \text{MD}_{(\substack{\text{中期}\\\text{国债}})} \times \text{MV}_{(\substack{\text{中期}\\\text{国债}})} + \text{MD}_{(\text{现金})} \times \text{MV}_{(\text{现金})}}{\text{MV}(\text{组合，初始}) = \text{MV}_{(\text{长期国债})} + \text{MV}_{(\text{中期国债})} + \text{MV}_{(\text{现金})}}$$

分子为资产组合中各项资产的修正久期（以下用 MDs 表示）与各自投资额乘积的和。市值（用 MV 表示）指的是完整市值，包括所有应计利息，可以为正，也可以为负。分母为资产组合的净市值。所以，资产组合的修正久期就表示为组合中各类资产按市值计算的加权平均修正久期。

现在如果在资产组合中加入期货，分子代表的价格风险敞口将发生改变，但分母代表的组合净市值维持不变。新的久期计算公式如下：

$$\text{MD}_{(\text{组合，调整})} = \frac{\text{MD}_{(\text{组合，初始})} \times \text{MV}_{(\text{组合，初始})} + \text{MD}_{(\text{期货合约})} \times \text{PEV}_{(\text{期货合约})}}{\text{MV}(\text{组合，初始})}$$

其中，组合等效值（portfolio equivalent values，简称 PEV）代表期货头寸对等的资产组合价值。为了计算长期、10 年期和 5 年期债券期货的 PEV，可令每份期货合约的价值等于期货价格乘以 1 000 美元（每一价格点代表的美元价值）。一旦给定每份期货合约的 PEV，就可以根据下式计算整个期货头寸的 PEV：

$$\text{PEV}(\text{期货合约}) = \text{数量}(\text{期货合约}) \times 1\,000 \times \text{价格}(\text{期货合约})$$

假如需要计算的是 2 年期国债期货的 PEV，此时应该用 2 000 美元乘以其期货价格以匹配 2 年期合约更大的名义价值。

含有期货的资产组合久期管理实例

假定你当前拥有一份市值 10 亿美元的资产组合，组合的修正久期为 10.00%，同时还持有 1 000 手 2001 年 6 月长期国债期货合约。如表 9-2 所示，这些合约的理论价格是 103-25/32，PEV 为 103 781.25 美元（ = 1 000 × 103.781 25）。期权调整后的 DV01 为 122.42 美元（根据最便宜可交割券收益率变动 1 基点计算得出），与之相对应的期权调整后的有效久期为 11.80% [= 100 × (100 基点 × 122.42)/103 781.25]。那么整个头寸的修正久期为：

$$\underset{(\text{组合，调整})}{MD} = \frac{10.00\% \times 1\,000\,000\,000 + 11.80\% \times 103\,781\,250}{1\,000\,000\,000} = 11.22\%$$

这部分说明了运用期货交易的优势。如果在这份价值 10 亿美元、久期为 10.00% 的资产组合中，加入价值 103 781 250 美元、久期为 11.80% 的债券现货，那么分母上也应增加相应数量的市值，此时资产组合最终的加权平均久期仅为 10.17%。

利用目标久期解决避险率问题的实例

利用上述方法，人们可以实现任何久期目标。假定你当前拥有一份修正久期 3.0%、市值 10 亿美元的资产组合，并希望在不减持中长期债券现货的情况下，将组合久期降低至 2.00%。在 2001 年 4 月 5 日，2002 年 6 月的 5 年期中期国债期货交易价格为 105-22/32，对应的 PEV 是 105 687.50（ = 1 000 × 105.687 5）美元。如表 9-2 所示，该合约期权调整的 DV01 为 43.20 美元，因此期权调整后的有效久期为 4.09% [= 100 × (100 基点 × 43.20)/105 687.50]。

表 9-2　期货合约风险度量

2001 年 4 月 4 日收盘，4 月 5 日交易，4 月 6 日结算

（2001 年 6 月合约）

	2 年期国债	5 年期国债	10 年期国债	长期国债
市场价格	103-04+	105-22	106-08	103-30
理论价格	103-05+	105-21	106-09+	103-25
经验法则计算的 DV01	38.63	42.84	60.76	121.86
根据不同债券收益率计算的期权调整 DV01：				
CTD 收益率	39.06	43.20	66.13	122.42
热门券收益率	39.07	43.20	69.75	132.92
根据不同债券收益率计算的期权调整久期：				
CTD 收益率	1.89	4.09	6.22	11.80
热门券收益率	1.89	4.09	6.56	12.81
回购 DV01	-5.06	-2.50	-2.53	-2.46

（2001 年 9 月合约）

	2 年期国债	5 年期国债	10 年期国债	长期国债
市场价格	103-06+	105-08	105-25+	103-14
理论价格	103-06+	105-06+	105-28+	103-08+
经验法则计算的 DV01	43.57	42.82	62.31	121.96
根据不同债券收益率计算的期权调整 DV01：				
CTD 收益率	45.25	44.23	69.06	124.20
热门券收益率	44.99	44.23	72.71	134.85
根据不同债券收益率计算的期权调整久期：				
CTD 收益率	2.19	4.20	6.52	12.03
热门券收益率	2.18	4.20	6.87	13.06
回购 DV01	-10.43	-5.24	-5.27	-5.10

给定这些条件以及包含期货的资产组合久期的定义，就可以计算出需要多少 5 年期中期国债期货才能使得组合的久期等于 2.00%。

$$2.00\% = \frac{[(3.00\% \times 10 \text{亿}) + 4.09\% \times \text{数量(期货合约)} \times 105\ 687.50]}{10 \text{亿}}$$

也就是说，

$$数量(期货合约) = \frac{-1.00\% \times 10 \text{亿}}{4.09\% \times 105\ 687.50} = -2313(美元)$$

即需要卖出 2313 手 5 年期中期国债期货合约。

控制收益率曲线风险

资产组合管理者也会关注收益率曲线斜率和形状的变化所带来的风险。大多数可赎回债券（包括抵押担保证券）的价值都对收益率曲线斜率的变动十分敏感。管理者对收益率曲线形状的关注也有可能是因为组合的资产更多地集中在收益率曲线的某一部分上。如果是这样的话，管理者就可以在依据收益率曲线不同时点（实际上是区域）所划分的四类期货品种之间进行有针对性的选择[⊖]。

试想某位管理者的组合中，大部分资产是长期债券。他往往希望看空利率[⊖]，但又担心收益率曲线斜率增大。任意收益率曲线的下调都会增加资产组合的价值，但如果收益率曲线变陡，债券组合的业绩表现将会差于久期相同的中期债券组合。

那么管理者需要解决的问题就是，如何在保持资产组合整体久期不变的前提下，降低对长期收益率的风险敞口，同时增加资产组合对中短期收益率的风险敞口。通过卖出长期债券期货并同时买入适当数量的中期国债期货就可以实现上述目标——保持整个资产组合的久期不变。

例如，假定期货风险度量如表 9-2 所示，资产组合管理者可以卖出期

⊖ 如果将芝加哥商业交易所的 3 个月欧洲美元定期存款合约包括在内，这一选择会更加丰富。比如，由于欧洲美元期货合约覆盖范围长达 10 年，投资者几乎可以对 10 年内私人信用收益率曲线的任一部分进行套保。详见 Burghardt, The Eurodollar Futures and Options Handbook(McGraw-Hill, 2003)。

⊖ 原文为 "bullish on interest rates"，但结合上下文应该是希望看多债券价格，而非看多利率。——译者注

权调整后 DV01 为 122.42 美元的长期国债期货，每卖出一份合约，就买入 1.85 份 10 年期国债期货（期权调整后 DV01 为 66.13 美元），或是买入 2.83 份 5 年期国债期货（期权调整后 DV01 为 43.20 美元）。上述任意一种组合都不会改变整个资产组合的久期，但可以在收益率曲线变陡时保持资产组合收益。

资产配置

资产组合管理者进行股票买卖大都是为了进行资产配置。除了传统的分散化策略之外，他们有时也会采用策略性资产配置的方法。这种方法会根据预期的市场价格变化，调整组合中各类资产的比例。比如，许多资产组合管理者面临的一个长期存在的问题就是：如何在一个资产组合中分配股票、债券和现金的比例。还有一种方法被称为动态资产配置策略，即增加价格上涨资产的头寸；减少价格下跌资产的头寸。有时资产配置还会涉及在两个或多个国家债券间的比例分配问题。

所有上述策略的实现都离不开期货合约的帮助。例如，资产组合管理者可以卖出债券期货，买入股指期货，代替卖出债券和买入股票；为了增加流动性，可以卖出中期国债期货代替卖出中期国债；还可以利用卖出短期国债期货并买入德国国债期货和日本国债期货，代替利用卖出短期国债所得投资德国国债和日本国债。

利用期货进行资产配置所需要的计算过程同解决套期保值问题所运用的一样。唯一的差别在于投资者可能需要了解更多的期货种类。

合成资产

除了用于管理久期和收益率曲线风险敞口，资产组合管理者还可以运用期货来构建合成资产，提高债券组合的整体收益。在没有法律法规限制的情况下，任何做多债券的投资者都有两种选择：

- 持有债券。

- 卖出债券，做多期货，将所得进行短期投资（可能在之后购回债券）。

于是，用持有适量期货多头头寸和短期货币市场产品的方法，替代实际持有实质债券多头的策略就是合成资产策略。

采用合成资产策略的主要原因之一就是它有可能提高债券组合的收益率。这种可能性部分反映了基差的溢价。图 9-1 说明了在收益率曲线为正的情况下，最便宜可交割券即期价格、期货合约持有至到期损益和期货市场价格之间的关系。这里假设债券票面利率为 6.00%，转换因子为 1.000。

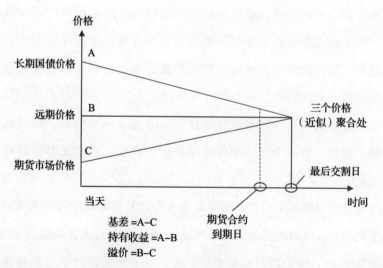

图 9-1 最便宜可交割券的基差、持有成本和溢价（票面利率 6.00% 的债券）

债券基差用 A 到 C 间的距离表示，持有至到期收益则为 A 到 B 的距离，基差的剩余部分，即溢价，则用 B 到 C 之间的距离表示。如果严格从持有成本的角度来看，期货的价格太低。做空交易者以 A 点价格卖出债券，以 A 到 B 表示做空成本，并且以 C 点的价格买入期货合约。当临近到期日即期价格和期货价格不断靠近时，如果最便宜可交割债券不变，则他的收益为 B 到 C 的距离，即扣除持有收益后的净基差（BNOC）。也就是说，做空基差的交易者能获得全部的隐含期权溢价。

交易步骤

使用期货构建长期或中期债券的合成资产可以分为两步。第一步，卖出长期或中期债券现货，将所得资金投资于短期货币市场工具。这里投资者可以采取每天连续滚动的隔夜投资的方式，但此时组合管理者会面临再投资风险，也可以采用定期投资，但到期日要与期货合约最后交割日相匹配。严格来讲，要使合成资产的信用风险与国债的信用风险相一致，资金就必须投资于短期回购协议或国库券。然而在实践中，为了提高收益，资产组合经理在运用期货构建合成资产时，往往将资金投资于久期短的非政府资产，一个普遍的选择就是 AAA 级浮动利率信用卡资产担保证券。这类证券的典型回报是 LIBOR 加上一定收益，信用风险相对较低。同时，得益于资产担保市场的庞大规模，这些证券也具有良好的流动性。

构建合成债券的第二步是建立期货多头，其价格风险与之前卖出的债券现货要相同。这时的套保比率就可表示为已卖出的现货债券的 DV01 值除以期货合约对应的期权调整 DV01 值。（关于套保比率的解释详见第 5 章。）

例子

2001 年 9 月 20 日，资产组合管理者应当如何提高一份 10 年期国债组合的收益呢？管理人当前持有面值 1 亿美元、票息 6-1/2%、2010 年 2 月 15 日到期的中期国债。这是当时的最便宜可交割国债（CTD）。同时还持有面值 1 亿美元新发行的 10 年期中期国债，票息 5%，到期日是 2011 年 8 月 15 日。CTD 当前对应的基差比持有收益高出 10.1/32，并且 CTD 发生变动的可能性很小。当天的相关市场数据如下：

2010 年 2 月 15 日到期、票息 6-1/2% 的中期国债

价格	112-12.5/32
全价	113.0441
DV01/100 000 美元面值	73.80 美元

2011 年 8 月 15 日到期、票息 5% 的中期国债

价格	102-1.5/32
全价	102.5374
DV01/100 000 美元面值	79.20 美元

2001 年 12 月到期的 10 年期国债期货

价格	107-17.5/32
期权调整后 DV01	73.84 美元
短期回购率	2%

根据以上数据，要提高收益，首先进行的交易就是卖出上述两只国债（2010 年 2 月 15 日到期、票息 6-1/2% 的中期国债和 2011 年 8 月 15 日到期、票息 5% 的中期国债），然后将得到的 215 581 500 美元（两种债券按全价计算的市值，包括应计利息）投资于回购率为 2% 的短期回购市场。

与此同时必须买入适量的中期国债期货。为了代替 2010 年 2 月到期、

票息6-1/2%的中期国债，资产组合管理者需要买入中期国债期货合约数量
是999手（=73 800/73.84）。为了代替2011年8月15日到期、票息5%的
中期国债，必须买入中期国债期货合约的数量是1073手（=79 200/
73.84）。此时，投资者共持有2072手2001年12月到期的中期国债期货合
约，成交价格为107-17+/32。

现在假设三个月以后，也就是2001年12月18日，现货和期货的价
格为：

2010年2月到期、票息6-1/2%的中期国债	109-8.5/32
2011年8月到期、票息5%的中期国债	99-1.5/32
12月到期的期货价格	105-25.5/32

合成资产策略运行得如何

通过比较表9-3所总结的投资结果，可以看出合成中期国债资产策略
的具体效果。表的左边部分是持续持有中期国债现货的结果。比如，通过
持续持有2010年2月到期、票息为6-1/2%的国债，89天后资产组合管理
者能获得的额外利息收入为1 572 011美元，但将承受3 125 000美元的资
本损失。综合来看，组合管理者将损失1 552 989美元，对应的毛收益率为
-1.37%，年化收益率为-5.63%。

相比较而言，采用合成2010年2月到期、票息6-1/2%国债资产的方
法，在89天里可获取回购利率收入558 940美元［=0.02×（89/360）×
113 044 100］。10年期国债期货价格下降会导致持有的999手期货多头头
寸损失1 748 250美元［=999份×（-56点）×31.25/点］。综合来看，合成
中期国债期货头寸的总损失为1 189 310美元（=558 940-1 748 250），对应
的毛收益率为-1.05%，年化收益率为-4.31%。

表 9-3　提高收益的实例

	实际中期国债			合成中期国债					
	2010年2月到期 票息6-1/2%国债	2011年8月到期 票息5%国债	组合规模	2010年2月到期 票息6-1/2%国债 999手期货合约	现金	2011年8月到期 票息5%国债 1073手期货合约	现金	资产组合 2072手期货合约	现金
2001-09-20									
市场价值	113 044 100	102 537 400	215 581 500	0	113 044 100	0	102 537 400	0	215 581 500
2001-12-28									
累计计息收入	1 572 011	1 209 239	2 781 250		558 940		506 990		1 065 931
回购利息收入									
资本收益	-3 125 000	-3 000 000	-6 125 000	-1 748 250		-1 877 750		-3 626 000	
总收益	-1 552 989	-1 790 761	-3 343 750	-1 189 310		-1 370 760		-2 560 069	
毛收益率	-1.37%	-1.75%	-1.55%	-1.05%		-1.34%		-1.19%	
年化收益率	-5.63%	-7.16%	-6.36%	-4.31%		-5.48%		-4.87%	

由于在价格下跌时的损失较少，合成资产方法的表现优于 2010 年 2 月到期、票息 6-1/2%债券现货的表现 1.32%［=-4.31%-(-5.63%)］，即年化 132 个基点；而对 2011 年 8 月到期、票息 5%的债券而言，合成资产的表现优于对应现货 168 个基点。这样，整个合成资产组合的收益比实际资产组合高 149 个基点。

在一个成功的基差交易中，最终的收益是票面利息收入、回购利率收入和期现货资本金损益各方面共同作用的结果。在本例中，虽然回购利率收入低于票面利息收入，但是，用于复制现货价格风险的期货所承受的资本损失要远低于现货债券本身所遭受的资本损失。因此，不管是 2010 年 2 月到期、票息 6-1/2%债券还是 2011 年 8 月到期、票息 5%债券，对它们而言，用期货构建的合成资产的净损失都要小于将它们保留在投资组合中所带来的损失。

提高收益的历史纪录

过去的几年中，提高收益的最佳机会大都集中在美国 10 年期国债期货上。由于抵押市场的许多参与者都积极做空 10 年期中期国债期货来避险，导致 10 年期国债期货的交易价格要远低于对应的现货价格，因而为投资于中期国债的投资者提供了增厚收益的机会。表 9-4 总结了这样一种交易策略，列示了通过在到期前 3 个月时将 CTD 国债换成 10 年期期货的合成资产策略对组合收益的影响。这里假设短期资金以一般国债抵押回购利率投资。在最近 21 个季度中的 19 个季度里，10 年期期货构建的合成资产的业绩都要优于 CTD 中期国债现货，总平均收益增长了 61 个基点[⊖]。在风险相

⊖ 原文如此，但表 9-4 中显示为 62.3。——译者注

对较低的情况下，这一增幅已经非常可观。如果投资对象换成 AAA 级浮动利率资产担保证券，或其他风险低、久期短、回报率高于回购协议的资产，收益率会提高更多。

表 9-4　提高 10 年期对应最便宜可交割债券收益
（1998 年 6 月到 2004 年 6 月）

CTD			距离到期日 3 个月的	合成组合业绩	
期货合约	票息	到期日	BNOC（持有净基差）	1/32	年化收益率（基点）
1998/06	7.5	2005/02	2.1	2.1	24.8
1998/09	6.5	2005/05	6.9	7.8	94.7
1998/12	6.5	2005/08	3.2	1.8	21.7
1999/03	5.875	2005/11	-0.1	-1.6	-19.6
1999/06	6.875	2006/05	5.3	4.3	51.1
1999/09	6.875	2006/05	4.2	4.9	59.3
1999/12	7	2006/07	1.0	1.6	19.2
2000/03	4.75	2008/11	7.4	7.3	104.0
2000/06	4.75	2008/11	9.3	5.5	77.7
2000/09	4.75	2008/11	11.0	10.6	149.8
2000/12	5.5	2008/02	9.0	0.3	3.7
2001/03	5.5	2008/02	4.1	4.8	57.9
2001/06	5.5	2008/02	3.8	-3.2	-38.9
2001/09	6	2009/08	11.9	8.5	100.8
2001/12	6.5	2010/02	10.1	10.4	118.0
2002/03	6.5	2010/02	12.7	12.3	142.8
2002/06	5.75	2010/08	11.7	9.0	110.9
2002/09	6.5	2010/02	9.7	5.2	57.5
2002/12	6	2009/08	3.5	1.5	16.0
2003/03	6.5	2010/02	4.7	5.0	52.9
2003/06	6.5	2010/02	5.3	6.1	66.6
2003/09	5.75	2010/08	2.2	2.2	23.0
2003/12	5.75	2010/08	13.4	13.9	161.2
2004/03	5	2011/02	6.4	6.6	78.1
2004/06	5	2011/02	3.7	2.1	24.5
平均				5.2	62.3

变更合成策略标的资产

尽管迄今为止的讨论都集中于应用国债期货构建国债的合成资产上，但期货合约还可以用于合成其他固定收益证券的头寸，这其中就包括公司债券。合成公司债券通常将互换期货或互换与信用衍生品结合来匹配公司债券所面临的信用风险。在典型的合成公司债券交易中，投资者可以：

- 卖出债券，并将所得投资于久期短的浮动利率资产。
- 做多互换期货，或者作为普通利率互换获取固定收益的一方，以匹配初始债券头寸的久期。
- 在信用违约互换（Credit Default Swap）交易中卖出信用保障，与即将出售债券的信用风险相匹配。

期货或互换多头的久期要与原公司债券的久期相匹配。信用违约互换要和公司债券组合的信用价差风险相匹配。下文将主要介绍信用违约互换的机制，这种产品已日益成为价差产品投资者管理资产组合的重要工具。

信用违约互换　信用违约互换是一个双边合约，在这个交易中，信用保障权的购买者向卖方定期支付固定费用以换取或有支付。只有在发生预先确定的信用事件时，才会产生或有支付。信用事件的定义要遵循国际互换交易协会（International Swap Dealers Association，简称 ISDA）的规定，通常包括破产、违约和重组。信用违约互换的标准交割方法是实物交割⊖。

⊖　目前多以现金交割为主。——译者注

信用事件发生后，买方将交割事先约定的债务以换取对应债务面值的现金，信用违约互换的期限通常是 1 年到 10 年，其中 5 年期的流动性最好。

利用互换期货和信用违约互换来合成公司债券头寸的方法，相较于直接投资公司债券主要有两大优点。

第一，投资者通过合成资产策略可以将利率久期和利差久期区分开来，从而更方便地做出决策。在必要时，一位投资 5 年期固定利率公司债券的投资者，要判断是否应持有同时包含 5 年期利率久期和利差久期的资产。使用了衍生品之后，投资者便可以分别进行决策。例如，持有 5 年期公司债券的投资者，如果预期利率下降而信用价差增大，就可以很容易地利用期货增加利率久期，利用信用衍生品减少利差久期。

第二，信用违约互换的定价通常为债券投资者提供了维持信用风险不变的情况下增加收益的机会。银行以及其他金融机构在信贷市场上具有特定的信用风险，它们特别需要在信用违约互换市场上购买信用保障以规避风险。这使得信用违约互换交易的利差要大于债券市场的交易利差。因此，投资者便有机会在不增加风险的前提下提高收益。

最后忠告

最后再提几点忠告。

第一，只要组合管理者还持有债券，持有国债带来的损益就都是暂时的。市场每天都会标出持有期货的损益。也就是说，期货头寸获利所带来的现金流入只能进行短期投资，而损失则需要追加现金支付。因此，要提高收益就必须积极地管理现金流，而直接持有债券组合则没有相关要求。

第二，提高收益的机会变化不定，时隐时现。更为重要的是，利用这些机会还需要一个可靠的框架以便为中长期债券期货做出正确的估值。

第三，期货损益的税收处理和现货有一定区别。一个机构利用增加收益策略所获得的收益是否等同于税后收益的增加，取决于该机构的税收情况以及它对税收问题的处理方式。

即使这样，提高收益的机会还是会时常出现。值得那些有兴趣击败回报标准的资产组合管理者积极关注。

转换因子计算

债券的转换因子定义为：

$$\text{转换因子} = a\left[\frac{\text{票息}}{2} + c + d\right] - b$$

其中转换因子保留四位小数点，票息是用十进制表示的债券年票息率。为了计算方便，此处假设其为芝加哥交易所当前的 6% 的收益率（6% yield assumption）。

$$a = \frac{1}{1.03^{\frac{v}{6}}}$$

$$b = \frac{\text{票息}}{2} \times \frac{6-v}{6}$$

$$c = \begin{cases} \dfrac{1}{1.03^{2n}}, & z < 7 \text{ 时} \\[2mm] \dfrac{1}{1.03^{2n+1}}, & \text{在其他情况时。} \end{cases}$$

$$d = \frac{\text{票息}}{0.06} \times (1-c)$$

这里，

$$v = \begin{cases} z, & \text{如果 } z < 7 \text{ 时} \\ 3, & \text{如果 } z > 7 \text{ 时(长期国债和 10 年期国债期货)} \\ (z-6), & \text{如果 } z > 7 \text{ 时(5 年期和 2 年期国债期货)} \end{cases}$$

其中，对于长期国债期货和 10 年期国债期货来说，z 是 n 和国债到期日（或赎回日）距最近的国债期货季度合约取整后的月份数（所以 z 就会等于 0，3，6，9），而对于 5 年期和 2 年期的期货合约来说，则是距最近合约月份数量（所以 z 可能是介于 0 至 11 间的任何整数）。

例如，以下是可用于 2004 年 6 月到期合约交割的 2012 年 2 月 15 日到期、票息 4-7/8% 的国债的转换因子计算过程。在交割月的第一天，即 2004 年 6 月 1 日，这种中期国债至交割期还有 7 年 8 个月零 15 天，于是：

$n = 7$

$z = 6$

$v = 6$

票息率 $= 0.048\ 75$

$a = 1/1.03 = 0.970\ 874$

$b = (0.048\ 75/2) \times [(6-6)/6] = 0$

$c = 1/1.03^{14} = 0.661\ 118$

$d = (0.048\ 75/2) \times (1 - 0.661\ 118) = 0.275\ 342$

转换因子 $= 0.970\ 874 \times [(0.048\ 75/2) + 0.661\ 118 + 0.275\ 342] - 0$

$\qquad\qquad = 0.932\ 849$，约等于 0.932 8

又比如，2013 年 5 月 15 日到期、票息 3-5/8% 国债的转换因子计算过程如下：交割月的第一天，距中期国债到期还有 8 年 11 个月零 15 天，于是：

$$n = 8$$

$$z = 9$$

$$v = 3$$

票息率 $= 0.036\,25$

$$a = 1/1.03^{3/6} = 0.985\,329$$

$$b = (0.036\,25/2) \times [(6 - 3)/6] = 0.009\,063$$

$$c = 1/1.03^{17} = 0.605\,016$$

$$d = (0.036\,25/0.06) \times (1 - 0.605\,016) = 0.238\,636$$

转换因子 $= 0.985\,329 \times [(0.036\,25/2) + 0.605\,016 + 0.238\,636] - 0.009\,603^{\ominus}$

$$= 0.840\,072，约等于 0.840\,1$$

⊖ 原书为 0.840 072，疑有误。——译者注

附录 B

计算持有收益

持有收益可以定义为：

$$持有收益 = 票息收入 - 融资成本$$

如果持有期间没有付息，所有持有收益以美元计算，对于每 100 美元债券面值，等于：

$$票息收入 = \frac{C}{2} \times \frac{D}{D_{票息}}$$

$$融资成本 = (P + AI) \times \frac{RP}{100} \times \frac{D}{360}$$

式中　C——债券每年的票息；

　　　D——计算持有收益的实际天数。比如，若计算到交付日，D 就是债券的结算日到交付日之间的实际天数；

　　$D_{票息}$——最近的息票付款日到下一个息票日之间的实际天数；

　　　P——债券的净价；

　　　AI——债券的应收利息；

RP——对应期限的回购利率。

如果持有期间付息一次：

$$票息收入 = \frac{C}{2} \times \left(\frac{D_1}{D_{息票1}} + \frac{D_2}{D_{息票2}} \right)$$

$$融资成本 = \left[(P + AI) \times \frac{RP}{100} \times \frac{D_1}{360} \right] + \left(P \times \frac{RP}{100} \times \frac{D_2}{360} \right)$$

式中　D_1——结算日到息票付款日之间的天数；

　　　D_2——等于 $D-D_1$；

　$D_{息票1}$——现有息票期的实际天数；

　$D_{息票2}$——下期息票期的实际天数。

即使用短期回购利率来计算，公式中的融资成本也只是预测数。回购市场有很多规则。充分理解这些规则，对成为出色的交易者会大有帮助。

关于作者

盖伦·D. 伯格哈特博士是法国东方汇理金融期货公司研究部的高级副总裁和董事，同时也是芝加哥大学商学院金融系的兼职教授。伯格哈特博士之前是芝加哥商业交易所金融研究部副总裁，也是《欧洲美元期货和期权手册》（*The Eurodollar Futures and Options Handbook*）一书的作者。

特伦斯·M. 贝尔顿博士是 JP Morgan 公司主要负责全球衍生交易战略的执行董事、北美区期货期权事业部的联席主管，同时也是芝加哥大学商学院金融系的兼职教授。贝尔顿博士之前是纽约期货交易所贴现公司的研究部总监和房地美的高级经济学家。

莫顿·雷恩是雷恩金融公司的总裁。

约翰·帕帕曾是纽约期货交易所贴现公司的副总裁，现已退休。

译者后记

    盖伦·D. 伯格哈特（Galen D. Burghardt）博士长期从事固定收益证券领域的研究工作，他与特伦斯·M. 贝尔顿（Terrence M. Belton）、莫顿·雷恩（Morton Lane）和约翰·帕帕（John Papa）合著的《国债基差交易：避险、投机和套利指南》自出版以来深受好评，是全球国债期货交易员的重要参考书。

    国债期货最初诞生于20世纪70年代的美国，是国际资本市场上历史悠久、运作成熟、应用广泛的基础性利率风险管理工具。经过40多年的发展，美国、德国、英国、澳大利亚、日本等发达经济体均已建立起期限完备的国债期货产品体系。从各国发展经验来看，国债期货是利率市场化的产物，并随着利率市场化的推进而快速发展，在管理利率风险、维护金融稳定方面发挥重要作用。

    2013年以来，我国国债期货市场重新启动，5年期、10年期、2年期和30年期国债期货先后上市交易。随着我国利率市场化进程进入新阶段，国债期货迎来"天时、地利、人和"的有利条件，进入了蓬勃发展阶段，突出表现为市场规模平稳扩大，市场交易趋于活跃，市场功能进一步发挥。同时应当看到，国债期货市场的发展是一个长期培育、循序渐进的过程。从国债期现货规模比、国债期现货成交比、投资者参与结构和程度等指标来看，当前我国国债期货市场发展仍处于起步期，距离成熟市场仍有较大距离，需要在发展中不断完善。在国内市场上，系统、全面介绍国债期货交易策略的专业书籍还比较匮乏，把本书呈现给读者，无疑是十分有价值的。

本书全面介绍了国债基差交易策略的基本原理、交易框架和盈利模式。书中很多内容是作者交易实践中第一手资料的汇总，在学术研究和实际交易中均具有很高的参考价值。无论是科研工作者还是各类从业人员，都可以从中汲取自己所需要的知识。

翻译这样一本书，是一件很有意义和挑战性的工作。书中存在大量的专业术语，译者在力求准确的基础上，尽可能贴近我国市场交易和语言习惯，以增加中译本的可读性。

在此，我要感谢对本书翻译提供了无私帮助的同事和朋友，分别是：彭程、高小婷、吉喆、陈颖、李昕昕、朱赟、袁绍锋和姚远。同时感谢时任研发部负责人郑凌云博士对本书出版的支持，并感谢机械工业出版社的编辑老师们，这本书的顺利出版也凝聚了她们大量的心血。最后还要特别感谢张慎峰先生、胡政先生、戎志平先生和张晓刚先生等领导的支持，在最困难的时候他们仍然激励我和同事们在金融衍生品研究领域努力前行。

最后要感谢我的太太，因为她的理解和耐心，始终让女儿处在无微不至的关心和照顾之下，让我能够有毅力和时间来完成这件有意义的工作。